# 小林秀雄 創造と批評

佐藤雅男

専修大学出版局

# 目次

# 序論

## I　批評について

小林秀雄（1902–1983）の文学や歴史、また芸術や科学をめぐる代表的批評の系列には、その対象が、何故に人を感動させるのかという理由が、批評的知性の抑制により表現されている。そして小林の迫真的文章の律動は、私達の感性を目覚めさせる。

昭和十七年四月の「当麻」には「物数を究めて、工夫を尽くして後、花の失せぬ所をば知るべし」という『花伝』の言葉が引かれている。彼は一連の中世古典論において歴史的対象を、世阿弥の方法で展開した。あるいは、その言外にはフランス象徴詩人達の影響も垣間見える。そして、「思い出が、ぼくらを一種の動物であることから救う」（「無常という事」17・6）と語られた短文には、『本居宣長』（40・6–51・12）にまで至る思想史の種子が蒔かれていた。また「歴史と文学」（16・4）の次の様な発言には、未だ構造化されてはいないが、小林の思想の枠組みにおける原型が暗示されている。

いつの時代にも、その時代の思想界を宰領し、思想界から多かれ少なかれ偶像視されている言葉がある様です。仏という言葉だった事もあるし、神という言葉だった事もある。徳川時代では天という言葉がそうだったし、フランスの十八世紀では理性という言葉がそうだった、という風なものでありますが、現代にそういう言葉を求めると、それは歴史という言葉だろうと思われます。[1]（「歴史と文学」16・4　全七－194）

小林の歴史という概念は、古典とか伝統というものに近似している。また、彼の言語論に、「昔、言葉が石に刻まれたり、煉瓦に焼きつけられたり、筆で写されたりして、一種の器物の様に、丁寧な扱いを受けていた時分、文字というものは何と言うか余程目方のかかった感じのものだったに相違ない」（「ガリア戦記」17・5）がある。その批評文の制作には「言葉は、その破りがたく堅固な物性と観念性との合体によって、人間の生存に直結している」（「偶像崇拝」25・11）という意識が貫かれ、そうした言葉の姿と意味の両面性を、相乗的に活性化させた所に、その表現的特質がある。

日本はモンスーンの風土に属し、古代以来、外来思想の受容を契機として、独自の文化や芸術を培ってきた。近代日本においては、様々な洋学者達が西洋思想を移入してきた。例えば福沢諭吉は、『文明論之概略』の「緒言」で、日本の学者は異常な過渡期を生きざるを得ない理由で、自らの過去の経験によって、新たに学び知った文明を照らし明かすことが可能であると言った。それは現前の混迷状況というものを、「今の一世を過ぐれば、決して再び得べからざる」ような好機と見なす発想である。

そこには近代日本の混乱という否定状況を、逆に飛躍のチャンスとする精神が見られ、小林の批評もそうした系列にある。洋の東西に亘った、極めて多彩な批評作品には、より純化された表現を模索する性質があり、そこに純粋性という理念は保持されている。だがそれは加藤周一が『雑種文化』で指摘したような「日本文化を純粋化しようとする運動」[2]の枠からは食み出す。神仏儒の思想的遺産と、それらとは異質な西洋近代文化との対話や対決の精神が、昭和を代表する小林秀雄という批評的知性にある。そこには近代日本の特殊な混迷状況の渦中で、日本文化の持続的生命を形にした決然とした態度がとられている。

本書では、そうした「創造的批評」の方法を、〈模倣〉〈宿命〉〈実験〉〈自発〉などの言葉を手がかりに解明している。そして近代日本思想史に果たされた印象批評の源流の中味を探究することで、その人間論を検討してみたい。

例えば、次のような一節には、そのことが、かなりはっきりと語られている。

外的必然に屈服すれば人間は一個のメカニズムとなるでしょう。内的自由が全能ならば人間は神になるでしょう。ところが人間は、そのどちらでもない。この中途半端な人間の状態を肯定するならば、進んで、この現実の状態は、図式的な区別を超えたもっと深い状態である、と信じた方がよい様です。（「悲劇について」26・6　全十―51）

世界の中に現に生きている私達は、他律的な側面と、自律的な面を複雑な絡み合いの内に、事実上持っている。そうした根源的矛盾を、如何に生き抜くかという所に、近代の倫理思想の重要な課題がある。ここにも、そうした必然と自由の十字路に立つような人間の状態が言われている。小林には、決して精密機械でも超越者でもない人間の現存の不完全性を、素直に享受する繊細な精神がある。だがまた、そうした問題を徹底的な才能の持ち主において、「命の力には、外的偶然をやがて内的必然と観ずる能力が備わっている」（「モオツァルト」22・7）と語るところに、その独自な批評的特質がある。現に世界の中に生きている人間は誰も皆、図式的な概念規定を拒むような、奥深いイメージを持って現存するということが、「無私」な天才を材料に表現されていった。

「西行」「実朝」「モオツァルト」などの作品は、新しい自律的批評形式の確立であり、「創造的批評」（「中野重治君へ」11・4等々）と呼ぶことの出来る達成であった。だが、それは躊躇《ためら》いがちに初期の頃から使われてきた言葉である。例えば「批評と創造との間には、その昔、無機体が有機体に移ったような事情があるのであろう。まさしくつながりがあろうが、また、まさしくすきまがあるのであろう」（「批評家失格Ⅰ」5・11）というように。

そもそも創造とは何か、真の批評とは何を意味するかは、小林の思想とは何であるかに関わり、先ずは問題提起しておきたい。一般的には、創造的想像力と批判的分析力とは内部的に相反発し、そう簡単に調和は取れない。創造と批評とは複雑に交錯し、空中分解を招来するケースの方が圧倒的に多い。満たされぬ渇望の夢は同時に嫌悪感を伴い、その懐疑的な批評精神が激越であれば、完成への道は遠退いてしまう。諦めの付かない完全主義者には、仕上がりは常に未完にとまる。

だが小林の方法には、そうした創造と批評の内部的対立の精妙な調整作用と、その相乗効果が見いだせる。豊かな想像力の内に、鋭い判断力を有機的に浸透させ、あるべき姿や形が案出されることで、より活発な批評活動が可能になったと考えられる。「創造的批評」とは、批評主体が対象を作り直し、自ら再評価することである。昭和十一年頃を境にして「創造的批評」（「中野重治君へ」11・4）を実行する覚悟が決まって来たと言うが、『ドストエフスキイの生活』（10・1―12・3）なども、その系列の達成であった。

彼は初期文芸時評の頃から、「冷静になろうと努めるのはいい、だが感動しまいと努める必要がどこにある」（「批評について」7・2）また、「批評は作品を追い越すことは出来ない、追い越してはならぬ」（「批評について」8・8）と言う。そこには個人が作品を鑑賞し、真に会得をするのは感服した場合に限るという想念がある。そして彼自身が創造的な批評を書くために、対象は厳しく取捨選択されていった。

昭和三十九年の「批評」では、「ある対象を批判するとは、それを正しく評価する事であり、正しく評価するとは、その在るがままの性質を、積極的に肯定する事であり、そのために対象の他のものと違う特質を明瞭化しなければならず、また、そのためには、分析あるいは限定という手段は必須のもの」（「批評」39・1）と説かれている。真の批評とは正当な評価のために、対象の現存の意味を、積極的に肯定する事である。それは自らの直観と悟性との透間に、上手に繋がりの調整をつけることなのである。

ごく普通に批評とは貶《けな》すことであろう。だが毒のある批判的分析力が、曰く言い難いものと衝突し、それが私達の現存の意味にとって危険な地平において、そうした否定が肯定に転換される。それは対立しながら共存する自他の可能性が、新たに模索されることである。小林の批評とは精密な科学精神を前提に、審美的あるいは倫理的評価を視角に据えた、より高い創造のための手段である。それは対象を保存する特殊技術の一種であり、独断や臆見は一切捨てさらなければならない。また「創造的批評」の過程には、知恵で教養を制御し、教養で知恵を練磨するテクニックが必要であった。そして、その先にこそ、真の批判的態度が現れてくる。小林は「批評」（critique）に関して次のように述べている。

批評は、非難でも主張でもないが、また決して学問でも研究でもないだろう。それは、むしろ生活的教養に属するものだ。学問の援用を必要としているが、悪く援用すればたちまち死んでしまう、そのような生きた教養に属するものだ。従って、それは、いつも、人間の現に生きている個性的な印しをつかみ、これとの直接的な取引きに関する一種の発言を基盤としている。（「批評」39・1　全十二―16）

ある熱烈な印象（impression）が、痛切に表現（expression）されている対象とは、創造的な批評主体にとって、極めて良質な材料である。批評主体の創造的想像力にとって、〈宿命〉的に出会った対象とは、その質と感覚において濃密な意味に溢れて現前している。またそれを如何に正当に評価するかは、人間的意味を帯びた試みであり、そこには批評の倫理性が深く問題にならざるをえない。対象との関わりにおいてのみ、自己の現存の意味は明らかになるからである。

倫理学の問いに、今、私達人間とは何であるかがある。だが人間とは現に生き動くもので、そうした人間把握の志向からは、その関係の形成や維持のためにも、批評的知性の援用が必要になる。普遍を無視して学問研究はありえないが、人間の生き方が問題になる限り、自己を棚上げ出来ないし、真剣に何者かに成ろうとする他者の現存の徴を自己が把握する努力は不可欠である。

小林は外部との具体的で直かな取引きということを、批評方法に導入した。その思想表現は、まるで印象と批評に間隙がないかのような達成であり、生きた教養としての知性は、確実に創造の塩の役割を果たしている。その「創造的批評」の蓄積が即ち彼の学問の達成で、それは事実及び難い高所にある。だが私達が小林を読むとは、先ずはその豊富な批評の倫理的意味を、こちら側の学問研究にどれだけ吸収できるかという課題である。やはり山道は、一歩一歩と進むより他にない。そして自ら問いながら、自他が共に生きる現場での生活経験を、如何に活性化するかが重要なのである。

## II　小林秀雄の場所

本書でも取り上げるが、坂口安吾の「教祖の文学」(22・6)や、吉本隆明の『悲劇の解読』(52・1)の小林論には、近代日本における突出した批評的知性の特質が、鮮明に浮き彫りにされている。また、小林を直かに知る中村光夫や江藤淳や大岡昇平などの数々の評論や、現代文化を代表した各ジャンルの人物との鼎談や対談からも、彼がごく率直で気のいい人柄であったことが推知される。

ここ数年の出版状況として、度重なる単行本や文庫本、そして全集の絶版などがあった。だが平成十三年から、新たに発表年代順に編纂された第五次全集が刊行され、そこには別巻として『感想』(ベルクソン論)も収録された。また脚注付きの流布版が出回り、私達が小林という思想家の意味を把握できる環境は、以前より画期的に進化してきた。

小林が「常識について」(39・10)で、デカルトのボン・サンス(良識)とコモン・センス(常識)を重ねたことを、中村雄二郎は『共通感覚論』(54・5)等で繰り返し批判している。『術語集』(59・9)の中では、「この二つはそんなに簡単に同一視できるものではない。というのは、デカルトのいう良識＝理性は生まれながらにして誰れでも与えられていると考えられているだけではなく、思考による自己根拠づけ――《われ思う、ゆえにわれあり》――によって自立した性格をもっているからである。ボン・サンス＝理性の場合、少なくともそういう傾向がつよく、経験の積み重ねによって得られるコモン・センス＝常識とは同じとはいえない」と説明する。こうした西洋近代哲学史における合理論と経験論の流れを精密に比較した専門家の指摘は無視できない。だが小林は良識と常識を、単純に同一化したわけではないし、むしろ批判者の中村には、小林という存在の意味は沈黙している所に底深いものがある。

また丸山真男は『日本の思想』(36・11)の中で、「一方の極には否定すべからざる自然科学の領域と、他方の極には感覚的に触れられる狭い日常的現実と、この両極だけが確実な世界として残される。文学的実感は、この後者の狭い日常的感覚の世界においてか、さもなければ絶対的な自我が時空を超えて、瞬間的にきらめく真実の光を『自由』な直観で掴むときだけに満足される」（『日本の思想』「四、実感信仰の問題」）と言った。[3] 数多くの小林に対する指摘の中でも、ここには輪郭や位置を規定し難い文学的思想を相対化し、明快にする可能性が胚胎されている。小林の思想とは丸山が語るように、「実感信仰」の一般的類型ではなく、正にある極限形態を示している。小林は近世儒学論の「哲学」（38・1）の中で「丸山真男氏の、『日本政治思想史研究』はよく知られた本で、社会的イデオロギイの構造の歴史的推移として、朱子学の合理主義が、古学古文辞学の非合理主義へ転じて行く必然性がよく語られている」と言う。[4] 特に徂徠に関して、いろいろ教えられる点があったと言うが、丸山の『日本の思想』などの瑞々しい分析も、小林の初期文芸時評の精読ぬきには果たされなかったに違いない。また「近代日本の思想と文学」（34・8）の意図の一つは、明治以来の思想状況における小林の位置の明確な測定にあり、そのことが近代日本思想史の試図の重要な役割を果たしている。丸山の指摘から小林が相対化され、それが位置づけられるのは、卓越した分析であるゆえに、一般論としても定着している。

だが小林秀雄や、丸山真男も既に他界してしまった。そして私達は二十一世紀という時代を迎え、『感想』（ベルクソン論）を含めた第五次全集で、小林を直かに読む中で見過ごせないのは、小林が自然科学をかなり深く認識していたという事実である。確かに生活者として感覚的な日常生活は大切にしたであろうが、見神の〈実験〉には特に執拗であり、そうした試みに彼の自己同一性が賭けられている。その実感とは、言わば形而上学的な感受性からの真実感という意味である。それを文学的自我とか芸術至上主義者というレッテルで、類型化することは思想的無責任であろう。「人格上の倫理的無私」（「政治と文学」26・10）や「人格的秩序」（「道徳」39・6）を説いた小林と、「倫理的責任」（『日本の思想』36・11）という問題を論じた丸山の対談が為されていないのは、実に残念なことであった。

現代の思想状況において、この批評的知性の位置を自らの視角で見極め難いのは、彼が様々なジャンルに大胆に架橋を果たしたからである。その「科学を容認し、その確実な成果を利用しているかぎり、理性はその分を守って健全であろう。これに順じて感情は、まじめに偶像崇拝を行って恥じるところはない」(「偶像崇拝」25・11)という発言には、背後的に人間の科学と芸術の交錯に関する、文化領域の断絶を見据えた眼がある。そこから前進も後退もせずに、注意深く、じっとその限界状況に堪えた所がある。それは他には「歴史と文学」「伝統と近代」などの文化的断絶の場所であるが、その間を、小林は入念に且つ頑丈に架橋した。彼を学ぶとは、先ずは、そこを渡ってみることである。そして、その視界の先に、自らの展望を獲得しなければならない。

小林は言語表現において芸術家が先ず感覚的印象を享受し、そこから表現する行為を〈模倣〉した。客観的描写が蔓延《はびこ》る思想状況の中で、精神の自立や内的自由を文芸に関する表現行為に奪回しようとした。それは個人的鑑賞を根拠に、芸術家の制作過程に本質的関心を抱くことであった。そして自然という「美神」と、自己との〈宿命〉的な出会いに形を求めていった。自然と自己の関係構造の中味を、公共の場面で如何に有機的に充溢させるかという課題が、小林の思想に存在する。そこから精神の〈自発〉的表現を模索しながら人間論を展開した彼は、科学や政治万能主義に対する抵抗者である。しかし、同時に自らの批評を〈実験〉過程として捉えていた。その〈実験〉の現場とは隣接する文化領域の矛盾と衝突が渦巻く場所である。彼は、そうした中間領域に敢えて積極的に身を置いた。そして「文学者にとって、道徳とは倫理学的観念でもなければ、社会学的概念でもない」(「道徳について」15・7)と言う。「あらゆる特権が、多かれ少なかれ疑わしい、そういう立場で道徳の意味するところを会得している」(「同右」)という存在を、学問界とジャーナリズムの双方から、曖昧で難解なものとして切り捨てても仕方がない。小林の思想には、「美神」と〈宿命〉の交流における人間的真実を、〈実験〉によって証明する精神が据わっている。それは道徳を感ずるような場所で、公式化することの出来ない人間存在の意味を、徹底的に考え詰めたものである。

小林の「創造的批評」とは、芸術的意欲と科学的分析とが拮抗する危機的なものである。だが、それを強靭な実行力で統合した。それは「創造というものが常に批評の尖頂に据わっている」（「ランボオⅠ」T15・10）という発想で、自らの〈宿命〉の表象を見据えることであった。その批評の系列とは、より高い創造を志向するための全人批評であった。そして「純粋視覚の実験」（「ランボオⅢ」22・3）とは、全体的直観と計量意識との統一的な駆使である。その思想営為には何よりも対象と出会い、批評表現を模索している自己の現存の意味が問われている。[5] その渦中で「批評が自己証明になる。その逆もまた真」（「中野重治君へ」11・4）という方針が貫かれた。だが、それを可能にしたのは、やはり自然の〈模倣〉という一貫した方法的態度である。小林という思想史家の特質は、その創造の現場への同一的帰一性と、そこでの知的努力にある。批評対象として選択されたのは、多くは古典である。その歴史的個体の中味を繊細に鑑賞し、その姿や形を〈模倣〉することで、自ら享受されてくる感覚的印象の多様性を、沈黙の内に育てていく。圧縮された原物のイメージは、半透明に滲んだ色合いで表現された。その蓄積は、壮大な思想史の容態を獲得していった。

彼の方法とは「書かなければ何も解らないから書く」（「文学と自分」15・11）という実行にあり、それは「創造的批評」を形にすることで、精妙な表現が与えられた。だがそれは小林秀雄という他者の解決である。そして混迷を深める現代社会に生きる私達には、その言外に常に提出されている自己とは何かという謎のような問いも、一層に有意義である。

## 注

（1）本書では第五次「小林秀雄全集」（新潮社）及び全集以外の作品は発表雑誌、単行本あるいは文庫本を使用した。以下各章に亘って、引用文の仮名遣い、句読点、文字遣いなど適宜、現代語に改めた。尚、（「歴史と文学」16・4）の様に、必要に応じ作品の発表年（昭和）月を入れた。また、本文から一行あけ、二文字下げて新字体で引用したところには、発表作品および発表年（昭和）月、そして全集の巻号と頁数を（「歴史と文学」16・4　全七－194）のように入れた。

（2）加藤周一（「日本文化の雑種性」『思想』昭和三十七年七月）。

（3）丸山真男は、『日本の思想』（36・11）のⅡ「近代日本の思想と文学」（「三、科学主義の盲点」）で、「小林が『真の科学』は『人間の創造的な意欲だとか、イマージュの美しさだとか、サンボルの真実さ』を具えているといっている問題、即ち科学におけるイマジネーションと創造過程の問題が掘り下げられれば、より内面的な形で文学との連関をさぐる方途が開かれた」と指摘する。

（4）丸山真男（『日本政治思想史研究』東京大学出版会、昭和二十七年十二月）。

（5）佐藤正英（『日本倫理思想史』「序論　対象と方法」、東京大学出版会）に「私たちは、他者のかたわらにたたずみ、他者の現存の砕片を粗大漏らさず想起しようとする。思念におけるなぞり返しによって、砕片を限どり、砕片の形姿を定め、砕片を置き直す。なぞり返された砕片に、自己の内なる可能態としての他者を重ねあわせ、他者の現存を観取する」とある。以下の論稿において重要な本文理解にあたっては、入念になぞるべく心がけてゆきたい。

# 第一章　〈模倣〉と創造

## Ⅰ　対象の〈模倣〉

小林の思想史の方法への問いを試みて行きたい。先ずは昭和十五年十一月に発表された「文学と自分」(15・11)、翌年の「歴史と文学」(16・3)などの講演を取り上げ、「創造的批評」の前提に関わる、対象の〈模倣〉という事柄について考えてみよう。

　作品とは自然の模倣を断じて出る事は出来ないのであって、作品とは芸術家が心を虚しくして自然を受け納れるその受け納れ方の極印であると言う事が出来る。(「文学と自分」15・11　全七—143)

こうした所には、〈模倣〉という制作態度の原則が、主要なテーマとして語られ、何よりもそこから批評表現の作品が制作される動機が示されている。小林の制作手順の第一段階として、〈模倣〉という方法があり、それは昭和四年の「様々なる意匠」(4・9)には「芸術が自然を模倣しないかぎり自然は芸術を模倣しない」と言われた。「自然は芸術を模倣する」という逆説は、スタンダールやワイルドのような芸術家達には正当な立場でも、そうした積極的な陶酔以前に、人間の側が自然という所与を〈模倣〉していなければならない。小林は、自然というものを虚心に受容する態度を取ろうとする。そして「人間は、自然よりもはるかにみすぼらしい、芸術作品は人間よりはるかにみすぼらしい」（「批評家失格II」6・2）と言う所には、自然本位とも人間本位とも単純には規定しがたいが、芸術本位ではありえない立場が表明されている。所謂芸術至上主義とは彼には愚劣な立場のことであった。

それから十年余りして為された「文学と自分」の講演の中では、歴史を眺め、とやかく言うような自分を考えるのは誤りで、歴史を〈模倣〉すること以外には何もできないと語られる。作品とは自然の〈模倣〉であり、小林が歴史的個性を〈模倣〉する所には、歴史そのものの理解や認識を積極的に目指す態度がある。そうした自然や歴史の〈模倣〉とは、受動性への感覚的深化である。だがそれを再現することは盲目的衝動ではなく、それ自体が真の喜びである能動感情の働きを要する。そして自然を無意識的に反映してしまうことと、第二の自然と称される歴史を意識的に〈模倣〉しながら表現することとの間には、決定的な地平の違いがある。例えば真似される対象と方法における否定的事態は「歴史と文学」（16・3）に次のように語られている。

舶来の師匠たちの毒をもって毒を制した方法の向こうの文化環境に深く根ざした倫理的な意味は、うやむやに済ましてきたのだから表面の才だけが、いろいろと模倣された。（「歴史と文学」16・3　全七－212）

ここに使用される〈模倣〉とは、いわば粗悪なイミテーションであり、それは表現のことではない。西洋風俗の表面的〈模倣〉とは、近代日本における特殊性に関するものである。他には、「不安定な観念の動きをすぐ模倣する顔の表情のようなやくざなものは、お面で隠してしまうがよい」（「当麻」17・4）のように使用される場合がある。

また昭和十四年の「満州の印象」（14・1）には「西洋模倣の行詰まりと言うが、模倣が行詰まるというのもおかしな事で、模倣の果てには真の理解が現れざるを得ない」と語られる。それが「文化の発達の定法」（「同右」）であり、明治以来、近代日本は、そうした西洋文化の受容の道を進んで来たからである。小林は、この様に〈模倣〉という概念を、肯定と否定の幅のあるものとして使っている。しかし、こと言葉という問題に関しては、次のような独自な見解が、はっきりと述べられる。


先づ人間の力でどうしようもない自然の美しさがなければ、どうして自然を模倣する芸術の美しさがありましょうか。言葉もまた紅葉のように、自ら色づくものであります。ある文章が美しいより前に、先ず材料の言葉が美しいのである。（「文学と自分」15・11　全七—137）

小林の言語論の特質は、言葉というものを、実用語と理解語と詩語の三つに分類するところにある。そこでは言葉は道具であるよりも、材料である。そして行動に必要な実用的言語や、抽象的理解語より、ありのままの姿を保存する詩的言語に深い意味や価値が見いだされる。彼の詩語とは単なる暗示の記号ではなく、それ自体が感覚的実体であり、色と重さがある自然物である。歴史や伝統の血や汗が染み込んだ言葉は、第二の自然物であり、原物の古典の語感を持った詩的言語の材質の〈模倣〉再現が志向された。

彼が優れた洋学者であり、また類例のない詩魂を持っていたことはランボーやヴァレリーなどの卓越した翻訳が証明している。しかし「文学と自分」(15・11)の講演では、日本の歴史的伝統の〈模倣〉再現が積極的に説かれる。道徳や人情という語感は美しいと言われ、そうした言葉が指示する所の、生きている事柄自体の解明と、その形態化が、小林の本質的な思想的課題である。そして道徳や人情の歴史的伝統をめぐって、何を如何に〈模倣〉すべきかという問いは、その思想史の方法に一貫しているように思われる。

## II 〈模倣〉再現の過程

「モオツァルト」(22・7)や『ゴッホの手紙』(27・8)そして『近代絵画』(33・4)などの作品には、芸術的手法としての〈模倣〉の概念も精細に説かれている。だが、文学者として言葉という材料によって、音楽や絵画それ自体の〈模倣〉再現を目指すような態度に注目すべきである。

近年、日本の思想界を代表する論者達に、アリストテレスの読み直しが為された。その『ペルソナの詩学』(H2・8)で坂部恵は、所謂ミメーシスについて、『詩学』第四章の「人間にあっては子供の頃からその本性のうちにそなわった生来のものであり、人間が他の動物と異なる所以も、模倣再現にもっとも長じていて、最初にものを学ぶのも、まねびとしての模倣再現によって行う」を引き、そこには、「人間の文化について考えるに必要な手がかりのほとんどすべてが隠れている」と指摘する。

また山崎正和は、その『演技する精神』(58・3)で、アリストテレスの『詩学』の部分を引用し、演技というものの本質は、行動の〈模倣〉であり、それは人間の本能であると説明する。人間の知的能力の最初の発動は「これはあれである」という対象同定の作用というのが、その主旨である。『詩学』に語られる〈模倣〉本能とは、人間の表現活動に関するもので、世界の全ての存在はイデアの模写であった。イデアとは物の本質であり、ある物を、それとして認識するとは、事物をイデアの〈模倣〉として感取することである。(1) このことは渡辺二郎が指摘するような「具体的かつ構成的な本質呈示」(『芸術の哲学』(H10・6)のミメーシスにも通底する。そうした「イデアの恒常的本質の認識」(『同右』)のミメーシスとは、小林の思想営為にも言えないわけではない。だが小林の〈模倣〉再現という方法には、所謂西洋流のミメーシスでは割り切れないものが残る。そこには、どこまでも微妙なズレがある。

相良亨は、日本人に特有な自然観に関して、「自然に対立する人工的な『型』をすぐ自然の一部とみるような複雑な自然尊重がある」(『日本の思想』自然「おのずから」と「みずから」H1・2)と言う。それは「本性・本質を問わない土壌では、自然の模倣と象徴的把握、さらにはその模範的なありようが尊重され、その純化において『型』が形成され、型と間による自然の再構成が行われた」(『同右』)という傾向があるからである。(2)

本書では、こうした日本的な型と間の〈模倣〉に関しては、無作為的自然性と人間的作為性の問題として、後の章や附論の中で少しずつ掘り下げて考察していくことにする。例えば第四章の「古典と批評」で取り上げる「西行」(17・11)「実朝」(18・6)などは、批評的言語による詩魂の自在なる〈模倣〉再現であった。そうした小林の物学とは、過去の遺物の単なる模写として成立するのではない。むしろ現前の演技によって、古典という原物を時間的質差のあるものとして再構成している。「演技」という事柄については、昭和二十四年に発表された「私の人生観」(24・9)では次の様に語られている。

過ぎた時間の再構成は必ず行われているのであるが、それは、まことに微妙なそれと気づかぬ自らなる創作であります。また、西行流にいってみれば、時間そのもののごとき心において、過去の風情を色どる、そういうことが、行われるのである。私達の思い出という心の動きのうちに、深く隠れている、このような演技が、歴史家達に、過去の人達を思い出す時に、応用出来ぬわけがありますまい。（「私の人生観」24・9　全九-152）

過去の時間を構成し直すこと、換言すれば小林の思い出という歴史認識とは、おのずからなる創造という「演技」のことである。それは〈模倣〉による過去の作り直しという意味合いを持っている。空即是色の仏教思想は、この講演の一つの骨子である。それを西行は「虚空の如くなる心の上において、種々の風情を色どると言へども、更に蹤跡《しょうせき》なし」と語った。小林は、それを「時間そのもののごとき心において、過去の風情を色どる」と言い取っている。それは単に古典を模写するのではなく、原物と直接的に接触することで、歴史の再創造を行う。この『明恵伝』（喜海）にある一節を、後に川端康成も、その『美しい日本の私』（44・3）に引用し、「日本、あるいは東洋の『虚空』、無はここにも言ひあてられています」と語った。

こうした歴史への推参の形式は「自然に根ざしつつ自然を超える」(3)という発想と類縁関係があるが、そこに微妙な差異はある。小林のそれは「自然の動きに付かず離れず、これを純化する」（「言葉」35・2）というものである。(4)〈模倣〉されたものは、元の原物より純粋化された現実と成り、そこに自律的で「動じない美しい形」が見据えられる。歴史や伝統は第二の自然であり、「西洋模倣の行詰まりを言い、日本独特の文化の建設を叫ぶ、声高い説」（「満州の印象」14・1）とは別次元で、「日本の歴史が自分の鏡にならぬような日本人に、どうして新しい創造がありえましょうか」と、昭和十六年『改造』に掲載された「歴史と文学」（16・3）の最後には語られている。

人前で為された数々の講演は結果的に作品と言える。だが、やはりそこには文学や思想に関する創造意欲が中心的に語られ、実際に制作された個別作品とは性質は異なる。彼の講演には、常に一つの決意が表明され、その責任は、何よりも制作生活において果たされて行った。刻々と変化する歴史の流れを受容し、その中に自己の顔を見るのが正当という「文学と自分」にある方法意識は、一連の中世古典論で実行された。彼は言葉の実用と理解の側面を過信せずに、ありのままの姿を保存する詩語の調べを掌のうえに乗せ、その堆積の目方を正確に測らなくてはならないと言う。その言葉に染み込んでいる人間の情念の目方が、真に測れるようになれば、それこそが伝統という「歴史の流れが形作る現実の様式」の感得だからである。

しかし伝統とは理解しやすい形で、私達の眼前にあるわけではない。現実の伝統を枯渇させずに、日に新たに甦らせるために私達の自己は、その流れに身を投じ如何なるやり方で生きていくか、自分自身の様式を編み出さなければならない。いわば本来の自分に立ち還り、新たな地平を模索する必要が示唆され、そのことは次のように説かれている。

成る程、己れの世界は狭いものだ。貧しく弱く不完全なものであるが、その不完全なものからひと筋に工夫を凝すというのが、ものを本当に考える道なのである、生活に即して物を本当に考える唯一つの道なのであります。
（「文学と自分」15・11　全七―141）

小林は、こちら側の自己の世界を、直接的に経験する世界と限定している。彼は近代日本思想史において『善の研究』

（M44・1）を著した西田幾太郎などと同様に、直接経験の問題を徹底的に考察した思想家である。こうした小林の発想は、デカルトのコギトに倣った側面がある。「様々なる意匠」（4・9）の初版は、そうしたデカルトの引用で結ばれていた。また昭和三十九年に発表された「常識について」（39・11）の講演でもデカルトのコギトを逆説的に、「これ以上純粋な、直接的な、疑いようのない形の経験はない、そういう経験から出発したというだけなのです」と説き、その『方法序説』を「一幅の生活図」と呼称している。

近代批評の特質とは〈模倣〉すべき対象が、先ずは明瞭に自己の外部にあるということの認識である。あちら側に〈模倣〉されるものとしての自然物がある。肉体の必然性と有限を背負った自己が、自然の〈模倣〉を如何に果たすのかは、「この狭い世界だけを確実なものと信じ、この世界の中で自得するより正しい道はない」（「文学と自分」15・11）と語られている。自らの生活身丈に合わない空想は、真の思想とは見なされず、また自己の世界とは観念的自我といったものでもない。自らの生活経験の内で一筋に生きる工夫をこらす所に、真の自得があるという信念である。人間精神の歴史が形象化された古典という第二の自然と出会うことで、心の輪郭がより際立ち、その批評対象の選択は、それ以降、歴史的な情熱的個性を目指していった。

小林は「胸中の温気を常に暖め」（「同右」）ながら、外部にあるものを溶かさねばならないとし、また「他は知らぬということにこそ、人間の工夫の要訣がある」（「同右」）と述べている。ここで注目すべきことは他のことは分からないと言表する精神の型である。その意識の志向作用は回折的に自己内部に向かって閉じていく。そこには、自己の現存の孤絶的な場面が開示されている。だがそれは同時に、自己の現存性が、その意志と情熱で、自己限定的に融合した他の現存性の意味を包括的に認識する志向がある。いわば内部の持続性の側から、外部を把握しようとしているのである。自然と自己との関係構造において、様々な対象を〈模倣〉しながら表現しつつ、自己認識に達する循環的な知的努力の持続が、小林の方法に存在する。そして何よりも小林の本領は思想史家として、古典という第二の自然の歴史事実を、直接経験の世界で受容し、自らが現に生きている場で、その意味を活かす道を歩んだのである。

〈模倣〉とは、創造という問題の前提に関わる事柄である。例えば「職人の習慣的な仕事、無意識の模倣が、芸術家の自由な創造、意識された独創となる」（「政治と文学」26・12）。あるいは、「模倣によって如何に異なった精神が現れるかには驚くべき」（「雪舟」25・3）ものがある。そして「個性的な表現様式が、忽ち模倣を呼ぶ限り、つまりある時代の一般的な絵画形式の一単位として社会がこれを容認する限り、それは社会的な価値を持つ」（「偶像崇拝」25・11）とされ、〈模倣〉とは社会性とも密接な芸術概念である。

しかし、それは個人による直接的鑑賞などから、逆に歴史の方を照らし出すという発想・動機を根幹に持っている。小林における歴史の〈模倣〉とは、どこまでも現在的な感受や感覚、そして知覚から、その本質的な意味や価値を探究する方法であった。彼は様々な作品の中で、この〈模倣〉という概念に触れているが、次に「モオツァルト」論（22・7）に展開された部分を引用してみよう。

（モオツァルトが）或る他人の音楽の手法を理解するとは、その手法を、実際の制作の上で模倣してみるという一行為を意味した。（中略）彼は、作曲上でも訓練と模倣とを教養の根幹とする演奏家であったと言える。（中略）模倣は独創の母である。唯一人のほんとうの母親である。二人を引き離して了ったのは、ほんの近代の趣味に過ぎない。模倣してみないで、どうして模倣出来ぬものに出会えようか。僕は他人の歌を模倣する。他人の歌は僕の肉声の上に乗る他はあるまい。してみれば、僕が他人の歌を上手に模倣すればするほど、僕は僕自身の掛け替えのない歌を模倣するに至る。（中略）僕らは、今日でも尚、モオツァルトの芸術の独創性に驚く事が出来る。そして、彼の見事な模倣術の方は陳腐としか思えないとは、不思議な事ではあるまいか。（「モオツァルト」22・7　全八―91）

音楽一般がそうだが、「訓練と模倣とを教養の根幹」としたモーツァルトには、〈模倣〉こそ独創の母体であった。その芸術の独創性は、自然の〈模倣〉術を根幹とする。また別の所では「模倣と独創との概念に一応区別がついたところで、芸術家は、模倣し乍ら独創を現ずるに至るかも知れぬし、独創を念じて、模倣にさえ及ばぬかも知れない」（「政治と文学」26・12）と説かれている。近代芸術は所謂、独創という概念を肥大化させて来た。しかし彼は徹底した〈模倣〉を試みずには、自らの真の掛け替えのなさを表現できないとし、その初心である〈模倣〉術の可能性に立返ろうとしている。〈模倣〉するとは何よりも他を信ずる事である。その信の条件は直接的な対象との出会いにおける驚嘆の念にある。対象との出会いにおける驚きとは、それを感受する能力を持つ自己に自ら目覚めることである。それは自己が自己に衝突するような内的経験であり、多くの作品は、そうした直接経験の意識事実から書き始められている。対象との直接的な出会いの実体験なしには、彼の創造的想像力は動き出さなかった。〈模倣〉とは、いわば反発の対極にあり、対象と親密に付き合うことで、自己の直観を豊富にすることである。

小林は「創造的批評」の前提として、芸術家が自然を〈模倣〉した所を、再度自ら倣うことから始める。言わば〈模倣〉を反復持続することで、対象の認識を深める態度が、批評の方法意識の根本に存在する。そして「圧し潰して中味を出す」（「表現について」25・4）あるいは「己の脳漿を搾る」（「同右」）と定義される表現（expression）においても、歴史的作品を手本としつつ、自己の個別性を征服してゆくような精神の型を見いだせる。

他を信じ、それを規範としての〈模倣〉によって創造が始まり、自己克服的に自在な表現形式を獲得する批評方法は、一連の中世古典論やランボー論などに実行された。そこでも如何に生きるべきかの倫理的意味は、創造過程において問われている。「無常という事」（17・6）には、鎌倉時代を「上手に思い出す」という決心が語られ、「ランボオⅢ」（22・3）は「純粋視覚の実験」の試みで、それらは文学的〈模倣〉の演技である。そして自己表現以前の、生きた対象との付き合い方の問題であるが、そこでの小林は独創的権化であるより、むしろ対象を〈模倣〉する態度に徹している。

小林が扱った原物の対象と、その彼の批評との照合により、双方ともに生き生きと躍動してくることは、しばしば体験する所である。そこには「これはあれである」という対象同定の喜びが確かに存する。だが同時に、どの批評をとっても、それはやはり小林秀雄であろう。対象の古典とは別に、彼は彼のままに少しも変わらないという感想を抱かざるを得ない。

原物の古典とは、たとえその成立の原因は確定出来なくとも、まずは一回限り語られたものである。生きている批評精神は、その現前にある結果としての作品の意味を、過去からの永続性という憧憬の内に理解したいと思っている。それは紛れもなく対象に触発されるからであるが、こちらの精神が際立たなければ、対象の魂も甦らない。対象の再現を実行する動機の主導権は自らが握っていて、そこに過去との対話や対決が成立する。

だが、それは、それ自体として濃密な意味を持って現前している。その〈模倣〉（ミメーシス）とは、単なる物学ではなく、対象の本質を見抜きながら、自然に〈模倣〉しつつ、表現が模索されることで、自己を再認識するという過程を辿っている。自己がまさしく見たところを思い切って表現することで、さらに表現したところを自己が見返さざるを得ない。そうした循環的な再構成の過程において、対象と自己の関係は一層と深まっていく。
この批評家は無作為的態度と、卓越した作為的手法の訓練によって、対象を繰り返し〈模倣〉し、その型を彼自身の内側で見定めようとした。そして、その事が同時に生活経験を対自化し、それを暗喩的に現前化させるといった思想家なのではないであろうか。こうした近代日本の私小説作家などとは異質の、〈模倣〉再現の過程において注目すべき点は、如何に生きるべきかという問題を、常に外部の対象との関わりにおいて循環的に問い続けたことである。そうした思想の表現に、意識の志向作用の原則的なものがある。選択した対象を丹念に、〈模倣〉しつつ表現することで、その時空的背景の世界認識が広がり、それは特殊な私生活の反映や描写とは決定的に異なる、幅広い思想表現を獲得した。そうした特質はドストエフスキー論などに顕著である。次に、その代表的な作品論を取り上げて、この批評的知性の創造過程を検討してみよう。

## III 『罪と罰』論

昭和九年の「文学界の混乱」(9・1)に、作家論と作品論の制作動機が次の様に述べられている。

僕は今ドストエフスキイの全作を読み返そうと思っている。広大な深刻な実生活を活き、実生活について、一言も語らなかった作家、実生活の豊富が終わった処から文学の豊富が生まれた作家、しかも実生活の秘密が全作にみなぎっている作家(中略)こういう作家にこそ私小説問題の一番豊富な場所があると僕は思っている。出来るなら

その秘密にぶつかりたいと思っている。（「文学界の混乱」9・1　全三―23）

昭和八年に「『未成年』の独創性に就いて」が『文芸』十二月号に、また翌年九月には「『罪と罰』についてⅠ」と「『白痴』についてⅠ」が発表される。昭和十年一月号から十二年三月号まで『ドストエフスキイの生活』を『文学界』に連載し、同時期の「私小説論」（10・5―10・8）にも、『罪と罰』は話題にされる。そこには「ドストエフスキイはこの偶然と感傷に充ちた世界であらゆるものが相対的であると感じつつ仕事をした人で、そういう惑乱した現実に常に忠実だったところに彼の新しいリアリズムの根底がある」と語られる。「『地下室の手記』と『永遠の良人』」（11・4）や「『悪霊』について」（12・11）、「カラマアゾフの兄弟」（17・9）などは未完である。こうした所には、小林に未解決な問題が存在することが示されている。彼がドストエフスキーの作品を読み直しながら、作家の実生活の秘密をめぐり、近代日本に混乱した「私小説問題の一番豊富な場所」を対象化するには、長い年月がかけられた。そして「文学界の混乱」（9・1）の時期から三十年余りに亘り、ドストエフスキーの作品論が書かれて行くことになる。

昭和三十一年八月から十月に『文学界』に連載された「ドストエフスキイ七十五年祭に於ける講演」（31・10）の中では、ロシア十九世紀知識人達の思想の文学化のことを「小説を書いていたのではない。小説に生きていた」と言う。昭和三十八年の「文芸春秋秋祭り」での、「ソヴェトの旅」（38・11）の講演の中にも、「ロシアの十九世紀文学ほど恐ろしく真面目な文学は世界中にありません。文学は書かれたというより、むしろインテリゲンチャによって文字通り生きられた。人間如何に生くべきかという文学の中心動機だけが生きられたと言った方がよい」とある。それは人間とは何か、この人生を一体如何に生きるべきかという文学の中心観念が、恐ろしく真面目な余りに、その活力が既成の文学的枠組みを食み出しているという指摘である。こうした問題を、詩や小説や文芸時評の中に求めた知識人の倫理的課題は、同時に小林自身にも重くのしかかっていた。

昭和二十二年の三月に「ランボオⅢ」を『展望』に発表する。続けて翌年の秋に「私の人生観」が講演された。そして如何に生きるべきかとは、これらと同時期の「罪と罰についてⅡ」（23・11）に正面から問われている。そこで小林は『罪と罰』を論じる前に『地下室の手記』をめぐるシェストフの解釈に触れている。シェストフは「理性と良識も信ずるに足らぬという醜悪な信念が再生した」ドストエフスキーというように考えた。しかし小林は、それを一つの曲解として退け、作者の所謂「信念再生の物語」は断念され、むしろ「国民的根元へ、ロシア魂の認識へ、国民精神の是認へ立ち還る」という発想であると説く。それは『ドストエフスキイの生活』（10・1―12・3）が「歴史について」の序文から始まっていたことと深いアナロジーがあり、そうした所に思想史家としての萌芽が垣間見られる。[5]

またドストエフスキーという作者は「ラスコオリニコフという、実験心理学上の症例を示そうとしたのではない。ロシアのインテリゲンチャの悲劇が語りたかった」（「ドストエフスキイ七十五年祭に於ける講演」31・8）という観点がある。小林は近代日本という自らの生きる土壌との比較において作者を把握しようとしている。そこには「僕は手ぶらでぶつかる。つまり自分の身を実験してくれる人には近代的問題が錯交して、殆ど文学史上空前の謎を織りなしている観があるこの作者が一番好都合だと信じたが為である」（「再び文芸時評について」10・3）という、文芸時評からの決定的な方位転換がある。そして他者としての作者に、直かにぶつかるということは、この批評的知性自身が何か大きなものに試されることでもあった。

ドストエフスキーは「いかなる目的の為にも生活を浪費するな」（「思想と実生活」11・4）と言った。こうした不気味なパラドックスの背後には、その作者の「途轍もない生活の乱脈」（「同右」）がある。そうした生活の無秩序を平気で生きることが出来たのは、実生活とはドストエフスキーには、『ボヴァリー夫人』を著したフローベルと同様に、架空の国だったからである。そのことから、思想は実生活の絶え間のない犠牲によって育つという想念を語る。そして「僕等は多少は天才等の模倣をせざるを得ない様に出来ている」（「作家の顔」11・1）と言う。それは「実生活に膠着し、心境の錬磨に辛労してきた」（「同右」）私小説家等とは異質の新たな可能性を試すことであった。こうした作家の思想と実生活という課題も、「創造的批評」の根幹に関わるので、第二章「〈宿命〉と歴史」や第三章「〈実験〉と表現」で、引き続き取り上げることにしよう。ここでは、先ずは小林のドストエフスキー作品に対する〈模倣〉再現の試みの一端を辿ってみたい。

## （1）主人公の内部世界

ドストエフスキー作品は、人間の内部世界を舞台にしている。自らが眺めた世界を、主観的に語る一人称形式の作家は、広い世間に出て行くにあたり苦境に立たせられる。作者は『罪と罰』で、狭い告白形式を捨てた。小林は、その捨て方の語りとして『地下室の手記』を位置づけている。こうした見解には、「『罪と罰』の手前には数ある彼の旧作を尻目にかける鮮やかな一線が描かれているのであろうか。描かれているとは直覚する、だが鮮やかには見えぬ」（「罪と罰についてⅠ」9・2）と、昭和九年に暫定的に言われたことからの発展理解がある。「罪と罰Ⅰ」では、彼はラスコーリニコフを道化的存在として把握していた。だが「Ⅱ」（23・11）においては、もはや、そうした道化という理解が表明されていない。その点が「Ⅰ」と「Ⅱ」の決定的違いである。小林は作品を読み返し、作者の主人公創造における意味と、「罪とは何か罰とは何か」という問題をめぐって、反復持続的に「創造的批評」に取り組んだ。

小林は、この青年の内部世界に住み込もうとする。それは「陰気なファンタスティックな事件」（以下断りの無い場合「罪と罰Ⅱ」からの引用）、または「机上の空想に酔った頭脳の夢」である。だが、そこには極めて現代的徴候というものがある。異様な想念に執り憑かれた主人公には、空気が足りない。しかし彼を知ろうとする者は、薄くなった空気の中で、奇妙な息詰まりを体験しなければならない。そうした接近に批評の極限があるからである。[6] 二十三歳の主人公が奇怪な夢に閉じ込められ、出口が見つからない有様は「一匹の蠅が窓ガラスに衝突する」かのようである。作者は彼に「自分の見る夢に愚弄される覚めた男」を生き通すように命じている。そして、この長編小説に書かれているのは、殺人から自白までの、ほんの一週間の出来事なのである。

『地下室の手記』は「行為は精神の自由を限定する、馬鹿に成らなければ、どんな行為も不可能だ」という考えに取り憑かれた男の話である。地下室の男はラスコーリニコフのデッサンであり、そのテーマは「行為の必然性を侮蔑し、精神の可能性をいよいよ拡大してみると、行為の不可能性という壁に衝突する」ということにあった。これは精神の自由と行為の必然をめぐる可能性のパラドックスである。

『罪と罰』という作品は「犯罪心理の計算報告」である。ラスコーリニコフにとって殺人という決行は、何処かに行かねばならない場所で、それは現実に何者かに成らねばならないということであった。だが、それが紛れもなく悲劇であるのは、主人公の不幸の原因が彼の内部に深く隠れているからである。彼には他の力を借用せずに自己たらんとする渇望があり、既成のものを否定して全てを自力で始めようとする情熱が、ついには自己存在の必然性をも否定して、精神の可能性という世界に閉じ込もらせる。小林は、こうした自己が自己に近づき過ぎて、果ては自らを追い詰めてしまう危険な自己紛失を、〈実験〉という視点から次のように解説している。

凶行はそういう危機に際して現れるのだが、彼自ら「実験」と呼ぶこの行為は、そう呼ばざるを得ないそのことが示す通り彼の精神の鏡に映った可能的自己の姿に過ぎなかった。この奇妙なエゴティストは、どうしても他人に巡り会えない事に苦しむ。烈しく純粋な自己反省というものの運動が、当然陥らざるを得ないディアレクティックに苦しむ。そしてその正当な苦しみが、彼の狂気の間に煌めくのである。（「罪と罰Ⅱ」23・11　全八－333）

この批評的知性は、奇妙なエゴティスト（自己中心主義者）の内部世界に接近し、それを理解しようとしている。「罪と罰についてⅡ」（23・11）の冒頭で「眼の前には白い原稿用紙があり、僕を或る未知なものに関する冒険に誘う。そして、これは僕自身を実験してみる事以外の事であろうか」と語られた〈実験〉の意味は、こうした主人公の奇怪な精神に、表現者として衝迫することである。だが、それは確実な距離を措くところの〈模倣〉としての〈実験〉なのである。ラスコーリニコフは「婆さんを殺したのは悪魔だ、俺ではない、俺は、一と思いに、永久に自身を殺してしまった」と呟くような青年である。そこには異様な魔物が住み着きはするが、内部には異様な生の統一があり、魂そのものが紛失されてはいない。彼には何よりも自らの運命に関する、はっきりとした形而上的な予感がある。そして小林がラスコーリニコフを論ずるとは、認識主体としての批評が、先ずは対象を受容し、それを深化させることで、その生々しい形而上的感受性に接触することなのである。

## （2）孤独と秘密

凶行の次の日、彼は呆然と宮殿の見えるネバ川の辺りを彷徨する。その時の、ネバ川の光景には、まるで解釈の出来ない謎めいたものがあった。そうした荘厳な光景を現前にした主人公の状態は、小説中に次のように描かれている。

どこか深いこの下の水底に、彼の足元に、こういう過去の一切が、以前の思想も、以前の問題も、以前の印象も、目の前にあるパノラマ全体も、彼自身も、何もかもが見えかくれに現れた様に感じられた。彼は自分が何処か遠いところへ飛んで行って、凡百のものがみるみる中に消えて行くような気がした。（中略）彼は、この瞬間、鋏か何かで、自分というものを、一切の人と物とから、ぷっつりと切り放したような思いがした。（『罪と罰』）

ラスコーリニコフは過去も現在も、そして大切に保存してきた自分の孤独も秘密も、全て脚下の水底に見え隠れするのを感じる。彼は、ここに詩人の様に佇んでいる。この怪しく危険な精神の位相は、角度を変えて冷静に見据えられる必要がある。小林は、全てのものから切り離された主人公の内部感覚を、孤独の悩ましい成就と述べる。絶望的な意識家が、こうした境界線上の風景と出会っている。自意識が真に過剰であるとは、自己が未来に向かう空無性を、感じてしまう苦しみである。眼前に広がる荘厳な光景の裏側には、グロテスクな怪物が隠れているかも知れない。そうした謎めいた印象の解釈は保留される。だが、それは正に自らの運命を予感することであった。

元々ロシアにおいてラスコーリニコフという名の由来は、ラスコールニキ（分離）を捩ったもので、それは正教会からの逸脱を意味する。主人公は「分離派」（「ドストエフスキイ七十五年祭に於ける講演」31・8）なのである。彼は孤独な苦行者であり、その悩ましい触覚を、批評精神は鋭く感知しなければならない。

　彼の内部世界に風穴が開いた時、その孤独は成就した。そして秘密が成就するのが作品の第二主題で、それがソーニャとの出会いであった。小林は、この男女の出会いを、まるで音楽の転調を聞き分け、静かな場面の色調を見分けるように感知してゆく。

　絶体絶命の場所に追い詰められた二人は、不思議な力で引き寄せられた。ソーニャは彼の不幸を一目で見抜いた。奇妙にも、ある貧しい部屋の中に落ち合って、『聖書』を一所に読んだ二人を、燭台の明かりが、ぼんやり照らし出す。そうしたソーニャが彼に『聖書』を読んで聞かす有名な部分を取り上げて、それは幻ではなく、作者は見たものを見たと言っているだけだと指摘する。要するに小林の見解とは、ソーニャの眼は根底的に作者の眼というものである。

　主人公の自白の場面は「I」では、「この短文に現れた人間心理を解くのには恐らく一冊のノオトを必要とする」という保留付きで、「ソオニャとの出会いという劇的場面に於いて彼の道化乃至欺満はその頂点に達する」と把握されていた。そして謙譲が全く感じられない、まさに傲慢なラスコーリニコフの自白を、小林は「I」の時点では、ソーニャはリザベータの動作を〈模倣〉し、同じ子供らしい微笑を浮かべて主人公はソーニャを〈模倣〉するというように、その場面を、暫定的に人物相互の〈模倣〉再現として論じていた。

　しかし、その「II」の方では「リザヴェエタの恐怖は、実はソオニャから貰ったものであり、ソオニャの恐怖は、彼自ら与えたもの」と理解されている。まさにラスコーリニコフが与えた恐れが三人を結びつける。そして「真実不思議な事ではあるのだが、恐怖が愛でないと誰に言い得ようか」と語る。ここで小林は主人公の内部世界を追いながらも、それと距離を取り、その創造者の側に立っている。そこから「I」において欠落していた、ラスコーリニコフが与えたソーニャの畏怖される愛情というような、より深まった登場人物の心情理解がされている。

そして「Ⅱ」の第四章では、小林は、ラスコーリニコフは作者が自殺し得ない同じ理由で死ぬ事は出来ないのだと述べる。自殺では決して片付かない問題を、この呪われた青年は背負っている。「今日までの、道徳に関する一切の学には、どんなに変に聞こえようと、道徳性の問題そのものが欠けていた」（『道徳の系譜』）とはニーチェの言葉である。また「意識の度は絶望という冪《べき》の指数」（『あれかこれか』キルケゴール）であり、彼は絶望か、信仰かという問題の渦中に、たたき込まれている。

ここで小林は、近代の代表的な思想家（パスカル、カント、ヘーゲル等）の名を挙げ、倫理学的な根本問題を論じている。そして、この『罪と罰』という「善悪の彼岸」物語を、如何に生きるべきかを問いかけた、「或る猛り狂った良心の記録」と述べる。「罪と罰Ⅱ」の第四章は、ソクラテスやプラトンに遡行し、小林独自の哲学史解釈が語られる。ソクラテスはデルフィの神託を受け、そこには「汝自身を知れ」と書かれていた。しかし徳の実践とは、その認識に帰着するという知徳合一の教説より重要なのは、如何に生きるべきかという問いを、ソクラテスが自己とは何かという汲み尽くすことの出来ない問題の中心に置いた点にあると説く。ソクラテスは、デモンの虜ではなく、それがソクラテスの意識を目覚ました。私達の内部にも、その破片というものは発見出来る。そして、その問いの主体には、依然として否定の力という禁止の命令が棲みついている。小林はソクラテスの自意識とは「よく生きんが為に統一され集中された意志」（「悪魔的なもの」33・2）であり、それは不知という「人間の意識なぞより、遥かに巨大な、完全なもう一つの意識」（「同右」）の大海に浮かんでいると説く。こうした倫理的課題は「プラトンの国家」（34・7）や『感想』（1回）にも指摘され、小林の思想的本質を考察する上で重要である。

この「罪と罰Ⅱ」(23・11)で、小林は社会生活において、個人が自己を失うとか見つけるとかいうことは、殆ど無用な事柄であり、個人が自己自身の問題に出会うような危険を、社会の方がよく承知していると言う。如何に生きるべきかという問いは、自らの歴史的社会的存在さえ他所に感じるところの意識の深層に発する問いである。社会生活の習慣的惰性から離脱して、一個の人間が自己の中心に還り、「永遠の現在」の時間を感得する事が、こうした個性にとっての可能性の追求である。そして〈自発〉的に新たな地平を模索する精神生活の獲得行為が、絶対目的なのである。

## (3) 自己という謎

小林はパスカルの「人間は考える葦」という言葉は、「人間は脆弱な葦が考える様に、まさしくその様に、考えなければならぬ」であると言う。一見奇妙な発言とも取れるが、その真意は、人間の思考は正に弱い葦の繊細さを〈模倣〉すべきという所にある。そして彼は『パンセ』を一貫するテーマとして、「人間とは一体、何という怪物であるか。何という珍奇、妖怪、混沌、何という矛盾の主、何という驚異か。万物の審判者にして愚鈍なる蚯蚓《みみず》。真理の受託者で曖昧と誤謬の泥溝。宇宙の栄光でもあり廃物でもある。誰がこの縺《もつ》れを解くのか」(第七章「道徳と教義」434)を挙げている。小林は人間を考えるに際して、謎から解決への道を否定しているが、そうした思想的精髄が『パンセ』のここにある。自己認識に於いては、自己とは「個性という形式の下に統一された謎」であり、如何なる解決も、それは断片的なものに留まる。むしろ全体的謎の現実性を深く経験することが、自己を真に知ることなのである。小林はラスコーリニコフを駆り立てたデモンとは「真理への飢渇」であるとして、次の様に語っている。

彼には、一切の確たる目的は疑わしいが、或る言い現し難い目的、いわば、自分が現にこうして生きているという事実の根源、或いは極限という謎は、あらゆる所与を突破し、課題に変じて前進するために、どうしてもなくては適はぬ目的である。ラスコオリニコフは認識が到るところで難破する事を確かめ、もはや航海の術もなく、自己の誠実さという内部の孤島に辿りつく。彼は、この孤島の恐ろしく不安な無規定な純潔さに一種の残忍性をもって堪えようとした。（「罪と罰II」23・11 全八-365）

ラスコーリニコフの「極限という謎」とは、今、ここに生きているという追い詰められた私という一点のことである。そうした奇怪な自己の現存の意味こそが大いなる謎なのである。そして存在の究極的根拠を問うこと、あるいは目的を目指して前進することとは同一の事柄を意味していた。彼の精神とは所与を自らの課題に変えるような哲学的気質である。主体内部への根拠への問いが辿りついた孤島とは、自己への誠実さというものであった。だが、そこは極めて不安定で危険な場所に他ならなかった。

「罪と罰II」の最終章は、小林作品の中でも難解と言われている。ラスコーリニコフは、「労役の合間、丸太の上に腰を下ろし、荒寥とした大河を隔て、遥か彼方に広がる草原を眺め」ている。そこは「時そのものが歩を止めて、さながらアブラハムとその牧群の時代が、未だ過ぎ去っていない」かのようであった。主人公の不思議な夢想は、小林の心にも響き合い、それは次のように語られた。

ラスコオリニコフは、独力で生きているのではない。作者の徹底的な人間批判の力によって生きている。単にラスコオリニコフという一人の風変わりな青年が選ばれたのではない。僕らを十重二十重に取り巻いている観念の諸形態を、原理的に否定しようとする或る危険な何ものかが僕らの奥深い内部に必ずあるのであり、その事が、まさに僕らが生きている真の意味であり、状態である。そういう作者の洞察力に堪えるために、この憐れな主人公は異様な忍耐を必要としているのである。（「罪と罰Ⅱ」23・11　全八―366）

ここに説かれるドストエフスキーの透徹された人間批判と洞察力とは、既に作者十七才の時の兄への手紙に現れていた。それは「人間とは何と不自然に創られた子供だろう。（中略）この世は、罪深い思想によって損なわれた天上の魂達の煉獄の様」であり、途轍もなく否定的なものという思想である。小林は、作者の主人公に対する愛の緊張と出合い、それに反響するように共感している。それは小林の思想的源泉に関わり、そこには内奥の感覚に根ざす所の〈自発〉的な記憶が問われている。自己の奥深い所にある危険な何ものかを見つめ続ける所に、自己の現存の意味を問う思想内容の独自性がある。そこには不思議な沈黙があり、その地平にさしかかると、表現は一層と晦渋になる。だが、そうした深層の自己に誠実である限りにおいて、彼の自己同一性は保持されている。そして〈模倣〉という概念が、次のように使用される。

主人公の心理や行動、或いは両者の連続や不連続、それは、それだけで、既に充分に異様に見えるが、才気ある作家達の模倣を許さぬものではない。しかし、残酷な心理学が、到る所で心理学的可知性を乗り越える、この作者の思想を才気ある者が模倣するわけにはいかぬ。（「罪と罰Ⅱ」23・11　全八―367）

例えば自然主義文学者である島崎藤村の『破戒』（M39・3）は、『罪と罰』なくしてはありえなかった。また登場人物の異様で予測不可能な心理や行動描写は、近代の才能のある作家達に事実〈模倣〉されてきた。だが、十七歳で発狂する計画を立てたような残酷なる心理学者でもある作者の思想それ自体は、文学的自我の技巧や才能というようなもので〈模倣〉する事は出来ない。この文章には、安易に真似できない対象と批評主体との距離感が語られている。しかし、それは繰り返し全的に接近したが故の自他の距離認識であり、舶来の師匠の表面的才気が真似されたのではない。小林は主人公の内部世界に侵入し、その忠実な再現を試みた。それは人間存在の真相に関わる、「具体的かつ構成的な本質呈示」（ミメーシス）とも近似するもので、決して単なる物学に限界があったのではない。それは明確な方法意識にもとづく「創造的批評」の〈実験〉の表現であり、近代日本思想における新たな批評形式の可能性が賭けられた様相がある。

第五章「絵画と意匠」にも触れるが、『ゴッホの手紙』（27・6）では「出来るだけ、忠実な抜粋を作ろうと思う。もう私の注釈などの余地はないようである」（「サン・レミイ」）という限界が吐露されている。また『近代絵画』の「ピカソ論」（33・2）は、「恐らく彼は正しい。だが、誰にも正しいと言うには、あまりに危険な道である。模倣者は呪われるであろう」と結ばれている。そこには、批評主体と対象との間の微妙で不安な、ある種の恐怖感にも似た振動が感知されはしないであろうか。「罪と罰についてⅡ」（23・11）のここでも、これ以上、一歩も踏み出すことは出来ないという限界状況の直視が言葉になっている。そして、こうした所に特徴的であるが、何か超越的な大きな眼に逆に見据えられている感触が語られる。

対象の〈模倣〉再現とは、〈自発〉的な創造的営為の前提であり、それは自己との間《あはひ》に立ち現れるヴィジョンの形の確定を志向する。そこには自らを振り返らずに、対象を信じることがある。だが表現する地平では、主導権は自己の側に存在する。確かな内的直覚がなければ、それは対象に引きづられるだけである。そして自律的な表現の地平においては、自己反省を伴わないのは不可能で、自己内部での創造的想像力と批判的判断力は必然的に拮抗する。生々しく混乱している実在感から、操作的に明瞭なものだけ分析的に抽出しても、問題自体の解決にはならない。全体に対して部分でしかない人間存在に、超越的な全体そのものは認識できないとしても、まさしく自らが見たものに「形があれば形をあたえ、形のきまらぬものなら、無定型の形を与える」(「ランボオIII」「ピカソ」)という創造を実行するのには、眼前にある対象にぶつからなければならない。そこには新たな創造様式を獲得するための悪戦苦闘が存在する。それが不十全かつ局面的な制作であっても、自らが創出する形には対象の全体像と本質が暗示されていなければならない。「何かをやっつける」(『雪舟』『ゴッホの手紙』等)という方法を、小林は精神生活において責任を持って徹底させた。その時に彼自身に征服されたのは所与としての環境ではなく、己れの魂の姿を自ら見定めるという自己認識であった。それは大いなる謎の解読への志向であり、この「『すべて信仰によらぬことは罪なり』ロマ書」(『罪と罰II』)と書き終えられた本格評論は、彼の意識事実により生活経験された「創造的批評」の達成である。

意識を持つことが、言わば罪であるラスコーリニコフは死ななかった、作者の愛情が彼を殺さなかった、というのが小林の指摘であった。『罪と罰』論で、主人公の謎の全体性は一層深まったが、次には、もし彼の様な「不透明な内部を持った人間が、明らさまな行為によって周囲の人達を驚かせるように生活したとしたら」(「白痴II」39・5)と、何故に作者は『罪と罰』の次に、『白痴』を書いたのかという問題が呈示されてくる。

## Ⅳ 『白痴』論

昭和三十九年という時期は、小林には翌年から『本居宣長』(40・6―51・12)に着手される大きな節目である。そうした思想傾向の内に加筆修正された「白痴Ⅱ」には、三十年余りに亘るドストエフスキー論の総括的意味がある。そこに語られている課題は、作家の実生活と思想や信仰をめぐるものである。このⅣ節では、そうした『白痴』論の主要な問題点を検討してみよう。

(1) 還って来たラスコーリニコフ(ムイシュキン)

「白痴Ⅱ」に「静かに光り、同時に恐ろしいもの」あるいは「一切のものを征服する、暗愚にして、傲慢な、無意味にして、永久な力」という指摘がある。それは人間にとって極めて不条理なものの暗示であるが、「白痴Ⅰ」の方では「晴朗なもの、或いは恐嚇される様なもの」とも言われていた。ムイシュキンという主人公は、こうした得体の知れない何ものかを感得している存在として再現されている。これは作者自らの体験であるセミョーノフ練兵場の体験(「もう二分か三分経ったならば一種の或る物になる。即ち誰かに、でなければ何かになるのだ」)の記憶が、ムイシュキンの口を借りて語られている。こうした絶体絶命の実体験は次のように換言される。

命はまん丸で入り口がないから、死線は切点という出口で触れている。(中略)みんな歩いているうちに出口から出てしまうというのは、歩くとは、みんな出口に向かって歩くことだが、ここに一人の男があって、出口から逆に歩いた。（「白痴について II」39・5　全十―190）

死という出口から逆行するとは、人生という五里霧中を、如何に生きるべきか問いかけた先の、窮余の一策のことである。生活の限界で命を見つめるのは、誰にでも苦く辛い経験であろう。だが、そんな時に限り、人の意識は根源的な関係性に覚醒する。ラスコーリニコフは他の力を借用せずに可能的自己の追求をした。まさに夢を見ていたのであるが、その限界状況で見たものは「暗愚で傲慢な、無意味で永久な力の世界」であった。

ムイシュキンとラスコーリニコフは似ている。何故ならムイシュキンは還って来たラスコーリニコフだからである(7)。小林は「『白痴』は『罪と罰』を遡行したもので飛び越えたものではない」と述べ、その論究で、世界の異常性と不可測性の意味を考察している。例えばシェストフは『白痴』を失敗作であると断じた。主人公のことを「木偶坊」「ゼロ」「奇形」とまで呼称する。確かに主人公の存在は異様であるが、作者は「真に善良な人間」というものを描いた。そして、この小説の登場人物達は、自意識よりも無意識と動機曖昧な行為に生きていて、そこには何処までも閉じていく人生の濃密性がある。

所謂、無意味で永久なる力とは「ホルバインの絵」（十字架から下ろされたキリストの死体）が暗示するものである。そのグロテスクな感触は、作者の思想が通過する危険地点を示し、それは世界や人生に必然性を見ることとは異なる。作者は「誰かが、キリストは真理の外にいる、真理は確かにキリストを除外する、と私に証明したとしても、私はキリストと一緒にいたい、真理と一緒にいたくない」（「フォンビジン夫人への手紙」）と書いている。キリストは作者が支配してはならないと考えていた唯一の手本であったが、それはムイシュキンという人物を創造する作者の念頭に常にあった。ムイシュキンの正体は深い謎であるが、その存在の手本とはキリストのことであり、そこからドストエフスキーの創造が始まった。小林は、こうした大胆な仮説から、作者の監獄での「聖書熟読の経験」を空想している(8)。そして『罪と罰』の終末で、ラスコーリニコフが、シベリヤの広野に遺された時と同様に、『聖書』が監獄で開かれた際も、時間は消えたというように説く。

古典という原物が、その昔、今は死んで了った人々により、今は変わって了った様々な生活条件の下に、たった一回限り歌われた、或は語られたその喜びや悲しみの、在ったがままの強度を、直に感得出来ればこそ、詩人はその無私な驚きから、新しい彼自身の言葉を吐く事が出来るのであろう。時が消える感動だけが過去を未来に本当に結びつける。(『白痴Ⅱ』39・5　全十―185)

ここでの古典とは『聖書』のことを指している。小林はドストエフスキーという詩人が、獄中で『聖書』を「無私な驚き」で読み、そこに新たな彼自身の言葉が案出されたと見ている。驚きとは絶対受動であり、自ら目覚めようとしても、そこには限界がある。そうした時に起こった出来事が「静かに光り、同時に恐ろしい事」(セミョーノフ練兵場の体験)である。それは「信と言っても、不信と言っても、ただの言葉に過ぎないようなもの」であり、作者は、ただ単に宗教的観念や体験を語ったのではない。そして何よりも、言葉に過ぎないものに驚嘆の思いを抱く人間存在それ自体が、謎の根源であろう。ここで小林は「はじめに言葉あり」ということを考えている。この問題は近世儒学論の「弁名」(36・11)や「歴史」

（38・5）の中でも再度触れられるテーマであり、それは既に「様々なる意匠」（4・9）の中にも潜在的に見え隠れする、彼の言語論に秘められた大きな課題なのである。

## （2）滝と城の心象風景

小林は『白痴』という長編小説を、まるで音楽を知覚するように読み進んで行く。その「主音想」は、作者自らのセミョーノフ練兵場の体験にあるが、次に挙げる滝と城の奇妙な風景も、小説の基調音であると指摘する。

僕のいたその村に、滝が一つありました。あまり大きくはなかったが、白い泡を立て乍ら騒々しく、高い山の上から細い糸の様になって、殆ど垂直に落ちて来るのです。随分高い滝でありながら、妙に低く見えました。そして、家から半露里もあるのに、五十歩くらいしかないような気がする。僕は毎晩その音を聞くのが好きでしたが、そういう時によく激しい不安に誘われたものです。それから又、よく真っ昼間にどこかの山に登って、大きな樹脂の多い老松に取り巻かれながら、ただ一人で山中に立っていますと、やはりそうした不安が襲ってきます。頂上の岩の上には中世期の古い城の廃虚があって、遥か下の方には、僕のいる村が見えるか見えないかくらいに眺められる。太陽はぎらぎら光って、空は蒼く、凄い様な静けさが辺りを領している。そういう時です。（『白痴II』39・5　全十―211）

この風景描写は全体が異様であるが、かなり高いはずの滝が、妙に低く見え、それが遠いところにあるのに、すぐ近くで激しく落ちてくるようとは、まさに不気味な心象風景である。事件の渦中で、紛糾した人間関係に堪え難くなった時に、主人公の心に、こうした「滝と城」の風景が現れる。彼はそうした静寂の中で「一生あの事ばかり思いつづけていたい。あの事一つだけで、千年も考え通していい」と呟く。

小林は、こうした主人公の、存在と非存在の間に現出するかのような心象風景は、そのまま彼の思想であると述べる。ムイシュキンは、単に無邪気で善良なのではなく、正気と狂気とが交替する、不思議な経験に忍耐してきた不安な男なのである。まるで聾啞のように苦しむ正体は依然として謎である。そして生活において、彼と深い交渉を拒否する人々の観察や批評は、空虚な雄弁に過ぎなくなってしまう。外部からムイシュキンを観察し批評しても、この人物と生きる場を共にし、共通の感覚で果てまで行く覚悟がなければ、それを創造した作者の思想を真に理解する事は出来ない。こうしたムイシュキンの「絶縁体の様に沈黙する意識」を、小林は作者同様に生活経験に即して実感していたように思われる。

「白痴Ⅰ」と「Ⅱ」の顕著な相違は、その「Ⅱ」において脇役の存在に注意が払われていることである。(9) 例えばイポリットの夢に関する哲学的叙述（ベルクソンとフロイト論）や、レーベジェフやイボルギンなどの道化役に多くの指摘が成されている。この『白痴』という小説には、むしろ、その脇役達によって作者の深い思想が暗示される。レーベジェフやイボルギンという「ソクラテスならぬ凡庸人」は、まさに一生を台無しにし、手痛い代償を払っているが、そのことで確実に、その自己に面接している。そうした彼らの苦しみはソクラテスの知恵に決して劣ってはいない。だが、それはムイシュキンという、他者にも思いの他の自己を開示させる機縁のような存在を媒介にしてである。この人物なくして、彼らの存在が小説世界にないのは明らかである。そうした存在を小林は、「主人公と呼ぶより、むしろ一個の意識或いは精神であって、筋のきっかけに成るような性格上の諸規定が、この人物には欠けているのであるから、ひとたび、この人物に事件が発生すれば、彼はいわば、事件の重みに堪えられず破滅する」と説く。
物語の中心人物は、ムイシュキンとラゴージンに殺されるナターシャの三人であり、悪夢のような悲劇的関係も、ムイシュキンの視覚の内部に進行する。そのことは昭和三十九年に「白痴Ⅱ」に加筆された第九章では、次の様に述べられている。

　言わば、同じ月日の下に生まれたという一種の感情が三人の生を領しているので、彼等のうち誰にも、これに抗しようとする意力も、これに屈従しようとする智恵も現れない。三人は、運命とは自分自身の事だという共通な内的な一種の感触に慄《おのの》いて、一切の人為的な約束を放棄し、己の生命の果てまで歩こうとする。（『白痴Ⅱ』39・5　全十一 254）

もし人間が自らの抵抗の意欲や屈服の知恵さえも放棄してしまったら、世界の必然性に流されてしまうであろう。そして、どうにかしようとして、どうにもならないという不安な運命を、誰よりもよく知っていたのがムイシュキンという主人公であった。この限りない憐憫の情と、異様な純潔性を自得した人物に示す、小林の並々ならない興味や関心は何に由来するのであろうか。ムイシュキンとは、木偶坊の最たる者であり、人間の醜悪な姿に心痛み、絶縁体の様に沈黙する。だが試金石であり、しかも見巧者である彼は『近代絵画』（29・3―33・2）の「ゴッホ」論の中では、ゴッホ自身が、ゲルマン風のムイシュキンに例えられる。いわば小林自身によって対象が複数化された芸術家になっている。ゴーガンはランボーに、そしてヴェルレーヌは再びゴッホと同定される。西行と実朝が似た詩魂とは、連作の古典論に指摘される事柄で、実朝の無垢性とムイシュキンの純潔性も相似型である。それらは悪い意図のない無知とでも言うべき「ハマルティア」(『芸術の哲学』渡辺二郎)の権化達である。

第四章「古典と批評」で見るが、中世古典論の「実朝」(18・2―6)などは、その語りの筋に悲劇的なものが感知される。そうした悲劇とは人間の真相に関与するミメーシスに基づいている。それは眼前で起こるかのような劇的事件そのものの中に引き摺り込まれ、忘我のエクスタシーから、逆に自己の現存の意味を再発見することである。そこには不純なものを浄化するというカタルシス作用がある。

小林の批評の創造過程には、直かに生活経験されたものが、不安定な観念や心理を突破した思想として、主体的自覚的に〈模倣〉再現されている。それは制作技術上の〈模倣〉や、肉体の不可避的〈模倣〉より、さらに根源にある〈自発〉的な記憶という精神生活の経験の再現に由来する。個性的表現が個性的見方と出会い、様々な対象が近代思想という劇場で〈実験〉的に演技されたのである。

その〈模倣〉とは対象を内部の手本としつつ、自己がその個別性を征服し、普遍的な自己(「非凡な無私性」)を模索する知的営為である。[10]「創造的批評」の方法意識とは、〈模倣〉しつつ表現に達するという手順を究尽する所に発生する。それは創造的想像力と批判的判断力が拮抗する経験に忍耐しながら、精神生活の〈自発〉的な表現を志向する。そして〈模倣〉再現(ミメーシス)とは、単なる物学ではなく、自らが捕らえた対象の本質を、具体的なイメージと明確な図式を介して呈示することで、芸術そのものの根源にある働きである。小林の『罪と罰』や『白痴』論とは、そうした再生的想像力による思想形態の典型であり、そこには自己認識から生の深みを直視するような態度を見いだせる。

こうした〈模倣〉再現とは第二の自然と称される古典と伝統の継承を目指している。それは生きた自然という対象の動きに、付かず、離れずという距離の緊張感を持った態度で即しながら、自然の再構成において自己表現を純化する特質がある。そこに案出されてくる型とは、日本人の「おのずから」的な思考様式を背景にもつ自然観の一つに位置づけられる。[11] そして歴史的個体から《まなび》《ならう》という〈模倣〉術で、精神の集中と緊張を獲得し続けたことが、小林が晩年まで溌剌とした思想表現を成し得た理由であろう。

注

(1) 山崎正和（『演技する精神』「第二章　演技と行動、一　行動の模倣」、中央公論社、昭和五十八年）。

(2) 相良亨（『日本の思想』「二　自然、『おのずから』と『みずから』」、ぺりかん社、平成一年二月）。

(3) 坂部恵（『ペルソナの詩学』「II〈ふるまい〉の位相――文化の構造と動態への一視覚」、岩波書店、平成二年八月）の中で、氏は所謂「ミメーシス」について、「詩作・制作の本領は、人間の現実のできごとの個別的事象に即しつつそれを現象学的還元に比せられる操作によって超出し、そのいわば分身としての理想的出来事を普遍的レベルにおいて図式ないし解読格子として構想し、それによるいわば心の向けかえと転移を通して、ひとが現実をよりよく理解し、それに対処しうる道をひらくことに存する」と語る。それは渡辺二郎が『芸術の哲学』の中で展開するガダマーの「具体的かつ構成的な本質呈示」というミメーシスと同様の趣旨である。

(4) （「言葉」昭和三十五年二月「文芸春秋」）の中で、小林は、本居宣長について「彼の歌論で好んで使われている『おのずから』という言葉は、自然の動きにつかず離れず、これを純化するという意味合いに自然となって来る」と述べる。

(5) 饗庭孝男（『小林秀雄とその時代』「第五章　意識の「地下室」を求めて――ドストエフスキイ論考――」、文芸春秋社、昭和六十一年五月）の中に「小林秀雄は、この『ドストエフスキイの生活』を主として書簡を中心としてつくり上げているが、それはE・H・カーもとった方法の一つであり、またジイドの評論もそれに多くを負うている」とある。

(6) 佐藤正英（「思想史家としての小林秀雄」『季刊　日本思想史No.45』ぺりかん社、平成七年七月）に「己れに最も近い存在は己れ自身である。このようにあるところの現存を否定して、他のなにかであろうとするところの己れとはなにか、と己れ自身に直接問わなければならない」とある。

（7）粟津則雄（『小林秀雄論』「ラスコーリニコフとムイシュキン」中央公論社、昭和五十六年九月）の中で「彼の白痴論は『罪と罰』終篇に見られるラスコーリニコフを『未だ人間に触れていないムイシュキン』と見なすところから、出発しているのだが、これはきわめて卓抜な着眼である」と指摘する。

（8）丸山真男は「近代日本の思想と文学」（「科学主義の盲点」）で、三木清の「知性と空想とを全く相反するもの、相容れぬもののように考えることは間違っている。……日本の小説には空想が乏しいと言われているが、それは日本の小説に知性が乏しいということと無関係でない、つまり我々には仮説的な思考の仕方が十分理解されていない」を引き、「弾力ある知性」の必要を説くが、小林の発想はそのひとつの典型である。

（9）昭和九年の「文芸」九月号から昭和十年の七月号まで連載された「白痴Ⅰ」は『ドストエフスキイの生活』（10・1－12・3）とほぼ同時期である。また、この作品論も『罪と罰』論と同様に、再度に亘って取り組まれている。その「白痴Ⅱ」は「中央公論」の昭和二十七年の五号月から昭和二十八年の一月号に連載された。そして十年余り後の、昭和三十九年に第九章が加筆されている。前年には『感想』（「ベルクソン論」33・5－38・6）が未完で終了し、翌年に「常識について」（「デカルト論」39・8）の講演が成された。

（10）「常識について」に、「近代的自我の発見者デカルトというような、わかったようなわからないような言葉を弄しているよりも、この自我発見者には、自我というような言葉につまずいたことはいっぺんもなかった、彼が、実際に行使したものは、今日では、もうたいへんわかりにくくなってしまった、非凡な無私というものであった事を、とくと考える方が有益であると私は思うのです。彼の描いてみせた『一幅の生活図』から、自己を信じて無私を得た生きた人間を感得する方が、ずっとやさしいし確実なことだ」とある。

（11）竹内整一（『「おのずから」と「みずから」――日本思想史の基層』「第一章『おのずから』と『みずから』――日本的『自然』と自己」、「五『相即』の『あわい』」、春秋社、平成十六年二月）に、「自己という人間存在が自然でありつつ、かつ、ないという、すぐれて普遍的な『あわい』の問題」が西田幾太郎、九鬼周造あるいは道元、親鸞、世阿弥などを例に、精密に具体的に論じられている。

# 第二章　〈宿命〉と歴史

## Ⅰ　〈宿命〉と「美神」――「様々なる意匠」

〈宿命〉とは、「美神」と相関・交流するものとして、初期の頃から使われてきた概念である。昭和四年九月の「様々なる意匠」では「血球と共に循る一真実」という比喩で、一個の人間内部に循環する〈宿命〉ということが語られている。小林が、そうした内的必然性と出会うことは、観念的にも身体的にも動揺し、呼応するところに生じてくるといった質の、或る事件であった。

### (1)〈宿命〉の対自化

人は様々な可能性を抱いてこの世に生まれて来る。彼は科学者にもなれたろう、軍人にもなれたろう、小説家にもなれたろう、然し彼は彼以外のものにはなれなかった。これは驚くべき事実である。この事実を換言すれば、人は種々な真実を発見する事は出来るが、発見した真実をすべて所有する事は出来ない、或る人の大脳皮質には種々の真実が観念として棲息するであろうが、彼の全身を血球と共に循る真実は唯一つあるのみだという事である。

小林には、こうした人間存在の意味とは、一つの大いなる謎であり、そうした人間的〈宿命〉を目撃することは、決定的に驚くべき事実とされている。そこに一人の青年がいて、彼は頭脳明晰で決断力があり、想像力においても非凡であったかも知れない。だが彼が極めて高い資質を抱くがゆえに、その望むところの社会的生業が可能であっても、畢竟、その人以外の者には成れず、誰も彼もが現存としての已れ一人の秘密を抱いて生き死んで往くしかないということが語られている。小林は、その人以外の存在には成れないという一個の人間的〈宿命〉を、希望や告白あるいは皮肉や特権とも異なる次元で、徹底的に意識化しようとする。こうした発言をアリストテレスの思想に照合すれば、可能態がその現実態を獲得するという事柄の一種である。

初期小林の批評における主要なテーマとして、科学と政治と文学の相互関係をめぐる問題がある。彼は何よりも、そうした混乱の渦中を生きながら、文化領域相互の対話の場所を模索していた。そして先の発言には、様々な文化の同一的帰一性を逆説的に可能にさせるような根拠が示されている。それは誰も皆、究極的には一人生まれて一人死すという、人間的〈宿命〉の自己凝視に関する認識である。

このことは「創造的批評」の過程で、その主体が、可能的〈模倣〉再現をしつつ、〈宿命〉（真の独創）的な次元に到達することを意味する。「血球と共に循る一真実」とは、現存としての自己の体内に循環する粒子や波のごとくイメージされる生命の律動であり、それは真の性格または独創性を指している。この批評家も、本人以外の者には成れなかったはずであるが、それは彼が彼自身であり得た所でもある。小林は生涯をかけて批評的知性としての自己同一性をまっとうしたように見える。そうした稀有な〈宿命〉の内実を検討せずに、近代日本における創造的な批評家の正体は明瞭にならない。先に引用した「様々なる意匠」の箇所は、時には虚無的相貌を帯びて現出するが、彼の思想的本質が情熱的に縮約されている部分である。そこには私達が、その全作品世界を辿る中で、どうしても無視しえない意味の深みがあり、繰り返しなぞり返す必要がある。

初期の小林は、近代の象徴派詩人達の創造という内的必然の営みに、決定的な影響を受けた。それは時代の趨勢である擬科学主義に抗して、個人の意志や精神の自由の可能性を信じることであった。小林は新しい創造様式に関わる彼等の自己意識の劇に衝迫し、その意識の形は次のように把握されている。

芸術家にとって目的意識とは、彼の創造の理論に外ならない。創造の理論とは彼の宿命の理論以外の何物でもない。そして、芸術家等が各自各様の宿命の理論に忠実である事を如何ともし難いのである。（「様々なる意匠」4・9　全一―140）

ここにも、断片的言説として片付けられない発想がある。たしかに不透明な飛躍が見られるが、それを括弧に入れれば、「目的↓創造↓〈宿命〉」という図式が読み取れる。「宿命の理論」とは、「党派の意匠」として概括することの出来ない、一人ひとりの芸術家の孤独な生の筋道のことで、この三項には等号的ではあるが内密的発展があるということである。

また昭和四年五月に「文芸春秋」に発表された「アシルと亀の子Ⅰ」では「創造の理論」について次のように言われ

ている。

作家が理論を持つとは、自分という人間（芸術家としてではない、ただ考える人として）が、この世に生きて何故、芸術制作などというものを行うのか、という事に就いて明瞭な自意識を持つという事だ。（「アシルと亀の子I」5・4　全一―180）

ここには〈宿命〉的な感傷主義に流されている近代日本の作家達の中にあって、制作生活の過程において「創造の理論」を把持するのに、一人格闘している姿がある。〈宿命〉とは、芸術家の独創性を指し、それは批評対象の側だけに見いだされるものではなく、現存の批評主体の内に、その理論的な意味が獲得されなければならない。つまり小林が批評家としての明確な自覚を所有するとは、彼が思想を本質とする人間として、対象との出会いによって新たな創造意欲に衝き動かされた〈宿命〉の対自化のことを指している。それは対象とする作品を、批評主体における自意識の機能の一つと見なすことであり、さらには理論性を自己の〈宿命〉として意識的に引き受けることである。そうした〈宿命〉の対自化とは、「創造的批評」の方向を決定的に左右するものであった。

（2）「意匠」の多義性

「様々なる意匠」には、その後、次々と実行された彼の創造の原則が述べられている。その理論は「アシルと亀の子I～V」（「アシル」とは理論であり、「亀の子」とは現実のこと）を始めとする文芸時評に展開されていった。そこに語られた比喩的な概念は、言葉の陰影を濃く帯びている。当時のマルクス主義（「社会小説制作の野心」）と、心理主義（「新しい文学の国を築く野心」）が射程に措かれた文芸に関する形而上学的議論は、例え「バルザックの小説より千倍もやさしい」（「アシルと亀の子Ⅳ」）と言われようとも、必ずしも理解しやすいものではない。だが、昭和十一年四月「新潮」に中野重治に宛てた文章に、そのエッセンスは次のように要約されている。

僕は「様々なる意匠」という感想文を「改造」に発表して以来、あらゆる批評方法は評家のまとった意匠に過ぎぬ、そういう意匠を一切放棄して、まだいう事があったら真の批評はそこからはじまる筈だ、という建前で批評文を書いて来た。今もその根本の信念には少しも変りはない。（「中野重治君へ」11・4　全四―82）

極めて明快な発言であるが、こうした文章にも微妙な遠近法があり、その真意を測るのはそう簡単ではない。「様々なる意匠」を、彼が敢えて「感想文」と呼ぶのは、外来思想を技法的に受け入れ、近代日本の思想状況に生かさざるを得なかった文化感覚からである。中野にはポレミークとして「意匠」という言葉が批評方法の同意語として、また真の批評の反対概念として説かれている。しかし、ここにも小林の「意匠」という言葉に纏わる影像は、捨てられてはいない。たしかに「私は、出来るだけ素面で作品に対して、出来るだけ正直に私の心を、多少は論理的に語ろうとする」（「アシルと亀の子Ⅰ」5・4）という態度は、「意匠」を放棄して、自らが直かに見た物を語ることである。それは極端な写実主義者であったジェラルド・ネルヴァルの「この世のものであろうがなかろうが、私がかくも明瞭に見た処を、私は疑う事は出来ぬ」（「様々なる意匠」4・9）という発想と深層において類縁関係がある。だが、その思想営為は今までの小林秀雄論で、よく言われてきたような、単に「意匠」を排除する〈宿命〉論を展開したというものではなかった。

この批評的知性は、日本の近代文化の特殊性とは「専門語の普遍性も方言の現実性も持たぬ批評的言語の混乱」（「中野重治君へ」11・4）にあると言う。そして言葉とは「様々なる意匠として、彼らの法則をもって、彼らの魔術をもって人々を支配」（「様々なる意匠」）するものである。そうした「意匠」とは「符牒」「便覧」または「レッテル」とも微妙に異なる概念である。「様々なる意匠」とは近代日本文化の特殊性に関わるところの、そして、それは未だ完全には解明されていない言語論の一種ではないであろうか。彼は「意匠」を軽蔑しようとしたのではなく、むしろ「意匠」を信用しようと努力した。そして、この様々な可能性と自意識の欲望の色合いを内包したデビュー作の特質は、それが批評方法の認識論であり、同時に精妙な技法的実現という所にある。

小林は批評の興味・関心とは、作品から「作者の星」（「芥川龍之介の美神と宿命」2・9）を発見する事にあるという立場から、思索した影像の整理は出来ても、意識の水平線に星のように出現する影像そのものは、どうすることも出来ないと言う。そして、創造的自己の〈宿命〉とは、理論を発明し、また理論に発明されながら進むことであると説く。「美神」とは自然の比喩であり、作家は自然という実質の「美神」を希求せざるをえない。小林には芸術的創造とは彩色された観念学として、「美神」の実質を、自己が理論的眩暈をもって獲得するものである。そこには無作為的自然と作為的自己との緊密な関係構造において、「自然が美神となり、理論が宿命となる」（「同右」）というような「美神」と〈宿命〉の交流作用が存在する。

「美神」と〈宿命〉とは「自分の宿命の顔を確認しようとする時、彼の美神は逃走してしまう」（「ランボオⅠ」）と言われ、また「逃走する美神を自意識の背後から傍観したのではない。彼は美神を捕えて刺違えた」（「同右」）と語られる。また作品の審美的評価との関わりでは、「階級対立の準尺の弱短を嘆じて逃走する美神の袂を捕えようとして一体何になるのか。美は階級対立と等しく苦い現実である」（「マルクスの悟達」6・1）あるいは「美神は暴力にも甘言にも乗りはしない。嫌いな人間どもに顔をそむけるのは美神の驕慢ではない。そのたしなみである」という文脈で使用されていた。こうした「美神」と〈宿命〉という概念は、小林の審美感と倫理感を検討する上で極めて重要である。

それに対して「意匠」とは、「美神」と〈宿命〉の交流に纏わる、様々な影像に関する中間的概念である。そして別の側面として、技法的「意匠」という行為概念でもある。この辺りの小林の概念関係は複雑だが、江藤淳は、この点に関してこう言う。——小林が語ることは「結局ひとつのこと」である「『宿命』——死の所有——という観点からみれば、あらゆる文学は『意匠』にすぎぬ。逆にいえば、『宿命』をわが手に握ったとき、人は、はじめて『文学』になりうる『意匠』をまとうのだ(1)」と。江藤の論は、「意匠」を纏わない限り、文学には成らないという小林の隠された想念を看破しながら、その〈宿命〉と「意匠」の意味するところを、文学という次元で相対的に均分する図式の役割を果たしている。技法として意匠することなしに、近代的個人の死の不可避性に関する認識は、言葉で人々の前に表現しえないからである。ここでは「様々なる意匠」が「いかなる思想、個性の暗喩か(2)」という問題をめぐって、「意匠」という概念の持つ奥行きを、もう少し追わなければならない。例えば「アシルと亀の子Ⅴ」（5・8）に次の様に語られている時は、それは明らかに否定的なものである。

七十銭出せば、現代の装飾が上から下まで解る。これは大変当世風なからくりに相違ないが、私には、こういう大雑誌の編輯機構は、凡そ現代に於いて伝奇的に古風にみえる。纏い付けた衣裳の重みで身動きも出来ない。豪奢

な意匠を凝らして速力と合理化とを宣伝しなければならぬとは妙な事だ。（「アシルと亀の子Ⅴ」5・8　全一―234）

このように語られた所には、現代の騒然たる宣伝に対する批判的認識がある。初期小林の「意匠」の概念は、多くはこうした文脈で使用されている。豪奢な「意匠」を衣裳に掛けているのは見やすく、そこには煩わしい装飾的ニュアンスへの嫌悪感が表出されている。しかし、それは「意匠」の行為にではなく、現代の広告に対するものである。その根本の信念は不変であったとしても、「意匠」という言葉は、その後も柔軟に使用されている。そして、そこには建前ではなく、彼の本音の部分が吐露されている。昭和二十二年十月号の「光悦と宗達」には「意匠」とは肯定的に次のように語られている。

この意匠、この装飾が、何かしら動かせぬ思想をはらんでいるように感じられるのは何故か。この形式美の極致が語っているものは、何なのか。（中略）己を失わずに他人と協力する幸福、和して同じない友情の幸福、そんな事を考える。（「光悦と宗達」22・10　全八―179）

『論語』に「己に克ちて礼に復るを仁となす。一日己に克ちて礼に復れば天下仁に帰す。仁をなすは己による、しかして人によらんや」（「顔淵」）の言葉がある。礼とは眼に見える形のことで、その背後にあった理想的な人間関係に思いを馳せながら、彼は日本の伝統的「意匠」と「装飾」の形式美に、心動かされている。「意匠」とは基本的にはデッサンの訳で、それは意識的に布置することである。『近代絵画』の「ドガ」論には、画家の「デッサンは物の形ではない。

物の形の見方である」という言葉に対するヴァレリー解釈を踏まえながら、デッサン力に関する深い関心が語られている。文学者と美術家とでは、その扱う材料は異なるが、小林の文章には、「デッサンの陰影を濃くして、立体的な像を浮彫にする」[3]という技法的特質がある。〈宿命〉の人間学を根本的信条とする批評も、芸術の公共性が広く考慮され、新しい散文のフォルムに拘る以上、「意匠」の審美的機能の全面否定は事実していない。言葉のデッサンは、歴史的社会的に与えられたもので、文学とは語感を持つ言葉で、そこに彩色を施すことである。この批評的知性は、画家の態度に倣うかのように、その表現技巧を実践している。それは「感傷の夢」（「アシルと亀の子Ⅰ」5・4）とは別次元で近代的認識論に即して、自らの創造理論を構築しようとする志向であり、「認識論と技巧論とを一丸にしようとする自意識の冒険」（「同右」）の試みである。

そこには、「美神」との交流においては、如何に見るべきかの〈宿命〉の意識と、如何に書くべきかの「意匠」的技巧とは、決して別の事実ではないとする信念がある。〈宿命〉の認識論が、同時に「意匠」の技巧的実現でもあった理由は、そこにある。

小林には、「人間精神は絶対自然と常に照応する」（「アシルと亀の子Ⅰ」5・4）という発言がある。そして、作家の制作という行動に関する事柄が、その関心の本質を為している。また「久しい間、人間社会の暗黙の合意の裡に生きて来た言葉は、その合意の衣をかなぐり捨てねばならぬ。合意の衣とは言葉の強力な属性に他ならぬという事だ。古来あらゆる最上作家等の前提は、いわば言葉の裸形の洞見に存した事は疑いない」（「アシルと亀の子Ⅳ」5・7）のように絶対自然あるいは言葉の裸形性を見抜くことに関する方針を述べている。「アシルと亀の子」で展開されたのは、「神が人間に自然を与えるに際し、これを命名しつつ人間に明かしたという事は、恐らく神の英知であったろう」（「様々なる意匠」）と指摘された言語論の持続であり、こうした言葉の正体に関する言及は他にも見いだせる。彼の精神の型は「美神」と〈宿命〉という両極を、言葉という問題を中心に据えて、螺旋的に上昇するような性質を持っている。そして「意匠」とは、こうした両極の相互交流に纏わる曖昧な陰影の一種のことである。

例えば小林が「人間の意識を規定するものは自然である。だが変化する自然に対して人の意識が様々な形態をとるという事実を規定するものは正に社会である」（「新興芸術派運動」5・4）と述べたことと、「意匠」の概念は関連がある。結果的には、作品を規定するものは社会という事実を、小林は充分に承認していてる。そうした前提の先で、作品が様々な形態を持たざるを得ない個的な動機を規定するものとして、作家の〈宿命〉への本質的関心が示されている。

だが、〈宿命〉という概念も、一筋縄にはっきりとしたものではない。それは、「人間がそれに対して挑戦するものでもなければ、それが人間に対して支配権をもつものでもない」（「ランボオI」T15・10）のであり、「灰白色の脳細胞が壊滅し再生すると共に吾々の脳細胞に壊滅し再生する」（「同右」）ように揺れ動くものだからである。〈宿命〉とは神ならざる人間の可能性と限界に関する概念である。そして近代的な個人の〈宿命〉を語った作家小林秀雄と雖も、「言葉の強力な属性」（「言葉の魔術」「言葉の陰影」）というイリュージョンへの未練が断ち切れない限り、どこまでも言葉の「意匠」性を免れることは出来ない。

〈宿命〉とは一個の人間的意味を、「意匠」とは社会における芸術的形態を暗示する言葉として使用されている。〈宿命〉とは取り返しのつかない生命の一回性に関わり、「意匠」とは表現技巧に関わる。前者は個人性、主体性、象徴性を、後者は社会性、客体性、記号性を中心とする意味を帯びている。

このことをアリストテレスの「質料」（可能態）が「形相」（現実態）を獲得するという発想に照合すれば、創造の過程において、芸術家の混沌とした過剰な人間的意味が、秩序だった一つの形態を成すことである。ある一つの〈宿命〉が情熱的にフォルム化される場合、それは、もはや〈模倣〉再現であるより、既に各自の独創性の次元での出来事である。各々の形態は相互に秘密を明かさず、「己の固有の内的法則によってのみ生き生きと発展して行く」（「アシルと亀の子Ⅳ」5・7）からである。小林は自ら多彩な作品の〈模倣〉をしながら、再現の渦中で「彼は彼以外のものにはなれなかった」という芸術家の現存の意味に驚嘆し、翻って回折的に自己の〈宿命〉を凝視していた。そうした有限的一回性と非通約性を背負った芸術家の実践における現実主義だけが、普遍的な芸術概念に接触するからである。

しかし彼は言わば「根性まるだし」（「アシルと亀の子Ⅰ」5・4）の〈宿命〉主義者ではない。象徴という一階上の記号や、写実の言語表現に独自の価値を見いだしていた（ボードレール、エドガー・ポー、マラルメ等々）。「様々なる意匠」にはスタンダールやバルザックそしてセルバンテスなどの小説家も言及されているが、背後的にはベルクソンを主軸とする象徴主義的観念学を駆使し、初期文芸時評を書き始めた小林は、多彩な芸術家達の〈宿命〉の輪郭を浮き彫りにすることを構想する過程にあったと見るべきである。その根底には、個々の〈宿命〉を観念学の色合いで技法的に形にするというモチーフがある。

### （3）近代日本における「意匠」の〈宿命〉

小林は同時代の文学流派の全てを「意匠」と見なし、流派に属し「ひとつの意匠」を信用し過ぎる態度を取らなかった。中村光夫は「様々なる意匠」で展開された思想から、「批評家の道は、個々の意匠を越えて、すべての意匠を総括する意匠すなわち文学の存在を信じ、個々の意匠は真にうけないことです[4]」と述べる。中村は、文学というものを全ての「意匠」を総括する技法と規定する。しかし小林は中村個人を指しているのではないが、「文学について騒々しい議論をしている現代の青年文学者たちが一人として文学というものを疑わないとは妙な現象である」（「アシルと亀の子Ⅱ」5・5）と言う。近代の西洋文学は自己批判をし、文学自体への懐疑に進んだが、日本の近代文学において、文学はしばしば愚痴の対象とはなっても、それが正当に懐疑の的とはならなかったからである。小林には日本の近代文学は悠然と構えているように見えていた。文学を「浮き世で演ずる最も美しい喜劇」（「同右」）と見なす彼は、それを懐疑しながらも「あらゆる天才らの喜劇を書かねばならない」（「様々なる意匠」）と言う。

こうした発言の背景には「喜劇を見て喜劇を生かす人は一人もいないのである。見物はただ眺めて笑うのである。だが喜劇の作者は自分の喜劇に生きるべきではないか。自分の創作活動は、笑いではなく、微笑をもって、美的ではなく倫理的に統一されるべきではないか」（「ナンセンス文学」5・4）と語られたように、文学という喜劇を見て、それを自らの立場から活かそうとしている。「様々なる意匠」という作品の制作動機には、決して同時代を皮肉に裁断するよりも、所謂「微笑」をもって眺めたい思いがあった。だが、同時代的文芸時評において、それが結果的には複雑な微苦笑に終始されたことも事実であろう。この問題は微妙であるが、小林の精神構造に本質的に関わるので、次の第二節で詳しく論じることにする。そこには「倫理という抽象の世界」（〈宿命〉）を、創造の理論によって「美という実質の世界」（「美神」）にフォルム化しようとする志向性がある。それは詩的でもあり、また極めて形而上学的な意志と情熱なのである。

「様々なる意匠」での「喜劇を書かねばならない」という言葉が意味するのは、彼が〈宿命〉という切実には個の内部にしか見ることの出来ない悲劇の解明をモットーとしながらも、同時代の文学流派を「意匠」として類型化し、敢えて意識的に一般的なものを狙ったところにある。「詩は詩という独立の世界を目指すが、小説は人生の意匠と妥協する」

（「文学は絵空ごとか」5・9）ものである。小林は未だ小説という「人間性という豪奢な衣装」（『ドンキホーテ』等）に対する愛着と関心を失ってはいなかった。それは「意匠」の排除の論理ではなく、同時代に共存する文学と射程をとり、時代社会の全体状況の真只中に立とうとしたのではないであろうか。

その場所には文学における、美的あるいは社会的関心との批評的解釈が渦巻いていた。「様々なる意匠」（4・9）の「意匠」の類型を取り上げれば、擬科学主義を主流とする「政策論的意匠」または新感覚派などの「芸術論的意匠」そして、先行する作家達の「古風な意匠」などである。そうした党派が集う公共場面では、強靭な観念学ゆえに孤絶し閉ざされた批評的知性の〈宿命〉も、象徴的及び写実的「意匠」を纏わざるを得ない。それは現実的に既成の「意匠」を纏った存在と、自らも同じ舞台に立つ前提条件である。小林は作家の創造過程に最大の関心を寄せた。そして個人的鑑賞を立脚点にして、彼自らの正直な感動を、覚めた自意識で表現しようとした。

また「意匠」と〈宿命〉の概念の相関性に、「意匠」という言葉の語感を軽く見るのは偏向であろう。それは「意匠」と「美神」においても同様であり、「意匠」という言葉のリアリティは、信じられていたに違いないからである。小林は、当時の時代社会の所謂、文学―政治―科学というものの三角関係を、「美神」（自然）＝「意匠」（影像）＝〈宿命〉（理論）の相互交流というものに隠喩的に換言している。そして社会的党派性を理念的に類型化した。確かに小林の為したことは他の「意匠」を次々と剝離し、〈宿命〉の人間学で、類型化された党派性の意味を見抜くことであった。だが、それは同時に文芸時評という生業に取り組む批評主体としての自己認識であり、当面は纏わざるをえない軽快な衣装（「意匠」）であり、それはまた文芸批評家としての有効な戦略の一種であった。

丸山真男は「近代日本の思想と文学」（『日本の思想』35・11）の中で、「小林は思想内容の上でなく、『体系』をつき崩そうとする緊張にあふれた姿勢において、マルクスとキルケゴールとランケを一身に兼ねた」[5]と説く。ここには、恐らくはヘーゲルという巨大な体系を前にして、それに反抗した三人の一面というものを小林の態度に見て、そのことを一身に兼ねたと指摘している。既存の体系を崩そうとする姿勢なしに、新たな思想構築は生じ得ない。小林も完全主義的な合理主義ではなく、「モデレートな懐疑精神にたった『開かれた』科学観」の方に立脚している。そこには、「やってみなければわからない」（プディングの味は食べてみなければわからない）という〈実験〉的なものがある。それは自己責任による賭けであり、人格的決断として覚悟されたものである。そして丸山に、「普遍者のない国で、普遍の『意匠』を次々とはがしおわったとき、彼の前に姿をあらわしたのは『解釈』や『意見』でびくともしない事実の絶対性であった。（そはただ物に行く道こそありけれ――宣長）。小林の強烈な個性はこの事実（物）のまえにただ黙して頭を垂れるほかなかった……」と言われたことには、やはり自然と自己の関係構造が指摘されている。

　小林は同時代の文芸時評で、「批評するとは自己を語る事である。他人の作品をダシに使って自己を語る事である」（「アシルと亀の子II」）と言った。そして、常に立ち還ろうとしているのは、「批評が即ち自己証明になる、その逆もまた真」（「中野重治君へ」）という場所である。「様々なる意匠」という題名は、「意匠」を批評する以上、それは極めて裸の題名で、実践的には「意匠」論のいわば典型的な自己証明である。そうした「意匠」の批評は、彼自身の〈宿命〉の認識理論である。そして彼の近代日本の「意匠」の〈宿命〉をめぐる想像的であり、かつ否定的にも働く認識力には、既成の「意匠」で生きる他人の〈宿命〉の姿をも、一つの時代的事実として、知的に相対化され測定される必要があった。小林は近代日本文化の特殊性の事実認識に正に当事者として貪婪《どんらん》であった。その不可避的混迷の渦中で、そうした〈宿命〉を自らの批評的知性を練磨する現存として引き受けた所に、「創造的批評」の萌芽が見いだせる。そして『意匠』によって武装された『思想の制度』」（丸山「近代日本の思想と文学」）とは激しく敵対したが、「意匠」そのものは上手に逆用したのである。

「意匠」とは、時代の彩色に包まれていて、マニュアルに優り、強力な芸術に劣る、審美的機能を持つ行為概念である。そのデッサン機能は、思想の内部構造とは特に関連しない。それは観念主義や実証主義でもありえないが、生身の人間を時代の中で活性化させる。それは重装備である必要はなく、軽快に歩くには、より機能的で簡素な方がよい。

小林の批評主体は、ベルクソンなどに依拠するような哲学的気質である。強靭な観念学と生活意欲を抱くような芸術的主体が、彼の〈宿命〉の本質にある。そして、それに付加して「意匠」の機能、いわばデッサンする意志が、〈宿命〉の人間学を公共的に活性化させていた。だが、それは同時に私生活の何ものかを隠蔽する。そうした異様な孤独にともなう微苦笑の表情は、身近で親密な人々には直感されていたであろう。だが時代社会には皮肉な独断家としての誤解は免れなかった。

端的に言うなれば、昭和四年九月に、近代日本における「意匠」の〈宿命〉を類型化した小林秀雄は、意匠家としても傑出していた。事実、彼は文芸時評家として十に分活躍した。しかし、流れ行く「意匠」との出会いでは事件にはならない。そうした批評的知性を、文芸時評家として概括することは不可能である。それは、同時代的に極めて突出した個性であった。現実の事件とは、飽くまでも『「意匠」の「裸形」』と直面することである。その一つとしてボードレールという詩人との出会いがあった。

## Ⅱ　意味と形態――「『悪の華』一面」

### （1）目的意識から創造の理論へ

「様々なる意匠」の前半部分に「目的意識↓〈宿命〉の理論↓創造の理論」という発想があることは先に見た。小林のイメージ図には創造意欲の動的進行が呈示されている。そうしたイメージ図に関して、饗庭孝男は、「『方法』や『マニュアル』が人を動かすのではなく表現者の情熱と『個』の宿命の自覚からうまれた作品が人を動かすのである、という前提から、目的意識を否定し、個の宿命の自覚の結果としての作品の自立的な空間が批評の対象だとする」[6]と説明する。批評方法や便覧のレッテルだけでは、人を内面から衝き動かすことは出来ず、何よりも〈宿命〉的な出会いの意識が、新たな創造という行為に立ち向かわせる。饗庭が言う目的意識の否定とは、むしろ創造過程における表現者自身の目的の徹底を指している。作品のエロスの場所は、人間的意味空間としての〈宿命〉の言語世界にあり、小林の批評とは、その場所を浮き彫りにすることである。

次に創造過程における発想の基本形態を、「様々なる意匠」以前の、昭和二年十一月に「仏蘭西文学研究」に発表された「『悪の華』一面」を手がかりに考えてみたい。そこには「様々なる意匠」に指摘された創造の理論の基本形態が、より精細に語られている。

然し僕は信ずるのだが、人はあらゆる真理を発見する事は出来るが、あらゆる真理を獲得する事は出来ないものだ。ボオドレエルの大脳皮質には様々の真理が棲息したであろうが、彼の血球と共に彼の全身を旋回した真理は唯一つである。（「『悪の華』一面」2・11　全二―117）

ここには「彼は彼以外のものにはなれなかった」（「様々なる意匠」）という〈宿命〉の理論を根幹とする「ヴァリエーション方式」[7]の原型がある。個人の内部に獲得された、唯一の真実の表現が、〈宿命〉としての言語世界である。そして日本にレッテル附きで輸入されたボードレールという他者の血球と共にめぐる真実を、自らの切実さで語らねばならないことが明言されている。「現存としての己れの有限な世界に身を置くべく、小林がとった方途は、直接事実を超え出ようとして、夢想を介し、くり返し直接事実に立ち戻るありようを対自的に辿ることであった」（前出、佐藤正英「思想史家としての小林秀雄」）の指摘にもあるが、小林はボードレールとともに『悪の華』という詩的世界を夢想している。それは他者の思想を読む基本的方法として、自らの歪像に乗るしかないやり方である。それは究極的には自分の意識の夢（独創的な歪像）を通じてしか、思想の言葉には成り得ない。だが、その夢想は身体における所有であり、対象との出会いの直接経験の世界が形而上学的に直感されている。

交感（correspondences）

自然は神の宮にして、生ある柱
時をりに　捉えがたなき言葉を洩らす。
人、象徴の森を経て、此処を過ぎ行き

森、なつかしき眼相に　人を眺む。
（鈴木信太郎訳）

「象徴の森」とは、裸の心が、その対象の姿と出会う所である。人が純粋な意識で生きるなら、その場所を横切らざるをえない。またどれほど精密な体系家も、人間的脆弱さを背負っている限り、その思想の緊張が弛緩する瞬間には、自らが構築した全体系も、まるで雲のように現実の彼方に浮動する。そして他者である詩人の身体が如何に歌ったかということとの深刻な出会いは、眼前の風景を変容させる。その先に、批評家自身が如何に象徴という一階上の記号を現実化させるかという〈宿命〉の対自化の課題が横たわっている。そして芸術様式が孕む「形態」と「意味」の概念について、次のように語られていることは極めて重要である。

すべての形種の芸術はそれぞれ自身の裡に感覚の世界と言葉の世界とを持っている。美という実質の世界と論理という抽象の世界とを持っている。つまり形態の世界と意味の世界とを持っている。（「『悪の華』一面」2・11　全一―122）

小林は、この「『悪の華』一面」を全集に収録することに躊躇したと伝えられている。具体的知覚の中に、どこまでも入り込み、それを拡大深化する方法を彼は志向している。だが、ここには意図せずも芸術が持つ、二元的拮抗の世界の概念化が、赤裸々に推進されている。それだけに、小林の思想的現場の秘密が露わに開示され、その論理展開には興味深いものがある。

〈感覚＝美という実質＝形態〉と、〈言葉＝倫理という抽象＝意味〉という、この二つの物質と精神の交感・呼応する世界は、流動的に相互浸透する。例えば形のない意味が不安定に歩き出したとしても、存在は形態と意味を持たねばならない。裸の意味では、それ自体として世界に存立し得ないからである。〈美という実質〉の外面イメージは「意匠」的表象として、〈倫理という抽象〉の内面イメージは〈宿命〉的感動として、それは互いに関係概念である。そこで詩人は沈下し、自然という美神から虚無的な生を与えられ、逆に思索家は上昇し、そこから実在的な死を奪回する。

生き動く〈宿命〉が、纏われた「意匠」との均衡を失って、自意識の劇が誕生し、新たな表象を見いだすと、その劇は終焉する。そこには「様々なる意匠」の思想構造に関わる逆説的二元論の基本形態がある。俳優であり、また観客でもある詩人が、認識の悲劇を演ずるような時、彼は「象徴の森」を横切り、そこを流離《さすら》う。

詩人にとって考えるとは、全意識の自らなる発展であり、そうした現存が意味を求めて行っても、言葉という記憶に到達せずにイメージは空中分解してしまう。それは「永遠の笑いの刑に処せられて、しかも微笑することも最早出来ない」（「我とわが身を罰する者」）ような自己の現存との直面である。それは決して泣けない悲劇または笑えない喜劇の一種であるが、「死屍を追う蛆虫の群れが、音高く這うように、俺は進んで攻撃し、攀じては襲う」（「無題」）という絶望的追跡において、自らの意識の夢に即したものを、現存は引き受けなければならない。そして意味を喪失し、その均衡を崩した現存が「象徴の森」を彷徨しながら場所を発見し、形を成すことが可能になる。「私は詩人をあらゆる批評家中の最上の批評家と考える」（「詩について」25・4「表現について」25・4）というボードレールの言葉は度々引用される。一個の人間が感覚と言葉を所有するように、詩人と思索家も個人の内で不安定に共存している。そして何よりも、そこで行われる創造とは「生と死の間の縄戯」であり、危急存亡の確かな形態化への意識に衝き動かされている。

（2）自意識の化学

過剰な人間的意味（〈宿命〉）が、出来合いの芸術的形態（「意匠」）に受容されない内的経験は、自ら新しい様式の創造を求める。その新たなフォルム化への模索は、次の様に語られていた。

凡そ如何なる芸術家も芸術を形態学として始めるものだ。彼は先ず美神の裡に住むものだ。かかる世界に於いても芸術家は多少は美しい仕事を残す事が出来る。だが詩歌とは畢に鶯の歌ではない。やがて強烈な自意識は美神を捕えて自身の心臓に幽閉せんとするのである。この時意味の世界は魂に改宗的情熱を強請するものとして出現する。僕は信ずるのだがこれは先きに一目的に過ぎなかった芸術を自身の天命と変ぜんとするあらゆる最上芸術家が経験する一瞬間である。すべての存在は蒼ざめてすべてのものが新しく点検されなければならない。かかる時芸術とは竟に何物であろう！　創造とは竟に何物であろう！　唯一つ確実なものとして、醇一無双なものとして、彼に残されたものは自意識の化学より外にはない。（「『悪の華』一面」2・11　全一－122）

こうした熱烈な語りには、ある種の影像とともに背後に音楽的反響があり、読み手に陶酔感をもたらす奇妙な要素がある。しかし、なるべく冷静に、その論理を辿れば、主導権は芸術家の魂に改宗を迫るような意味の世界にある。相対的な一目的に過ぎなかった芸術の目的意識が徹底されることで、それは自らの〈宿命〉になり、そこに「自意識の化学」としての〈実験〉が始まる。天命とは個的な〈宿命〉の発展認識であり、「自意識の化学」とは合成と反発が引き起こされる創造の理論のことである。目的↓〈宿命〉↓創造という動的図式の展開は、こうした所にも指摘できる。〈宿命〉の対自化と創造の実行の狭間には一種の虚無がある。「ランボオⅠ」（T15・10）では、この無意識の背後から侵入した虚無の影が、〈宿命〉の表象と言われていた。それは僭越にも迅速に時間を想起して、かつ先取りしてしまったが故の、自らの死の表象のことである。こうした死への問いが日常的自我を解体し、そこに創造的自我＝純粋自我（純粋に抽象的な自我・創造という行為の磁場・創造という力学の形式）を芽生えさせてくる。それは極度の疎外状況の内に見いだされた己れの現存の姿のことである。こうした動的世界の中に生きながらも、虚無という静寂から創造という消費の形式が始まることには、注意しなければならない。

小林における内的〈印象〉（impression）の表現（expression）とは、決して根拠のないものではない。ボードレールとは印象批評が拠るべき手本であり、彼はボードレールの夢について「舟が波に掬われるように、繊鋭な解析と潑剌たる感受性の運動に、私が浚われてしまう」（「様々なる意匠」）と語る。批評対象が自己であると他者であるとは一つの事で、批評が対象から自立自存し、「創造的批評」を達成するには、批評主体の夢を手放してはならない。真の自覚に至るには、自意識の苦い夢から出発するしかないからである。彼にとって対象を批評するとは彼自身の時熟を待った夢想を懐疑的に、そして訥々と語り始めることであった。そこには主導権としての〈宿命〉（意味）が、そのフォルム（形態）を獲得する魂のダイナミズムが存在する。

そうした創造様式の奪回行為は、同時に日本の近代思想史における大きなドラマであった。その「退屈を退屈」（退屈を技巧と）するとは、無作為的作為性の逆説的技術と密接に結びついている。そしてまた「自意識を自意識」（自意識する主体の意識をする）というボードレールの〈模倣〉再現から始まった、初期小林の創造的自我は、時代意識を恰も吸血鬼の如く、自己内部で具体化することを試行した。(8) しかし『悪の華』という不思議な球体に閉じ込められた世界は、ある種の息苦しさを齎《もたら》した（「ランボオⅢ」22・3）。そうした時に、新たな出発であるランボー体験と共に、志賀直哉との出会いがあった。次節では、その「志賀直哉」論を中心に検討してみよう。

## Ⅲ　歴史における人間理解

### (1) 志賀直哉という存在

昭和四年十二月の『思想』に「志賀直哉」は掲載された。「様々なる意匠」は一般的意匠の類型を射程においた評論であったが、この作品では個別的意匠の典型が狙われた。小林は外来作家（ポー、チェホフ、プルースト等）を技法的に駆使し、新時代の宣伝者を嫌悪しながら、在来の先輩作家である志賀直哉という個性的存在を横切ろうとする。

この作家との出会いは、実際生活においてである。「意識＝行動者としてのランボオと、無意識＝行動者としての志賀直哉」(9) の相違はある。だが、そこには「十六歳で、既に天才の表現を獲得してから十九歳で、自らその美神を絞殺」（「ランボオⅠ」）した詩人が、タブーの扉を開放し、〈宿命〉を引きずり出したという体験とは別に、さらなる人生の出発に欠くことの出来ない意味が暗示されている。それは〈宿命〉的出会いを機能的に「意匠」する行為であり、可能な限り、文学を文学の立場から批評している。

志賀直哉もランボー同様、繰り返し語られた対象である。昭和十三年二月『改造』に掲載された「志賀直哉論」の中では、自らの内なるものを、はっきりさせるために、志賀について書いてみたい強い要求があったと述べる。時が経過して再度、志賀を論じるのは、やはり同じモチーフからである。そして『暗夜行路』に関し、主人公の時任謙作とは、「わが国近代文学中稀れに見る人間典型」であり、この長編を本当の恋愛小説と言う。そこに恋愛の戯画はなく、登場人物の間に心理的駆け引きなしの行為の理想化が描かれているからである。恋愛小説の真実さとは男女が自分達の幸福を実現しようとする誓言にある。それは「近代青年男女の入り組んだ恋愛葛藤の戯画」（「私小説論」）ではなく、「恋愛による対人的優越感の闘争に殆んど騎士的な情熱で以て参加している」（「同右」）ようなものとは、はっきり区別される。

小林は『暗夜行路』の、その強い「倫理的色彩」を指摘している。こうした視点に太宰治や坂口安吾などを始めとする無頼派の反発が生まれたことも文学史上の事実で、賛否両論が渦巻く所であるが、人間の幸福について小林が志賀を意識しながら、次のように語ったことは無視できない。

幸福は、各自が自力で生活の上に探り、知り、創り出すより他はない。その確実な方法に至っては学ぶ事も出来なければ教える事も出来ない。これは僕には非常に確かな事に思われる。（「志賀直哉論」13・2　全五―341）

「アシルと亀の子Ⅱ」（5・5）に「作家は功利的目的を目指す事は出来ない、目的を所有するのみ」とある。作家の目的とは生活の把握であり、それは彼自らの生活の根拠論である。こうした生活の知恵に関わる意欲的発想は小林に一貫し、「志賀直哉論」（13・2）で、生活の目的である幸福を創り出すのは、個々の〈宿命〉に懸かっていると述べている。目的↓宿命↓創造の基本形態は、この時期の生活論にも持続的に見いだせる。小林の目的とは甘い夢のことではなく、作家各自が現前に把握するものである。それなしに作家としての生活展開はありえないからである。

人間の内なる幸福や、如何ともしがたい不幸を真に知るには「生活を生活によって知る者の知恵」が必要で、志賀という存在は小林には達人とされる。日常生活が創作と理論的に連続し、日常生活の芸術化を達成した小説家は、若き小林には「自己の対極的位置にある理想的存在[10]」であった。

「蛸の自殺」(T11・11)を含めて初期に創作された短編小説の孕んでいた意味は、思いの他に難解である。その自己認識の特質は、昭和五年二月に「文学」に発表された「からくり」などの作品に顕著に現れている。そこに「俺は雑踏のうちを行きながら、いつもの通り不幸であった」という件がある。それは「一ツの脳髄[11]」(T13・7)「女とポンキン」(2・12)の系列にある「眠られぬ夜」(8・12)と同様に、ボードレール的自己意識の「歪んだ面相」(独創的歪像)に突き当たり、「自分の運」(宿命)を摑んだと思い込むモノローグである。また「Xへの手紙」(7・9)と同様に、「俺」という存在と、それが語り掛けるXという存在が想定された短編である。その「からくり」の一人称の「俺」とは、小林本人と重ねて理解して差し支えない。

彼は意識の不幸なる迷路に道を見失い、「ある時『幸福の大道』が俺を誑かした」と言う。レッテルや意匠を透かして対象の〈宿命〉を摑む精神は横溢であるが、世の中には、いつも賺《す》かされている。そこに造形美を持つ小説(『ドルジェル伯爵の舞踏会』)との遭遇は描かれている。小林は天才ラディゲに関して「彼はある色を鮮やかに見たに相違ない。その色の裡に人間共がすべて裸形にされ、精密に、的確に、静粛に、担球装置をした車軸の様に回転するのを見たに相違ない」と言う。それは極めて特殊な審美的体験としての陶酔感の一種である。

だが、むしろ小林には山陰を旅する従弟から突然届いた「渡り鳥の大群が風で凹んだり出っぱったりし乍ら、やんやん飛んで来ます。今、山のお湯にいます。(中略)目下大衆文芸を読破しつつあります」という凡庸な絵葉書の意味が、夭折の小説家を相対化させている。「証かされるのが生きる事ではない。生きる事が証かされる事なのだ」という「純粋化と極端化[12]」を核心とする奇怪な意識にも、生きている人間にとって何が真の幸福であるのかは、成熟にともなう不可避的な問いであった。

「志賀直哉論」(13・2)では「生活の何たるかを生活によって知った者には、誰にでも備わった確かな知恵」とは精神的実力であり、『暗夜行路』の主人公の時任謙作は、この人でなければという人間の典型とされる。また日常生活における人と人の本当の関係性を知るには観察するだけでは足りず、愛情とか友情そして尊敬というものが必要と述べている。〈宿命〉的出会いの感動が創作衝動となる小林作品の中で、志賀直哉論もまた、その原則が実行された。「ウルトラ・エゴイスト」とも称された志賀は、「僕が会った文学者のうちでこの人は天才だと強く感じる人は志賀直哉氏と菊池寛氏とだけ」(「菊池寛論」12・1)と言わせた一人である。古典的あるいは原始性、そして、どうしようもない単純さを、生活的に実感させる存在は、小林の理想である「無私」性の一つの手本であった。だが、それは志賀直哉という作家への全幅的信頼ではなかった。そして次に挙げるような志賀が語った一つの感慨は、それと異質な小林の作家的態度を比較検討する上にも重要である。

夢殿の救世観音を見ていると、その作者というような事は全く浮んで来ない。それは作者というものからそれが完全に遊離した存在となっているからで、これは又格別な事である。文芸の上で若し私にそんな仕事でも出来ることがあったら、私は勿論それに自分の名などを冠せようとは思わないだろう。(『創作集』)

こうした志賀直哉の、何か大いなる存在の中に、自己が調和的に解消していく審美的直観は、白樺派の倫理感覚と相即的なもので、いわば故郷を喪失した小林の文学的観念に、その「無私」性は感服せざるを得なかった。また「直ちに間違いのない人間興味の中心に読者が推参」（「菊池寛論」12・1）することが出来、小説を書く事は生活のためという、現実の逸話に富む菊池寛のような存在にも、敬愛や畏敬の念を抱いている。それは当時の文壇を風靡する亜流リアリズムの運命の醜怪さに付き合うことに疲れ、それに飽き、独創的作家の明瞭な顔立ちに惹かれているからである。しかし、「僕らを今日苦しめている私小説問題の標語的意味を、ここに捜そうとは僕は思わぬ」（「文学界の混乱」9・1）と言い、「この様な感慨に到達した後の、氏の久しい沈黙は何を意味するのか」（「私小説論」10・5－8）と、志賀の抱いた感慨へのある種の懐疑が吐露されていることに注目しなければならない。この時期に、彼は創造における自己意識の葛藤の先で、極めてアンビバレンツな先輩作家達への思いを語っている。

（2）作家の〈宿命〉

年季の入った〈宿命〉の理論が「その人の血肉となり、味わいとなり、色気となって沈黙してしまう」（「アシルと亀の子Ⅰ」5・4）日本文芸の大家達の一般的な色合いとは別のある何ものかを小林は所有していた。それは昭和十一年一月に発表された「作家の顔」の中の、ロレンスという外来作家の〈宿命〉の意識に通底するものである。次にその苦渋に充ちた「ロオレンスの手紙」の一節を引用してみよう。

「僕には自信がないし、ただただ筆を取るのが僕は嫌なんだ。原稿を見ているだけでも僕がどれ程嫌なのか、君には解らない。心そこから、運命が僕を『作家』ときめちまわなかったらと、思うね。作家とは人心を虫ばむ仕事だ。……君、僕が自分の宿命を、嘆いているのでないことは確かだ。ただ文筆の世界とは、特にいとわしい、しかも強力な世界であると思う——と、言っているだけなのだ。美しい国土の下にふさわしからぬ地下層があるように、文学的素質というものは、生命のありとあらゆる下層に浸潤して、成長の根原に密着するものなのだ。ああ、そこがたまらないんだ！　ああ、この宿命から、解放されたら……」（「作家の顔」11・1　全四-13）

小林は、こうした作家ロレンスの告白を「形而上学的苦痛」と呼ぶ。そして「いとわしい而も強力な作家という宿命から、遂に彼が解放されなかったのだとすれば。僕を悩ますものは果して過ぎ去った大作家の亡霊に過ぎないであろうか」（「作家の顔」11・1）と自問する。だが、こうした人の心を蝕むような、根源的な作家的生命の成長に、直かに接触した嫌悪の感情とは、人間的英知に関わる。彼はそれをむしろ積極的に捉え直し、外的な必然性に抵抗するかのように、そうした根源から身を起こし、作家として前へ進むことを決心した。

それは、フローベルの「人間とは何物でもない、作品が総てなのです」（「同右」）という「訓練によって仮構されたこの第二の自我」（「同右」）の創造意欲への共感とも同様の事柄である。この時期、彼は「再建すべき第二の魔神」（「同右」）を切実に模索している。それは、やはり初期の頃から語られてきた作家の〈宿命〉理論に関するもので、この批評的知性は「実生活に膠着し、心境の錬磨に辛労して来たわが国の近代文人気質」（「思想と実生活」11・4）の感傷主義を、自ら克服しようとしている。

あらゆる人間の思想は実生活から生まれる。だが、そうして「生まれ育った思想が遂に、実生活に決別する時が来なかったならば、凡そ思想というものに何の力があるか。大作家が現実の私生活に於いて死に、仮構された作家の顔に於いて更正するのはその時だ」（「作家の顔」）と発言し、トルストイの家出をめぐって正宗白鳥との間に論争を起こったことは周知である。小林は思想のために実生活は犠牲にせざるをえないと述べる。白鳥は、それを「つまらない」ことであると言う。そこでの小林の意見には、言わば永続性への強い憧憬と、目的を持って前進する意欲がある。そうした発言を、何故か老練な白鳥は理解しないふりをした。

論争は平行線を辿ったが、後年の対談で、小林は白鳥の実生活という概念を、観念的なものと見なす。こうした議論は近代日本思想史における文学と政治（実際生活）をめぐる発酵源の一つであり、これと同様の議論は、今日も切実に繰り返されている。だが、両者のどちらに加担するかは別に、小林には当時の文学界の混乱を自ら体得し、新たな出発を目指す強靭な作家的覚悟がある。思想とは決して実生活上の言い訳では済まないし、安易に追随できないのは、白鳥の作家道のそれも同じである。

「様々なる意匠」（4・9）から「私小説論」（10・8）に亘る文芸時評には、作家としての可能性と〈宿命〉と、その創造意欲が胚胎されている。それはデビュー作に語られた原則の具体的現実化である。そこには自己意識と、マルクス主義または心理主義をめぐる時代意識が、あたかも等身大のような趣きがある。私小説について小林は、その先祖であるルソーは、「社会が自分にとって問題ならば、自分という男は、社会にとって問題であるはずだ」（「文学界の混乱」9・1）ということを信じた作家で、その「大道は、結局ルッソオに始まりルッソオに終わる」（「同右」）と指摘している。そして私小説を読む方法として、「作者の実生活と作者自身との距離というものを直覚する」（「同右」）という発言には注目しなければならない。小林には感受性と表現の間に、ある種の軋轢が付き纏っていた。彼には自らの告白や希望を素朴に語ることに躊躇《ためら》いがあり、実生活の要約では真の思想表現とは見なされない。

（3）人間理解の形

真の批評とは、「恋文の修辞学」（意匠論）にはなく、一個の人間との出会いの〈宿命〉の人間学にある。とすれば小林にとって、作家以前に、その人間学の人間とは如何なる意味を持っていたか問われなければならない。小林は私小説の問題を作者の心境の深さにではなく、私生活と作品の距離の測定に措こうとしている。その心境の深さというものを見透すには、非常に複雑な人間的事情を考慮する必要がある。だが、生活と作品の距離という視角から、問題を人間化よりも作家化することで、私小説問題を明快にする可能性が模索された。この時期の関心は、作家の実生活と、その作品との距離の測定に収斂されつつあった。そこには真の作家における〈宿命〉論が為されようとしていた。それは、「人間とは何ものでもない」（「作家の顔」）のような過剰な言い方で吐露されている。

昭和十年八月の「私小説論」には志賀直哉を始め、我が国の作家達の日常生活と創作の理論が拮抗し、果ては枯渇せざるをえなかった危機的状況が指摘されている。近代日本の私小説が遭遇した特殊な運命が洞察されるには、先ず告白と描写尊重の私小説問題に、当事者として個人的に深入りしていなくてはならない。そして、それを内在的に批評し、ジイドの如く掌中に「個人性と社会性との各々に相対的な量を規定する変換式」（「同右」）が発見され、獲得される必要がある。小林が相対主義の手本として〈模倣〉したジイドにとって「『私』を信ずるとは、私のうちの実験室だけを信じて他は一切信じないという事」（「同右」）であった。そうした自意識の〈実験〉が、近代日本思想史の領域で試みられた。このことは「創造的批評」の過程に極めて重要であり、次の第三章の「〈実験〉と表現」で、さらに詳しく検討してみる。

「私小説論」には、小林の文芸批評家としての〈宿命〉が、日本の私小説の特殊な運命と交錯した所で、その自己の現存の意味が論じられた。彼は「穴に狙いをつけて引き金引いた」（「同右」）と言うが、それは近代日本の新たな批評的知性が、西洋の批評方法の影響を受けながらも、混乱した方法論から離脱し、日本の私小説の特殊な意味合いを鮮明にしたものである。例え誰の自己意識であっても、時代意識との交錯は、どこまでも主体的錯覚を含んでいるであろう。しかし小林自身の生活感情に支えられた「十字路に棲む最も傷つき易い生き物」（「Xへの手紙」7・9）の「唯一つの現実、限りない些事と瞬間とから成り立った現実」（「同右」）を直視する精神が根底に据わっている限りにおいて、この作品の現出は、画期的な意味を持っている。

この「私小説論」は、全ての私小説の総括という認識の欲求を抱くもので、私小説を喪失して、それを産出する実行であった。そうした他の個々を描きながら、ありのままの自己告白に徹する〈実験〉の副産物として、「様々なる意匠」の時と同様に、「志賀直哉論」という個別作品が創出された。それは志賀を鏡に自らの態度を決定することである。こうした精力的創造の過程は、一般的抽象論と個別的具体論が、持続的かつ同時平衡的に為されていなければ不可能である。

そして、既に昭和八年五月に『文芸春秋』に発表された「故郷を失った文学⑬」の頃から、本質的関心は、時代意識から歴史意識へ移行し始めていたと言ってよい。そこで彼はドストエフスキーの『未成年』を読み返し、多少とも傍観的に「青年というものは、人間と呼ぶには決してふさわしいものではなく、何か別の名で呼ばねばならない一種の動物に違いない」と述べる。こうした所には、「人間とは人間になりつつある一種の動物」（「無常という事」）の表現が類推される。そして「急激な西洋思想の影響裡に伝統精神を失ったわが国の青年たちに特殊な事情、必至な運命」（「同右」）という、共同的運命が洞察されている。

だが小林は、「現実的な生活感情の流れ」（「同右」）に合った、円熟したものにも強く惹かれ始めていた。「歴史はいつも否応なく伝統を壊すように働く。個人はつねに否応なく伝統のほんとうの発見に近づくように成熟する」（「同右」）という意識は、自らが「故郷を失った文学を抱いた青春を失った青年たち」（「同右」）であるが、そうした苦い代償により、西洋の文学的伝統の性格を理解し始めた意識である。その十字路に立つ認識から「長い文化によって育てられた自由な精錬された審美感覚」（「私小説論」）という歴史意識へは、そう遠い道程ではなかった。それは「社会的書割りに、しっくりあて嵌った人間の感情や心理の動き」（「同右」）を尊重する自覚である。その伝統の本当の発見とは、日本の歴史に限定されるものではない。

『ドストエフスキイの生活』の「序」は「歴史について」と題されている。昭和十六年三月『改造』に発表された「歴史と文学」でも、「人間がいなければ歴史はない」と繰り返し説かれている。それは彼には疑う余地がないが、日々に救い出さねばならない真実でもある。そして、『大日本史』の列伝を引き、どうしてこんな単純な叙述から、様々な人々の群れが生き生きと躍りだすのであろうかと自問し、次の様に述べる。

何と、彼らは、それぞれいかにも彼等らしく明瞭に振舞い、いかにも彼等らしい必要な事だけをはっきり言い、はっきり死んでいるか。（「歴史と文学」16・3　全七―213）

こうした問いは、現代小説の心理描写や性格描写に対する疑念に発しているが、ここに、その人間理解の一つの基本形態とも言うべき、書割的発想がありはしないか。「歴史と文学」で語られる人間とは、「何を考えているのやら、何を言い出すのやら、仕出でかすのやら、自分の事にせよ他人事にせよ、解った例し」（「無常という事」17・6）のない一種の動物ではない。彼らとは死んだ人間であるが、それは人間らしく生きた人々のことである。一回限りの、取り返しのつかない個性とは、男女の種別概念だけでは浮き彫りにされない。確かに「惚れるというのは、いわばこの世の人間の代りに男と女がいるということを了解すること」（「Xへの手紙」7・9）で、小林は深刻な恋愛体験の持ち主であった。しかし表現者としての個性的価値や尊厳を析出するには、根本的に広い意味での人間観が必要であった。

小林は、「死んだ人間」の〈宿命〉の形を見いだそうとする。日本の歴史を鏡として「人間になりつつある一種の動物」（「無常という事」17・6）の現代人を反照する。自己意識とは、自分が自分を見ることで、人間観とは私達が他ならぬ私達自身を見つめ直し、人間らしさとは何であるかという永遠の問題に立ち還ることである。(14) そして人間は、似合いの「意匠」を自らの意識で創出する。彼は青年あるいは人間になりつつある一種の動物、この世に男と女がいることへの関心を捨てたわけではなく、そこに矛盾や分裂があることは否めない。それは批評的知性の円熟であるが、同時に何らかの喪失をも暗示されている。だが、その思想的特質として或るものが失われたがゆえに、その喪失感から逆に情熱的に希求するという傾向性がある。そうした虚無からの創造意欲は決して枯渇せずに、さらなる発展を志向する。第四章の「古典と批評」で取り上げる「当麻」の中で、次の様に語られるのは、そうした私小説問題の持続的展開である。

仮面を脱げ、素面を見よ、そんなことばかり喚きながら、どこに行くのかも知らず、近代文明というものは駆け出したらしい。ルッソオはあの「懺悔録」で、懺悔など何一つしたわけではなかった。あの本にばら撒かれていた当人も読者も気がつかなかった女々しい毒念が、しだいに方図もなく拡ったのではあるまいか。ぼくは間狂言の間、茫然と悪夢を追うようであった。(「当麻」17・14　全七―352)

小林は自らの生活の軌跡を「砂地を歩いて来た」(「作家の顔」)と言う。彼の告白の特質は抽象的表現にあり、私達は彼が狂言の合間に思い描いた悪夢を努めて具体的に想像してみなくてはならない。例えば坂口安吾は「教祖の文学」(22・6)の中で、「作家の私生活において、作家は仮面をぬぎ、とことんまで裸の自分を見つめる生活を知らなければ、その作家の思想や戯作性などタカが知れたもので、鑑賞に堪えうる代物ではない」と言う。また、その「人生はつくるものだ。必然の姿などというものはない。歴史というお手本などは生きるためにはオソマツなお手本にすぎないもので、自分の心にきいてみるのが何よりのお手本なのである」(「同右」)などの言い回しは、まるでハードルを薙ぎ倒しながら疾走している姿を思わせる。だが、そこに颯爽とした坂口安吾という自立した、もう一人の作家の顔も見ることが出来る。

安吾の小林論の卓越性は、その戯作者的資質だけでなく、その人間を深く直覚していた所にある。安吾は自我の創造発見という彼自らの念願を、小林という対象を材料にして語った。この批評的知性に喰って懸かったのは事実であるが、これほど褒めたものはないと後の対談で述べている(「伝統と反逆」23・8)。小林は安吾に関し、「まことに魅力ある人柄の持ち主であった。それは、何とも言えぬ優しい肯定的なものと荒々しく異常な破壊的なものとの微妙な混交であった」(「坂口安吾全集」)と言う。

こうした彼等二人の対話や対決の軌跡は、今日私達が人間とは何かを考えるのに極めて貴重な意味を持っている。それは、双方が相手を介しての自己相対化を図りながら、そこに生じてしまう空無化の惰性に屈することなく、さらなる自己の飛躍と何らかの絶対的価値への希求の心情表現が見られるからである。そうした過程で相互の人間的本質は確実に見定められている。

歴史とは思い出で、「鏡」であるとは小林という思想家の基本的な歴史観で、それは同時に現代を映すということである。とすれば、次に現代とは如何なるイメージで把握されていたか問わなければならない。この時期に彼は、決して現代から離脱したわけではない。

## Ⅳ　現代における人間像

### (1)　好色の文学

昭和二十五年『新潮』七月号に「好色文学」が掲載された。そこにはモンテーニュやトルストイ、そしてスタンダールの「恋愛は自ら鋳造した貨幣で支払われる唯一の情熱である」(『恋愛論』)の有名な言葉が引かれ、小林流文学史のアウトラインが語られている。恋愛という情熱に関し、「この飽く事を知らぬ自己本位の欲望には、いつも死の歓喜という倒錯した意識が、様々な程度で、つき纏う」と語る小林は、「人間に一番興味ある『物』は、人間であろうし、一番激しい興味は恋愛の情にある」と述べる。

そして『源氏物語』について、仏教思想の影響は否定し難いが、それは本居宣長が考えたように、紫式部は、「物のあはれ」の趣に適ったものだけを、仏教思想に見たと解するのが正しいと言う。そして、その「物のあはれ」の思想は、藤原定家などの詩人を経て、連歌師、俳諧師達の手に伝わったが、それを最も鋭く分析し、複雑化したのは本居宣長が嫌った吉田兼好であったと説く。

「様々なる意匠」でアントロポロジーの達人とは井原西鶴のことであった。元禄太平の時代に、この俳諧師の人生の究極的目的は好色にあるという信念により、『源氏物語』以来の好色文学は甦った。一代男の観念は色法師兼好のもので、それを小林という思想史家は「色道修業者」のように呼ぶ。江戸時代には好色は、既に反抗の形を取っていた。そして現代人は『源氏』の趣味や、西鶴の観察について云々しても、その根本的思想に関しては、真面目に考えていないと述べる。エロスは想像力で育つが、全てが露骨になり安易なパロディが蔓延《はびこ》り過ぎると、エロスを育む想像力も涸渇してゆくからである。

　また、ロレンスの『チャタレイ夫人の恋人』に関し、現代風の性的倒錯には全く関係のない、実に珍しい「好色文学」と指摘する。そして冒頭の、「現代は本質的に悲劇的な時代である。我々が、この時代を悲劇的なものとして受け容れたがらぬのも、その為である」を、現代における普遍的問題として引用する。そこでの「大戦は頭上の屋根を崩壊させ、コンスタンス・チャタレイは人間には生きて知らねばならぬ事があるのを悟った」という箇所は、「文学と自分」(15・11)や「歴史と文学」(16・3)の延長線上で、昭和二十六年十月から十二月にかけて「文芸」に連載された「政治と文学」にも言及される。これは小林の現代における人間観を考える際に、決して無視することの出来ない発言である。この「人間には生きて知らねばならぬ事がある」という生活思想に関わるテーマは、その後も繰り返し説かれていくことになる。[15]

## (2) 必然と自由

先にも引いたが、坂口安吾は、昭和二十二年『新潮』六月号に発表した「教祖の文学」で、「無常という事」の発言を踏まえ、「生きている人間などは何をやりだすやらわかったためしがなく鑑賞にも観察にも堪えないという小林は、だから死人の国、歴史というものを信用し、『歴史の必然』などということをおっしゃる。『歴史の必然』か。なるほど、歴史は必然であるか」と半ば揶揄まじりに、その態度を述懐する。小林は、歴史の必然いわば人間の大きな運命を、生活者として感得する方法を呈示した思想史家である。ここで改めてその「歴史と文学」の一節から見てみることにしよう。

人間の歴史は、必然的な発展だが、発展は進歩の方向を目指しているから安心だと言うのですか。では、人類に好都合な発展だけが何故必然なのでしょう。歴史の必然というものが、その様な軽薄なものでない事は、僕らは、日常生活で、いやという程経験している筈だ。死なしたくない子供に死なれたからこそ、母親の心には子供の死が必然な事がこたえるのではないですか。僕らの望む自由や偶然が、打ち砕かれるところに、そこのところだけに、僕らは歴史の必然を経験するのである。僕らが抵抗するから、歴史の必然は現れる、僕らは抵抗を決してやめない、だから歴史は必然たることをやめないのであります。(「歴史と文学」16・3　全七―206)

こうした歴史論は、いわば自由と必然という問題枠にあるが、それを食み出すかのように、この前後の文脈に『平家物語』が熱っぽく語られていることにも注意しなければならない。人の一生を突然襲う、自由や偶然の世界への過剰な願望は、叙情的な奇跡を夢見ることに似ている。如何なる事実も、精神生活の渦中で劇として見るところに、彼の夢想の特質がある。そうした意味では、やはり文学的自我に荷担している。この問題は第四章「古典と批評」で検討するが、坂口安吾の小林批判に関してもう少し追ってみよう。

安吾が、いみじくも語った「人間に必然がないごとく、歴史の必然などというものは、どこにもない。人間と歴史は同じものだ。ただ、歴史はすでに終わっており、歴史の中の人間はもはや何事を行うこともできないだけで、しかし彼らがあらゆる可能性と偶然の中を縫っていたのは、彼らが人間であった限り、まちがいはない」（「教祖の文学」）という指摘は、一人の生きざまからの発言である。「生死二者変わりのあろうはずはない」（「同右」）という安吾自らの現存を賭けた肉体の論理を、小林も至極正当に思ったに違いない。

だが、歴史などというお手本は生きるためにはお粗末にすぎないと切り捨てる以前に、持続的生命を抱いた歴史の〈模倣〉という規矩に従って見せる小林がいる。そうした服従の先に、安吾が述べたように「自分の心にきいてみるのが、何よりのお手本」（「同右」）という次元がある。小林は、こうした局面で心もとなく急がない。その中世古典論には動機こそ古風であっても、そこに現代的意味を生み出すような発想がある。そうした「自然という形をした歴史」（「西行」17・11）を、より覚醒して見たればこそ、「思い出」は、「見果てぬ夢」（「実朝」18・6）として純化される。そうした傾向は日本美術論として鉄斎などに入れ込む所にも現れていて、その文学的彫琢は卓越している。だが「歴史と文学」の思想には、やってみて打ち砕かれることの覚悟と同時に、現実自体は、どうにかしようとしてどうにもならない、という感慨が背後にある。一般的には小林のそうした生活感情に向かっての、ある種の批判にならない主張的非難がされがちなのである。

吉本隆明は「小林秀雄の方法」（36・11）の中で、この批評家を「人間学の達人」と呼称し、その「生活者の生活的体験」あるいは生活者の思想を見るべきと指摘する。(16) 小林は、かつて志賀直哉という「達人」に「生活を生活によって知る者の知恵」を見いだしていた。小林は「人間には生きて知らねばならぬ事がある」（「政治と文学」26・10）と言い、奇妙な擦れ違いの一種であるが、吉本は「戦争とは何か、敗戦とは何か、これから生きてゆくとは何かについて、もはや小林秀雄からなにももとめえないのを知らねばならなかった」（「小林秀雄の方法」）と意識的に発言している。

吉本は、「様々なる意匠」の〈宿命〉論を引用し、全てはまったくその通りと評価しながらも、小林は決して「人間を唯一の真実を所有するさまざまな人間にばらまいているのは、ただひとつのおなじ現実だということに驚かなかった」（「同右」）と指摘する。小林には驚くことができず、吉本自身が驚き、その解明を引き受けようとした「個人をたくさんの宿命にばらまいているただひとつの現実という思想」（「同右」）とは明らかに小林批判である。そこには吉本自らの生きる場の情況認識と、その自立の思想が語られている。こうした懐疑の表明には、戦後における、もう一つの傑出した批評的知性の出現と、その時代社会的事実の再構成を引き受けた意識が読み取れる。

また吉本は、小林の「歴史の必然」論に対し、多少揶揄的に「痛めつけられなければ欲望をかんじなくなった被虐者のように、現実から異常な事件によって痛めつけられなくては、自由をかんじられない生活者の思想がここにある」（「同右」）と批判的見解を述べている。「死なしたくない子供が死ぬのは偶然のつみかさなりとみえるから、母親はその偶然のひとつがもしも他の偶然におきかわっていたらとおもい嘆くのである。もしも、あのときこうではなくああしていたら子供は死ななかったかもしれないというように」（「同右」）の指摘には、確かに安吾の指摘と同様に意表を突かれる。そうした想念に人間的同情心が、社会に波紋のように広がるのは事実であろう。安吾や吉本は、小林に深い共感と、同時に自らの存在証明として真剣なる抵抗を試みている。

吉本が指摘する「自力で獲たものでないものが、社会によってすでに与えられていることに、ふと気づいたときの気はづかしさ」（「小林秀雄の方法」）というものを、〈宿命〉の人間学を根本的信条とし、ほとんど他界との交信から、その想念を得たかのような「西行」「実朝」「モオツァルト」を既に完成していた彼も、抱いていたと思われて仕方がない。

現代は、ジャーナリズムに透明乃至不透明な影が、限りなく氾濫する時代である。そこでは辟易する精神の政治や合理的道化が幅をきかせている。だが吉本の、「わたしたちの内部にある真実は、現実世界の虚偽から与えられた影であり、また現実世界の必然というのは、わたしたちの内部が、現実から自立することによって手に入れる自由の影である」（「同右」）の発言は無視出来ない。小林は骨董趣味への没入に一生を費やしたのでも、ましてや社会的視野の外に出られたはずもない。だが、〈宿命〉の人間学をモットーとする批評的知性も、言葉のイリュージョンを離脱することは出来なかったであろう。

そして、吉本に表現者として小林という批評的知性を限定的に〈模倣〉した側面があることに改めて注目したい。それは極めて正当な〈模倣〉であるゆえに、思想的核心を把握出来るのであろう。吉本は『西行』『実朝』『良寛』などの作品においても小林を意識し続けていた。問題は私達の内部というものの輪郭と意味を、それぞれの自己の現存が如何に規定してゆくかに懸かっているのではないであろうか。現実世界とは時々刻々と変化するが、私達内部の真実とは、非常に見いだされ難く、かつ当たり前なもので、たとえ脆弱であっても、それは美点とも裏腹な性質を持ち、安易に変化もしない。私は、それを自己あるいは人間という概念の再検討を通して、その拠りどころの実質的意味を倫理思想史研究の先に見いだしてゆきたい。

人は多様な可能性を持って、この世に生まれて来ても、決して本人以外の者には成れない〈宿命〉を持つというのが、小林の執拗なる自己認識である。その真の性格とは、作家としての明瞭な顔立ちと何よりも作品を書くという行動にある。そして、「私の真実な心を語るのに不足はしない」(「アシルと亀の子Ⅰ」)という語り口を持つ文芸時評は、今日でも新鮮な指摘に満ちている。だが、その自己が人間に代置されると、どうにもならない定まった成り行きの中で格闘する人間の〈宿命〉が、即ち歴史の必然(人間の運命)として観相される。こうした個が個の〈宿命〉を内側から見る発想で、自らの生きる時代状況と相即的に、人間の〈宿命〉の動く流れが認識されている。小林という思想史家の生活感情の根底には、戦時下の限界状況を生きる強い決断と意志が存在し、彼の自由とは、与えられた〈宿命〉の徹底的な自己認識に他ならない。それは、また「呼びだしの声待つ他に今の世に待つべきことのなかりけるかな」(「留魂録」)という吉田松陰の思想詩にも連続する、待つことの自由である。だが受容性や忍従性を特質とし、そうした自我の実感にたてこもる思考様式が、戦争の様に圧倒的な現実を前にすると、それを自然的なものと見なすプロセスに組み込まれたことも事実である。また戦後に為された鼎談の「利口なやつはたんと反省するがよい」(「コメディ・リテレール」)という発言には台風的な性格も感知され、そうした小林の国民的性格の功罪には、極めて象徴的なものがある。

坂口安吾は文学と政治の関係について「文学は常に制度の、また政治への叛逆であり、人間の制度に対する復讐であり、しかして、その叛逆と復讐によって政治に協力している」(「続堕落論」)と説く。安吾は、それを文学の〈宿命〉と見ていた。また丸山真男は『「科学」の次元を独立させて、政治―科学―文学の三角関係として問題を見直してみることで、近代日本文学の思想史的問題にある照明をあててみたい」(「近代日本の思想と文学」まえがき)というモチーフで思想史を語った。吉本隆明は「丸山真男論」(38・4)で、「内側を通じて内側をこえる展望をめざすべき課題をもつことの困難と光栄」という角度から、その「断絶と隔離の象徴」(「同右」)の姿を浮き彫りにした。仮に生活史的な肉づけに不満があったとしても、こうした丸山真男の思想の基層には、自然(美神)と自己(宿命)の関係構造における相互概念の交流により、変化する社会（意匠）を相対化する小林の思想がある。それを無視して、現代思想を貫流する一つの動向を知ることは出来ない。

この批評的知性は、「生きて知る危険な困難な知恵」（「政治と文学」）と「他人流に学んで知る事の出来る知識や学問」（「同右」）という生知と学知の拮抗を、内奥で執拗に問い続けている。彼自身の〈宿命〉観とは、その可能な限りの知的努力において、輪郭と方向性を現してくる。そして、その孤独なる自問は「自分と運命の全く異なる他人という存在がいよいよはっきり見え、自己流に生きようとして、これと衝突せざるを得ない」（「私の人生観」23・9）という分裂状況を示している。

だが、彼の孤独感とは、空漠たる観念のことではない。人と人が、まさにそうであるが故に出会い、共に生きる質のものである。「本当に異性と一緒になれる人間だけが、本当に孤独だ」（「好色文学」）という所でチャタレイはメローズと出会った。小林は、そうしたパラドックスに現代における人間的意味があると説く。何よりも自らが生きてみなければということを悟った男女が出会い、そこにドラマが始まった。しかし、その「身体の衣装も精神の意匠も脱ぎ捨てたエロスの舞踏」（「同右」）に確かなものは自己本位の欲望であり、救いは性の歓喜でしかないという同時代の様相である。それは、事実ありふれているから、人々が悲劇と認めたがらないという理由の悲劇である。そして決して微笑もできず、奇妙な情熱を燃やしながら好色小説を書かざるを得ないのは、作家という〈宿命〉を背負ったロレンスの悲劇なのである。

### （3）倫理と美感

昭和二十六年二月の「悲劇について」という講演には、『悲劇の誕生』が引かれている。〈模倣〉衝動とはアリストテレスのカタルシスの思想に関わる。だがニーチェの烈しいディオニュソス的な生命肯定は、演技する精神に飽き足りなかった。「生活の充実感とは、自由な意志が存在全体の必然関係から遊離せず、これと有機的に関係するという感覚」（「同右」）である。個人的意欲と全体的存在との合一感から生まれる緊張感に溢れた行為が、その人間に自覚させるものこそが運命感情だからである。初期から小林にニーチェの影響は大きく、この講演も「ニイチェ雑感」（25・10）同様に卓見に満ちている。だが、ショーペンハウエルやニーチェの思想を語った小林が、〈宿命〉的にアポロン的な自己を暗示しているのは、その行間に歴然であり、むしろ現代は不安な時代ということを吐露している。

「様々なる意匠」で血球と共に循る真理である〈宿命〉を見いだし、党派的意匠が懐疑されたのは、客観的現象として私達人間の外部に真理が存在するという、時代思想の趨勢に対する抵抗であった。彼は機械論的な擬科学主義に抵抗し、「人格上の倫理的無私」（「政治と文学」26・10）を信じた。その「私には政治というものは虫が好かない」（「同右」）とは周知の表現であるが、生活の必要条件の否定や、政治家の奥に人間を見ることへの無関心の表明ではない。それは文学者としての生活態度の決意がそう言わせている。既に昭和十二年八月の発言であるが、当時のトハチェフスキー事件に関し、「世の常識は単に政治的問題だけを読み取っていやしない。いっそう広い倫理的問題の先端を鋭敏に感じている。何もそれは超絶的なある立場から感ずるのではなく、人間の倫理性そのものの深さから感じているのだ」と述べている。

また政治とはイデオロギーでも、理論による組織化でもなく、「臨機応変の判断であり、空想を交えぬ職人の自在な確実な知恵である」（「マキアヴェリについて」15・10）という指摘もある。こうした発想は、「どうせ政治はそんなもので我々とは縁なき衆生だとする『文学主義』的一元論」（丸山真男「近代日本の思想と文学」）とは異なる。彼は決して、過度に合理主義的政治観の持ち主ではなく、文学活動それ自体を政治的に遣り繰りしなかったのである。精神の政治は滑稽とされるが、非合理的情動は、作品の創造意欲の根底に確実に見据えられている。

こうした創造を目指す精神の背後には、生活経験される内奥の「倫理感や審美感」(「政治と文学」)を根拠とし、「人間の個性や精神の自由という人間に永遠の問題」(「同右」)に立ち還ろうとする志向がある。彼は何よりも、まず有限な人生を背負った自らの〈宿命〉を引き受けている。それは例えば「人情という言葉は美しくないか、道徳という言葉は美しくないか。長い歴史が、これらの言葉を紅葉させたからであります」(「文学と自分」15・11)のように、創造の材料である言葉との関わりで、人情や道徳という倫理的課題が、その審美的体験と密接に語られる。また道徳とは、過去の全ての善悪や、幸不幸をひきずっている言葉で、「それは単なる言葉ではない、僕らの膏血だ」(「道徳について」15・7)と説く。そして美しい音楽とは「倫理的空気」(「ニイチェ雑感」25・10)のことで、そうした世界での人間的共感が信じられている。

生活経験における対象との出会いの感動場面が、よく批評作品の冒頭に見られる。そうした〈宿命〉的出会いに、彼の創造意欲の感発がある。こうした内奥の感覚において、観念(言語的意味)と実質(感覚的形態)の均衡を懐疑的に保持する意志が、その創造過程の根底を貫いている。「美は、個体的な感覚を通じて普遍的な精神に出会おうとする意志の創るものだ。倫理的でない美はない」(「金閣焼亡」25・9)のである。不安定で移ろい易い美感よりも、人とともに生きている確かで、当たり前な道徳感の方が、より重要な人間的課題を導出すると考えられていたからである。

小林には自然的抽象への情熱がある。それ故に倫理を抽象的なものとし、また美を実質的なものと規定した。そして、その交錯に、創造の理論を発見した。その定石に、西鶴の「知的な色道修業者」(「好色文学」)のように従った過去に、彼の〈宿命〉的特質の一面が隠蔽されている。それは確かに様々な可能性を内包し、その画期的な実現が達成された。しかし、「ありのままの心とか、自然な感情の動きとかいうものも亦一種の審美的な詩的な観念であり、言葉の『あや』がなければ、まことらしさも自然らしさもない」(「好色文学」25・9)という視角からでは、現代社会に雑居的に集団化された、無構造な伝統からは離脱せざるをえない。「充実した無秩序」（「実朝」）という審美的経験の具体的知覚から辿るような歴史観を抱くために、「美が歴史の必然の代同物」（「小林秀雄の方法」吉本隆明）に近似せざるを得ない傾向は、文学者小林に確かに存在した。だが、吉本の「歴史と文学というモチーフを美と文学というモチーフにおきかえた」（「同右」）という指摘は図式的には鮮やかではあるが、それゆえに多少の疑念が残る。小林の曰く言い難いかのような職人的な印象批評の彫琢を、機械的操作の変換図式のように納得するよりも、自らの無力感ゆえに私には繰り返し味わってみたい方が、どこまでも先に立つ。

また、丸山が指摘するように、小林の流儀には『社会』という世界は本来あいまいで、どうにでも解釈がつき、しかも所詮はうつろい行く現象にすぎない」という傾向が付き纏うようにも考えられる。だが、小林は社会という中間領域を無視したり軽蔑したのではなかった。むしろ彼は、それを限界状況において信用しようと努めた。わが身の便利をはかり、崇拝することと冒瀆することを一緒にするような欺瞞は、潔癖な彼には許せなかった。そして彼が人々の共通感覚や良識というものを信じるかぎり、世間や時代社会の方が、個性的な思想家を捨て去ることが出来なかった。そして私達が戦後の小林の長所を積極的に捕らえるには、『ゴッホの手紙』(27・6)や、極めて構造性の緊密な『近代絵画』(33・4)などの芸術家の人間ドラマを、近代日本の倫理思想史における人間論として検討し直す必要がある。

こうした一個の人間的意味が主導権を握り、新たな創造形態を模索する精神は、〈宿命〉的な出会いにフォルムを求めていった。そこでは美を求める心と、その姿の世界の均衡が、彼自身の耳や眼で持って、意志的に情熱的に保持されている。

注

（1）江藤淳（『小林秀雄』「第一部　五」、講談社、昭和四十年一月）。
（2）吉田凞生（「『様々なる意匠』の意味」『近代文学五　現代文学の胎動』、有斐閣、昭和五十二年六月）。
（3）吉本隆明（『重層的な非決定へ』「Ⅲ　小林秀雄について」、大和書房、昭和六十三年九月）。
（4）中村光夫（『《論考》小林秀雄』「様々なる意匠」、筑摩書房、昭和五十二年十一月）。
（5）丸山真男が『日本の思想』（Ⅱ「近代日本の思想と文学」――「意匠」剥離の後に来るもの――、岩波書店、昭和三十五年十一月）で「日本ではまさに体系と概念組織を代表していたのが、ヘーゲルではなくて、マルクスであった。だからこそ小林秀雄は〈意匠〉によって武装された『思想の制度』としてのマルクス主義と主義者にはげしく敵対しつつ、通貨形態をとらぬ前のマルクスやエンゲルスの個性的思考と『文体』の前に脱帽し、またコトバとなった弁証法を極度にいみ嫌う反面において曰く言い難い究極のものに絶句したあげく奔り出た逆説として弁証法を認めたのである」と指摘したことの意味は、繰り返し点検する必要がある。
（6）饗庭孝男（『小林秀雄とその時代』「第三章　拮抗する批評の精神――「様々なる意匠」と志賀直哉論――」、文芸春秋、昭和六十一年五月）。
（7）郡司勝義（『小林秀雄の思い出――その世界をめぐって――』「士の世界　中村光夫をめぐって」、文芸春秋、平成四年十一月）に、「ヴァリエーション方式は、小林秀雄の終生変わることのない手法であ」り、「モオツァルト」も『近代絵画』も「様々なる意匠」型であり、中村光夫は小林の手法を「螺旋階段を上って行くように、一つの中心をぐるぐるゆっくり廻って、少しずつ上って行」く方式と語ったとある。
（8）粟津則雄（『小林秀雄論』、中央公論社、昭和五十六年九月）。「ボードレールとランボオ」「批評の自覚」「志賀直哉論」の各章に、教示される点が多い。
（9）吉田凞生（「小林秀雄の『志賀直哉』」、『日本文学研究資料叢書、小林秀雄』、有精堂、昭和五十二年六月）で、氏は小林が私小説を「芸術家小説」の「日本的な様式」と見なしていて、志賀の「倫理的にも美的にも無意識のうちに自己を超えようとする志向」を「日本的に定着された未分化性」と指摘する。志賀の実生活と思想、また現実と虚構の未分化で変貌自在な点は、小林には極めて意識的に対自的化された形で継承されている。

(10) 前掲、注（9）。

(11) 菅野覚明（「書く『私』―『一ツの脳髄』をめぐって」『季刊日本思想史No. 42』特集小林秀雄①、平成五年十月）。

(12) 吉本隆明（『悲劇の解読』、筑摩書房、昭和五十四年十二月）。

(13) 佐藤正英（「思想史家としての小林秀雄」『季刊日本思想史No. 45』特集小林秀雄②、平成七年七月）に、「『故郷を失った文学』は、己れの宿命の色合いを形作っている歴史を対自化しようとした小林が当面した事態を素直に伝えている」の指摘がある。尚、小林の審美感を考える上で興味深い点は、「自然美に対する私の感動に、一体どんな確たる現実的な根拠があるか、いよいよ疑わしい。注意してみると山の美しさに酔う事と、抽象的な観念の美に酔う事と実によく似ている」である。

(14) 前掲注（4）、中村『小林秀雄』に「様々なる意匠」の「最も人間的な遊戯」また「人間臭の最も逆説的な表現」に関して「芸術は氏が人間と交渉する唯一の通路であったと云ってもよいのですが、ここで氏が求めたのは抽象的な人間性ではなく、もっと具体的な相貌をもつ『友』であり、作品は氏にとって同類の臭いをかぎつけるに便宜な場所にすぎなかったのです」とある。小林にとって「人間」の中心概念は〈宿命〉的出会いを伴うものであるが、その「人間」とは具体的に「友」と言ってもよい。

(15) 「好色文学」の中で小林は「仏教は知的教養であったし、『物のあはれ』は生活的思想だったに違いない」のように、『源氏物語』にも言及する。「学んで知る知恵」と「生きて知る知恵」（「政治と文学」26・12）を分けているのであるが、「一定の知恵」と「知恵の働き」（「常識について」39・8）あるいは「科学的理性」と「持って生まれた理性」（「信ずることと知ること」49・8）等に峻別される。

(16) 吉本隆明（「小林秀雄の方法」『吉本隆明全著作集』七、勁草書房、昭和四十三年十二月）。

# 第三章　〈実験〉と表現

## I　想像力の〈実験〉

近代の苛烈で逸脱した批評精神の主体には、それ以前に人々の共通了解であった芸術的創造の定型を、混乱させる傾向があった。そこに生じた矛盾や衝突は、様々な文化的空中分解を引き起こした。だが小林の方法には、そうした創造と批評の内的拮抗を調整し、非生産的状況を克服する志向性がある。それは新たな自律的批評形式の案出であり、その代表的作品の系列は、「創造的批評」の進展を示している。

この第三章「〈実験〉と表現」では、先ずは初期に提出された問題の側面を振り返り、中期の「私の人生観」や「福沢諭吉」論までを射程におき、小林の思想表現を〈実験〉という視角から検討してみよう。その〈実験〉の概念には、日本の中世古典論や近世学問論、そして近代西洋絵画論にも連続する思想史の方法意識が孕まれているからである。

若年の彼が深い影響を受けたボードレール（1821-1867）の「ワグナー論」に、最上の批評家とは詩人という意味の言葉があった。小林も、詩人と同様に言葉という材料を感覚的実体として把握し、音楽家や画家が表現しようとする意志や行為を〈模倣〉した。未知なるものとの接触で経験された名状しがたい感動は、精妙な言葉の形を獲得していった。そうした人間の意志的意味や価値を、表現行為に奪回した点には、近代の科学思想あるいは政治万能主義に対する抵抗者の面貌がある。

しかし「創造的批評」とは、無力なる抵抗者の挫折ではなく、想像的〈実験〉過程の動的発展であった。創造的想像力と批判的分析力とは相反発する性質がある。所謂、批判的態度が内部に向かう時は、そこに形成されてきた既成の型を解体・混乱させるからである。だが彼には、その拮抗とは即ち新たな生成の可能性であった。そこには創造力と批判力の内部的対立が、いわば自己意識の〈実験〉作業によって相乗的に統合され、さらなる型を案出する制作動機が見いだせる。

(一) 経験主義者

小林には初期の頃から表現者の手本として、ボードレールやランボーなどと共に、エドガー・ポー(1809–1849)という作家の存在が重要な意味を持っている。昭和四年九月の「様々なる意匠」、同年十二月の「志賀直哉」に、ポーの創造様式について触れている。また次の「心理小説」(6・3)の中に『マルジナリア』の一節が、小林自らの翻訳で引かれている。

純粋な想像というものは、美からにせよ、醜からにせよ、まだ化合しない物の裡から一番しやすい物を選ぶものだ。(中略)この知性の化学においても、次のようなことが、しばしば起こる。二要素の混合の結果、この二要素の一方にはないような、いや、どちらにもないようなものが現れる。……こういう具合で想像の範囲には限界がない。想像の材料は、世界を通じて拡がっている。不具癈疾の裡からでも、想像は、その唯一の対象であり同時にその唯一の実験であるところの美を製造する。(「心理小説」6・3 全二—50)

純粋な想像力が選択し、やがて製造するに到る唯一の〈実験〉であるところの美、という文脈で使用される〈実験〉という概念は、エクスペリメント（experiment）のことであり、また、それはエクスピリエンス（experience）でもある。小林は「心理小説」で近代的作家精神の端緒に、ポーの創作上の知性主義があったことを指摘し、その『マルジナリア』から作家行為の極端な意識化を読み取っている。そしてポー以降、それが如何に精妙に発展しても、その熱烈な審美的確信は、誰一人として逃れられなかったと言う。この論文は、「逗子の仮住居で長谷川泰子と、もう一つの社会の中での人と人の間の葛藤に血を流していた頃に本になって出たボオドレエルの『エドガア・ポオ』の反映[1]」である。そして、それ以降の積極的な表現行為の前提として「心理小説」には様々な問題がちりばめられていた。中でも作家の審美的想像力に統制された、化合的〈実験〉過程に、深い関心が明示されている点は重要である。

近代日本に伊藤整などによって移入された、プルーストやジョイスの西洋心理小説の問題を、小林は「こういう傑作が、多くの新しい模倣者たちの餌となる点に疑問を持つ」（「心理小説」）と述べ、「頭脳の強度において、教養の深刻さにおいて到底追いついて行かれない」（「同右」）と、ある種の無力感を表明している。自らが当事者として作品に直かにぶつからない限りは、何も分かるわけはなく、個人的鑑賞から生じる意識事実の、日本文壇への本当の影響は遅々としたものであろうと指摘された。しかし、そうした作家の人間的資質と表現の技巧的問題への接近には、後の『ドストエフスキイの生活』（10・1―12・3）や、その多くの作品論に発展深化する所の、心理学的可知性への疑念が孕まれていた。

所謂、実験心理学は、広大な人間の経験世界を測定可能なものに絞る。そして心の世界を物の世界と仮定した所で、それを自然科学的に〈実験〉しようとする。小林はそうした立場を懐疑しながらも、〈実験〉という行為自体には深い関心を示している。例えばゾラは『実験主義小説理論』を語ったが、作家的な深刻さでは、その理論的方法論を語ったゾラより、『ボヴァリー夫人』を創作したフローベルの方が遥かに勝っていたと評価する。小林は文学めいた実証主義を排し、自らが親炙するフローベルという作家の文学的成果に、その創造的〈実験〉の活力を見ている。そして小説では、作家が自らの現実追求を、いかなる点に制限すべきかが難事で、そうした作家が選択する言葉が、その創造力の機能を十全に果たしている事が大切であると説く。そして小説における言葉とは、「人間性格の創造の為に、人間関係の実験の為に招集されるべき」(「室生犀星」6・4)もので、それが時に詩的になるのは人間性格の〈実験〉記録としてである。この批評的知性には作家という存在自体が、人間的創造に携わる〈実験〉者であり、何よりも事に当って、自らを試している作家の顔立ちと行動に、その真の性格が見いだされている。

(2) 如何に生きるべきかの〈実験〉

「様々なる意匠」の冒頭は、この世には、たった一つとして簡単に片付くような問題はないと切り出されている。そして、世の文芸批評家達が、騒がしく行動するために見ない振りをした事実を拾い上げたいと言った。そうした〈宿命〉の人間学が取り上げた事実線は、「アシルと亀の子」に続く文芸時評で躍動的な展開を見せる。そこには言葉というものが、人の心を眩惑させる魔術性の正体が、一つのうねりのように問題にされている。中でも象徴主義詩人(ポー、ボードレール、マラルメ等)の活動が、「言語上の唯物主義の運動」(「様々なる意匠」)として位置づけられたことは再検討を要する。これらの詩人は、浪漫派音楽家等が音によって文学的効果を狙ったのと逆に、「文字を音の如き実質あるものとなし、これを蒐集して音楽の効果を出そう」(「同右」)とした。それが紛れもなく彼らの内的動機であったが、音の純粋性は、言葉の不純性と背反した。にもかかわらず言葉のイリュージョンによって、音楽的心境を表現した創造過程の問題は、次のように執拗に提出されている。

霊感という様なものは、誠実な芸術家の拒絶する処であろう。彼等の仕事は飽く迄も意識的な活動であろう。詩人は己の詩作を観察しつつ詩作しなければなるまい。だが弱小な人間にとって悲しい事には、彼の詩作過程という現実と、その成果である作品の効果という現実とは、截然と区別された二つの世界だ。詩人は如何にして、己れの表現せんと意識した効果を完全に表現し得ようか。己れの作品の思いも掛けぬ効果の出現を、如何にして己れの詩作過程の裡に辿り得ようか。（「様々なる意匠」4・9　全一―147）

ここに問われているのは、詩人の〈実験〉的表現の可能性についてである。個的な詩作過程と、社会的な作品効果とは別の次元の出来事である。しかしポーは想像力に統制された〈実験〉で、彼自身のモチーフと、それを享受するに違いない人々への効果測定を傍観的に覚めた意識で行った。現存の肉体を持って創造に立ち向かう作家には、自らの内的動機と予想される結果との一致や不一致は、秘密のベールに包まれた世界である。だが、そうした不透明で一回的な非通約性に、作家の〈宿命〉と本質的な表現技巧があり、小林の関心は、そうした作家の創造過程を明らかにすることなのである。

小林はポーが壮麗な夢想だけを信じたように、自分の夢を信ずることで「志賀直哉」（4・12）を論じた。「様々なる意匠」には、批評の根本的発想が述べられているが、その形而上学的可能性の意味が、同時代の読者に正確に理解されたとは言い難い。むしろ「様々なる意匠」の副産物のような「志賀直哉」という文学論の方に、意図された社会的成果が達成された。だが、小林と志賀の作家的資質の間には、越え難い溝がある。志賀は若年の小林が敬愛した人物であったが、「実生活に膠着しつつ表現した作家達は、その実生活の豊饒が滅びると共に文学の夢も滅びるのを知った」(「文学界の混乱」9・1)のである。そして、時が経つにつれ、その先輩作家達の到達した境地を冷視するのではないが、その境地を決して羨望はしないと言う。作家としての小林は、それほど志賀に心酔はしていない。何よりも彼には、外来作家ポーを無視して自らの批評を考える事が出来なかった。ポーは作品の効果を自ら点検し、作品とそれを読むべき人々との間の「審美の磁場の計算」(「志賀直哉」)を行った。芸術の社会性を測定した最初の人物がポーで、彼の情熱には想像力を中心とする全能力が使用された。そうした「論理映像の建築術」(「同右」)を〈模倣〉してみることで、志賀直哉という意識と行動との隙間を意識しない小説家を、自らの内部で活かした。(2) それは想像力が創作する志賀直哉像であり、批評的知性の統制による〈実験〉の成果であった。

「様々なる意匠」(4・9)や「志賀直哉」(4・12)から、二十年余りを経て、戦後に成された「表現について」(25・5)の講演には、「表現とは認識なのであり自覚なのである。如何に生きているかを自覚しようとする意志的な意識的な作業なのであり、引いては如何に生くべきかの実験」であると語られている。(3)「創造的批評」における表現という課題は、いわば倫理的な人間関係の〈実験〉作業において持続されている。

「新しい肉体」(「様々なる意匠」)であったマラルメや、音楽家の創作方法に倣い、詩の自立的世界を構成したボードレールの詩作とは、「霊感と計量とを一致させよう」(「同右」)とする精妙な行為である。そしてそれは同時に「己れの脳漿を搾る」(「表現について」)ような表現なのである。こうした詩人達の如何に生きるべきかの〈実験〉とは、事に当たって自らを試してみることである。それは同時に、未知な可能性の追求であり、「ランボオIII」(22・3)には、見た所を表現することと、表現した所を見ることとの関係として問われ、天才詩人の「あらゆる感覚の合理的乱用」及び「純粋視覚の実験」として展開された。しかし、見ることと語ることとの間の深淵を、〈実験〉に依って超える発想や動機は、ポーの『マルジナリア』の燃え上がる審美的確信を発端とする。そして、その〈実験〉の〈模倣〉とは、批評的知性が辿らねばならなかった精神生活の持続であった。

所謂「日常生活の芸術化」(「私小説論」)は早い時期に断念され、本格的に試行されたのは、私生活の具体的描写ではなく、精神生活の内部に抱かれた、ある抽象的意味に形を与えることであった。それが知覚的〈実験〉の結果報告としての表現行為である。「生活と表現とは無関係ではないが一応の断絶がある」(「表現について」)とは、生活と表現の間における距離の認識である。それは「人間は苦しい生活から喜びの歌を創造し得る」(「同右」)という自覚に発展した。また、そこに驚くほど多様な知的営為が可能であったのは、彼が早い時期に、文学という枠を外し、広く思想表現の可能性を模索し続けていたからである。

## II　自意識の〈実験〉室――「私小説論」

### (1)〈実験〉の場所の移行

小林が論じた対象は古今東西の文学や思想に亘り、その方法意識の本質を、一筋縄に規定することは出来ない。しかし既に初期文芸時評の中に、はっきりとした批評の方向性は見いだせる。次に、丸山真男の『日本の思想』の中の指摘を踏まえ、そのことを検討してみよう。

丸山は、小林のことを「感覚的に触れられる狭い日常的現実」に閉じ込もる実感主義ではなく、むしろ「絶対的な自我が時空を超えて瞬間的にきらめく真実の光を『自由』な直観で摑む」ような個性として位置づけているのは、先にも見てきた。また「近代日本の思想と文学」(『日本の思想』36・11)では、完全主義的に狭く硬直した合理主義とは鋭く対立するような、開かれた〈実験〉的な科学的知性の方法論的意味について、『既知』法則の例外現象に不断に着目して、そこに構想力を働かせ、仮説を作って経験によるトライアル・アンド・エラーの過程を通じて、この仮説を検討して行くという不断のプロセスとしての方法」と解説している。こうした丸山には、プラグマティズムの「創造的知性」(デューイ)の影響があり、その〈実験〉の方法とは、新しい経験に向かって開かれた穏当な懐疑精神によって遂行される。近代日本の文学者の中では、二葉亭四迷や夏目漱石そして森鷗外が、こうした精神の系譜に位置づけられている。また何よりも丸山の論文自体が、昭和の初めから太平洋戦争にいたる時期を、〈実験〉的なケースとして設定したものである。そこには「自由な主体が厳密な方法的自覚にたって、対象を概念的に整序し、不断の検証を通じてこれを再構成してゆく精神」(「理論信仰の発生」)の可能性が問われている。そしてその「実感信仰」と「理論信仰」という卓抜な分析概念の根底には、「実感信仰」の極限形態である小林の〈実験〉的方法への認識がある。

小林は「Xへの手紙」(7・9)で「科学を除いてすべての人間の思想は文学に過ぎぬ」と言ったが、詩や小説あるいは芸術一般の様々な表情が、人間の実体験を直かに示すのであれば、その生きた表情は彼の心を魅了する。そして「文学を文学の立場から主観的に批評」(「年末感想」7・12)しながらも、見事に文学的立場を追い抜いている正宗白鳥に深く感銘していた。彼に言わせれば、正宗白鳥とは近代日本における宗教的文学者の一人である(「大作家論」23・11)。そして「今日科学と妥協することを知らぬものは呪われたもの」（「レオ・シェストフの『悲劇の哲学』」9・4）で、そうした文学的自我のみに固執する呪われた存在たちと共に、一体何処へ行くべきかというシェストフの問いに、白鳥と同様に複雑な共感を抱いた。その後、思想と実生活の論争が行われたが、その決着は付いていない。だが最晩年に到るまで白鳥という自然主義的批評家への関心は持ち続けた。そして、初期文芸時評の頃から「生の哲学者ベルグソンの作品に燃えあがるような科学精神をみているのが愉快」（「同右」）であった彼は、擬科学主義の余波で、危機的状況に陥っていた人格の尊厳を救出する思想を目指していた。またアインシュタインの相対性理論や量子力学などに早くから関心を抱いていたことは、大岡昇平などにも証言されている。

そして文学的立場と科学的思想を相対化し得る領域として、思想史というものを考え始めていた。個人が、この世に足跡を残すには、社会的協賛を得る必要があり、思想史には「社会の個人に対する戦勝史」（「Xへの手紙」7・9）の側面がある。だが、一時代の支配的思想と独創的個人との間には緊密な相互連続と同時に、深い溝がある。小林の一人称小説である「からくり」（5・2）や「Xへの手紙」というモノローグには、ヴァレリーの「テスト氏」の影響が明らかで、その制作動機には〈実験〉的なものがあった。その語りの主体は、当時の社会的錯乱と矛盾を受容し、個人の側から外部への架橋を試みる独自性を背負った新しい個性であった。こうした知性の出現は、日本近代思想史に極めて例外現象の一つであり、彼は誰よりも自らそのことを意識せざるを得なかった。

同年の「年末感想」（7・12）には「現に独創的に生きている精神で、精神の様々な姿を点検する事」の必要が説かれた。彼は初期文芸時評の頃から、擬科学主義に深い疑惑の念を表明している。文芸批評という生業が社会的に続いて来たという事実が、その科学性を証明している（「文芸批評の科学性に関する論争」6・4）。だが時評の世界では、科学的意匠を隠れ蓑に、精神を精神で直かに眺める事が、稀有な出来事であった。後に見る「私の人生観」(24・10)に、禅観の「直視人心見性成仏」(『興禅護国論』栄西)なる言葉がある。小林の批評には、それを「最も現実的な精神の科学」(「年末感想」)によって実行する欲求がある。彼は、そうした〈実験〉による観察を、一定の方法を借用しないで、精神による精神の直かな視覚で行う決意を述べている。その態度は単なる主観性の徹底でも、科学そのものや客観性への呪詛でもあり得ない。「批評が自己証明になる。その逆もまた真」(「中野重治君へ」11・4)が基本方針であり、親身に作品を読むという精神に変化はない。そして、そこにも〈実験〉によって、真の実証主義の会得を目指している態度がある。だが「文芸時評について」(10・1)で、次のように問われる時、批評対象の選択に、ある種の変化が暗示されている。

どんな理論的方法論にせよ、方法論自体は人を納得させるものではない。昔から納得させた批評家はいないのだ、どうしても実験を要する。その実験の場所をどこに見つけるか。月々の作品にか、月々の文壇的問題にか。(「文芸時評について」10・1　全三-108)

「様々なる意匠」で「私には常に舞台より楽屋の方が面白い」と語っていた彼も、この頃には時評家として文学の楽屋裏に身を置く事に飽き始めていた。内奥の指針が、文学的実感の濃度の計量器であるが、批評家に文学的リアリティを与えない同時代の作品群への批評が、ある種の疲労感をもたらした。また時評家同士の方法論をめぐる揚げ足取りの無意味さにも嫌気がさし、月々の作品や文壇的問題で自らの可能性を試すことは止め、新たな〈実験〉の場所を設定しつつある態度が垣間みられる。そこによりよい批評対象の取捨選択が行われたのは内的必然の要求からであった。

こうした〈実験〉の場所の移行については、「元来自分と同時代に生き、同じ問題に苦しんでいる人を厳密に評するという事は、至難なわざ」（「批評について」8・8）で、批評家は「重厚正確な仕事を自由に発展させる場所として、文学史とか古典の研究とかを選ぶのが当然」（「同右」）と言う。そうした思想史家としての萌芽である歴史意識は、中世古典論（「無常という事」17・4―18・6）として結実していった。「大作家が必ずしもその制作の方法を知悉してはいないように、立派な批評家は自分の批評方法の矛盾を隅々まで意識してはいまい」（「同右」）と言う彼は、情熱的実行力が方法的困難を征服することを信じた。その実行の方法意識のありようが、即ち〈実験〉精神なのである。

文学史とか古典の研究、そして『ドストエフスキイの生活』や、その作品論という豊富な可能性を持った領域に、〈実験〉の場所は移行しつつあった。ドストエフスキーの長編評論に関し、「僕は手ぶらでぶつかる。つまり自分の身を実験してくれる人には近代的問題が錯交して、殆ど文学史上空前の謎を織りなしている観があるこの作者が一番好都合だと信じたが為である」（「再び文芸時評について」10・3）とある。自分の身を〈実験〉してくれる対象とは微妙な表現であるが、手ぶらで衝突するような、言わば一定の方法論を放棄した所に〈実験〉が始まる。そして対象を定め、その存在の意味が大きければ、自ら試しながら、対象の強力な磁場に、こちら側の身も〈実験〉されることになる。それは自己を超えたものに逆に、自分自身の側が試され、ある大きな眼に見据えられる感覚を味わうことなのである。

### (2) 相違する「私」の像

中村光夫は、小林という批評的知性は、私小説の方法を作家の実生活を離れた精神世界に適用し、そうした性格に小林が小説家ではなく批評家になった必然性があると指摘する。[4] 初期文芸時評の総括と新たな出発のために「私小説論」

（10・5－8）あるいは「文芸批評の行方」（12・8）という作品は書かれた。そこには当事者であり、またさらなる夢想者でもあるが、どこまでも傍観的であるような態度が見受けられる。そして近代日本における「私」という問題の混迷状況は、「私小説論」の第Ⅲ章に次のように説かれている。

花袋が「私」を信ずるとは、私生活と私小説とを信ずる事であった。ジイドにとって「私」を信ずるとは、私のうちの実験室だけを信じて他は一切信じないと云う事であった。これらは大変異った覚悟であって、ここに、わが国の私小説家等が憑かれた「私」の像と、ジイド等が憑かれた「私」の像とのへだたりを見る事が出来ると思う。（「私小説論」10・5－8　全三－395）

日本の近代私小説の端緒である『蒲団』（M40・9）の作者田山花袋は、私生活を信じ、いわば事実を克明に描写した。花袋は仕事の糧として実生活を選び、そこに人生観を託した。当時の日本では、そうした態度が一つのセンセーショナルな出来事であった。だがモーパッサンやアンドレ・ジッド等の西洋作家には過去の歴史において、既に実証主義が確立している。彼らは西洋十九世紀に存在する、そうした伝統思想を背景に、尚かつ「文学以前の自己省察」（以下断りのない場合「私小説論」からの引用）に眼を向けていた。ジッドの反抗的精神には、私生活に膠着する花袋等には想像もつかない、「私のうちの実験室だけを信じて他は一切信じない」という強靭な自覚がある。そこに実証主義の伝統を持たない日本の私小説家等の反抗と、ジッド等の徹底的なそれとの決定的相違がある。

「純粋小説」の思想を案出したジッドは、小林が強い影響を受けた外来作家の一人である。その『贋金作り』（1926）の構造をもとに、生活意欲の衰弱した近代日本の私小説の運命を測定することが、「私小説論」の第Ⅲ章の試みである。ジッドの「私のうちの実験室」とは、自意識が「どれほどの懐疑に、複雑に、混乱に、豊富に堪えられるものかを試みる実験室」のことである。その実験室とは、何よりも自己省察が試みられる場所である。彼は科学的観察や客観的態度を過信せずに、自らの資質の内に、「自意識の実験室」という新しい場所の設定をした。

小林には「私の封建的残滓と社会の封建的残滓の微妙な一致」は目指されなかった。むしろ日常生活とは別個に、彼自身の内部に設定された外来作家の実験室の仕事の認識と、その実行の自覚が中心的課題としてある。そしてジッド同様に「個人性と社会性との各々に相対的な量を規定する変換式の如きものの新しい発見」をしようとしている。自己の外部を〈模倣〉によって内部に取り込み、その鮮烈な印象を手本として、新たな場面を切り拓きながら表現を模索する批評態度は、田山花袋や志賀直哉などの先輩作家達には薄弱であった。「自意識の実験室」とは、内部に向かって閉じられただけのものではない。それは人々に開放され、その混乱は不安であるが、逆に豊富で心地のよい戦慄さえ伴う創造の場所である。むしろその混迷状況に、新たな創造的可能性が胚胎されている。そこには「知性の化学」(『マルジナリア』)によって二つの要素の混合の結果、一方にはないものが現れてくるからである。

小林は外来作家の思想の影響のもとに、自意識という抽象的世界が仕事の中心であるような、文学的リアリティの可能性を追求した。いわば近代日本において真に社会化された自己とは何であるかという課題が、作家としての方向性を決めている。彼に「私」の告白とは余りに重要であり、「社会化された私」という課題の告白論が、近代日本思想史の領域で用意周到に試されたのである。

饗庭孝男は「私小説論」の第Ⅳ章の「社会的伝統というものは奇怪なものだ、これがないところに文学的リアリティというものも亦考えられない、（中略）伝統というものが、実際に僕等に働いている力の分析が、僕等の能力を超えている」という部分を、些か判断停止に近い発言の一種であるとし、そこから「小林が私小説をこえる新しい文学に希望をつないでいない」と指摘する。(5) 彼が同時代の文学的自我に期待することが希薄であった可能性は高い。だが完成された審美感覚を保持する日本の文学的伝統を踏まえ、尚かつ外来作家の〈模倣〉により、真の個人主義を模索した「私小説論」は、それまで為して来た文芸時評の〈実験〉の精密な成果である。そこには近代日本における一つの自我確立の証明がある。

そして「新人Xへ」(10・9)で「自我が社会化するために自我の混乱というデカダンス」が必要だった。その強いられた「デカダンスだけが、君に原物の印象を与える唯一のもの」と語りかける「X」とは、特定し得る他者の誰かではない。それは正に小林自身が新人の自覚を抱き、その生活のみじめさを直視せよとは新たな生活への夢想であり、自らに言い聞かせている事柄でもあろう。そして同時平衡的に書かれた一連のドストエフスキー論は、その途轍もない作家の生活論でなければならなかった。

また昭和十二年八月の「文芸批評の行方」には、福沢諭吉の生涯変わらなかった思想獲得の方法として、〈実験〉精神のことが指摘されている。小林は真に実証的な精神の手本として、福沢のことを吟味し始めている。近代日本の初頭に出現した〈実験〉精神が与えた影響は甚大であり、この問題は第Ⅳ節で検討してみよう。昭和二十年代になると、先にも触れた「ランボオⅢ」(22・3)や「『罪と罰』についてⅡ」(23・11)の時期に、対象に関わる表現行為として〈実験〉的方法が問題にされている。この二つの作品は「創造的批評」の中でも特に傑作に数えられるが、その制作動機に、はっきりとした〈実験〉という意識があったことに改めて注目しなければならない。それは極めて大胆かつ精妙な知的冒険の作業であった。

丸山は「理論と個別的状況の間にはつねにギャップがあり、このギャップをとびこえる最後のところにはまさに『絶体絶命』の決断しか残されていない」（「近代日本の思想と文学」）と指摘する。小林には状況を自己責任において操作する可能性は、人格的決断を持って、創作行為に精神の集中と緊張を持って為された。また数ある講演作品の中でも、問題が最も広範囲に亘る「私の人生観」（24・9）に、こうした〈実験〉概念の具体的意味が呈示されている。次にそのことを見てみよう。

## Ⅲ　知覚の〈実験〉過程――「私の人生観」

### （一）特権乱用への懐疑

「私の人生観」（24・9）は、冒頭から「観」という言葉の意味にともなう人間の審美的体験の価値について説かれる。東洋の画家達が、「驚くべき自然美の表現」（以下断りのない場合、「私の人生観」からの引用）を感得したのは、仏教の「観法」の持つ性質に根拠があった。小林の「観」とは、近代イギリス経験論などの帰納法的「観察」（observation）を、当然に学び知ったものである。しかし、それは同時に禅観の「直視人心見性成仏」、あるいは宮本武蔵の「うらやかに見る眼」、そして斎藤茂吉の「実相観入」などに連続するような何ものかである。日本語の「観察」という言葉には「見抜く」という語感があり、その伝統的な特殊性に着目している。

先にも触れたが、小説が詩になるのは人間性格の〈実験〉記録としてで、卓抜した小説家とは人間関係の創造に携わる〈実験〉者のことであった。たしかに同時代の小説の心理描写は、微妙で複雑になった。しかし、そこには審美体験が不当に無視され、詩という文学の故郷が忘却されている。また当面する実用技術の乱用が客観的事実の名の下に、いたずらに横行している。天体を理解するのと同じ様に、友人は理解できない。「親友を摑めない人は、道徳を摑めない」（「道徳について」）と語る彼は、本質的な人間理解の方法を模索しながらも、それが困難な批評の奥義であることを痛感せざるをえなかった。だが時代に幅をきかす科学主義の特権は、微妙な人間的事実を棚に上げ、物と人とを理論的横柄により概括していた。小林は、そうした一面的理論や法則と、現実との間に、安易な予定調和を想定する立場を、次のように批判する。

天文学的事実も心理学的事実も、同じ理解方法によって得られる。これは科学の特権であるが、この特権は、観測とか実験とかいう実際の経験によって保証されねばならぬから、特権の濫用などということは、余程軽薄な科学者ででもないと、実際に仕事をしている科学者の間では、先ず起こり得ないのである。（「私の人生観」24・9　全九―165）

ここでの〈実験〉という言葉は、観測と同列に、現実に仕事をする科学者が、主体的に自分の眼で見て考えざるを得ない実際経験という意味で使用されている。具体的学問としての科学は正当であるが、その科学的な考え方の乱用が、当時の文芸批評の世界で越権的に執行されていた。当時の思想界で「総合象徴」（「近代日本の思想と文学」）の役割を果たしたマルクス主義の図式に対する疑惑は根深い。それは彼自らが「最も現実的な精神の科学」（「年末感想」）という批評理念を抱き、そうした理想を保持しているからである。所謂批評方法も実証主義も、真の経験的有効性を模索するが故に、既成のそれが批判されている。〈実験〉という概念も、その一つなのである。

普通一般に〈実験〉とは科学的実験のことを指す。小林の〈実験〉という概念は、明らかに経験科学の適用範囲を食み出すものである。科学とは厳密に構成された学問で、それは仮説と検証との間を忍耐力をもって往復する作業である。しかし具体的学問ではない擬科学主義の主張に対し、小林は根本的批判を繰り返した。対象と気質も持たない空漠たる観念が、客観という言葉を振りかざし、様々な閉塞状況を生じさせている。そうした思想状況の中で、彼は未知の事物そのものに、直かにぶつかろうとしている。そこには「見る対象に従い、見る人の気質に従い、異なった様々な見方がある」という厄介で相対的な人間的事実に、眼を向けようとしていることがある。

小林の全人的な「人生批評」(6)では、広大な経験の領域を前にして、当事者としての自らを〈実験〉台にする必要がある。そこでは既知の真理の内に、機械的推論に身を委ねる態度が選択されはしない。そうした「最も現実的な精神の科学」とは自己という謎に直面することであり、結果的には、自らの感覚に根ざす経験的事実の限度を発見することに繋がる。それは主体的自己による可能な限りの合理性の探求である。安易な進歩主義の効率性のもとに、何よりも科学と政治が、人格を解体するような〈実験〉を繰り返してきたことが反省されなければならない。

### (2) 職人の手仕事

小林は、真の創造的文化とは「自然と精神との立ち会い」であると述べる。文化の創造とは自然(物)と「精神」(心)の真剣勝負である。何よりも宮本武蔵の巌流島の仕合いが、〈実験〉の概念で説かれている。そうした決断主義を丸山は、「絶体絶命の決断を原理化した時、彼はカール・シュミットにではなく『葉隠』と宮本武蔵の世界に行きついた」(『日本の思想』）と指摘した。丸山は小林の「文学と自分」「歴史と文学」「私の人生観」などを精読していて、二人の精神は微妙に振動し、そこに類縁関係が感知される。だが丸山が日本の戦時下の思想状況を総括した時には、既に『近代絵画』論が完成されようとしていた。所謂ズレの格差とは同時代の思想家の間にも存在することは見逃せない。

この「私の人生観」では、そうした試みは職人の手仕事を例に説明される。職人は物を作る過程で、眼前にある材料に心を砕く。そして、その時に物にぶつかる心の手ごたえが批評の本質とされる。こうした「創造的批評」についてはベルクソン哲学が引かれ、より精細に説明されている。ベルクソンの思想の建築は、「実在の絶対性は、万人の意識に直接に与えられている。その永遠の運動は、現に私達が内観により、直覚によって摑んでいる」（『意識の直接与件論』）という所から始まった。そのことは〈実験〉という視点から、さらに次のように解説される。

彼は言葉を生んだ知性とは何かと問う、知性を生んだものは何かと問う。かような分析の正しさを保証するものは、「意識の直接与件」に関する信念、知性と本能とは、根源の命から分岐してきたものに違いない、という信念なのである。あとは鑿の精度を大理石で試せばよい。そういう実験の連続が、ベルグソンの vision の精度を自ずから現す。（「私の人生観」24・9　全九―175）

ここに説かれているのは、ベルクソンの文章の作り方に関するものである。手元に握られた鑿の精度を、硬い大理石で試してみるとは、自らの知性を言葉で〈実験〉してみることである。その〈実験〉作業の連続が文化の根底を創造し、その過程で表現者の知覚は拡大する。ベルクソンの材料は言葉であるが、それは、「建築家が、美しい頑丈な建築を造ろうと、最も重い堅い石を喜んで採り上げる」のと同じである。小林の批評も手職により物を創る作業の一種で、そうした具体的物作りの構成によって、表現者の知覚は確実に拡大深化するのである。(7)

〈実験〉という視点から、「私の人生観」という多様な問題が交錯する講演の一つの筋を辿ってみた。ここには、かつて「心理小説」(6・3)で触れられた、ポーの『マルジナリア』の作家的想像力の〈実験〉ということの発展形態がある。小林の〈実験〉とは、想像力を駆使する手仕事にも例えられる意志的作業である。それは「あらゆる存在は作家の想像力の機能として召集される」(「心理小説」)ことを意味し、目指されているのは沈黙の内に行われる知覚（ヴィジョン）の深化である。また、それは芸術家の物を創出する試みに倣いながら、「自己を超越した有用性」を充たそうとする渇望からの、いわば見神の〈実験〉なのである。

こうした小林の〈実験〉には、明治三十八年に「予が見神の実験」を発表した綱島梁川が、神の創造を即ち神の発見としたこととの類縁関係がある。だがそれは、必ずしも梁川のように神秘的宗教体験としては語られていない。何故なら、小林には物の外在性が明瞭に意識されている。そして他物の側からも見られている意識が、より鮮鋭である。それは「統一からやむをえず乖離し背反せざるをえない近代的な個としての自己意識の課題」の展開である。(8) それは文学的自我がより深い宗教意識に進展したと見ることも出来るが、その思想的特質は、正に覚醒された審美体験の感得であり、そこには「純粋視覚の実験」(「ランボオⅢ」「ピカソ」論等)という知的特質が明白である。

また彼は人間を思索する事の模範として、ベートーヴェンの音という実在の世界に関するヴィジョンを挙げている。それは個人的独創により普遍的人間性を表現するような、十九世紀の理想主義の典型であり、「無私」性の手本である。現代を軽佻に横行する実用主義を嫌悪しているが、それもまた真に合理的で有効な実用主義を求めているからなのである。

彼には科学的思想を、能率的に人生観に適用する風潮に対する根深い懐疑がある。だが、そこに非実用主義者を表明しているわけではない。宮本武蔵の「兵法至極にして勝つにはあらず、おのずから道の器用ありて、天理を離れざる故か」(『五輪書』地の巻)を引用し、独創的な実用主義を、「器用」という概念で説くのが、この講演のもう一つの骨子になっている。こうした〈実験〉とは端的に実行あるいは庶民の実践(実感)などとも微妙に交差してくる。果たして、このような視点は基本的に何処から獲得されたのであろうか。

## IV 福沢諭吉の〈実験〉精神

最初の福沢論は、昭和十二年七月の「福翁自伝」である。同年八月の「文芸批評の行方」にも、近代思想における〈実験〉の意味が指摘され、それは文芸時評との別れと期を一にしている。小林は『自伝』の思想が生活理論化される方法に注目している。そして『自伝』を私小説の一種と見なすなら、そのテーマとは思想が如何に人間内部に生きるかであると言い、福沢の幼少の頃の有名な挿話を挙げている。

殿様の名を書いた紙を踏んで兄から叱られ甚だ不平で、子供心に思索して神様の名のある神札を踏んだら如何だろうと思って密かに実験してみたが何ともない。そこで一歩を進めて手洗場に持って行ったがこれも何でもないと解る、更に一歩を進めて稲荷様の社を開けて石を入れて置いて観察する事にする。何でもない様だが、云々。(「福

翁自伝」12・7　全五－203）

福沢が生涯に於いて守った思想獲得の方法とは、子供心にも思索して〈実験〉し、経験的事実の観察と検証を試みることであった。その文明開化の観念を生活の上に所有し、一歩進めながら実証して行く態度は、実に近代的に見えると述べる。

（1）　好機としての混乱

福沢の〈実験〉精神の具体的意味が、より明瞭に提出されたのは、昭和十六年一月の「感想」である。(9) その後も繰返し指摘される〈実験〉の基本的枠組と、その核心的意味は、この正倉院の御物展覧会を訪れた話に始まる「感想」にある。また次の第四章「古典と批評」で取り上げる中世古典論（「無常という事」）が、翌年から展開されることを顧みれば、この「感想」の中味が再検討されなければならない。

そこには明治に流行した文明という言葉は、今日では文化に代わったが、福沢の『文明論之概略』（1875）に現れた精神は充分に新しく、彼のような生々しい眼力で、現代知性が文化の実相を見ているかどうか疑わしいと語られている。次に小林が《祖述》した「緒言」の「実験の一事」の部分を引いてみよう。

又一方には此学者なるもの、二十年以前は純然たる日本の文明に浴し、啻に其事を聞見したるのみに非ず、現に其事に当て其事を行ひたる者なれば、既往を論ずるに憶測推量の曖昧に陥ること少なくして、直ちに自己の経験を以て之を西洋の文明に照らすの便利あり。此一事に就ては、彼の西洋の学者が既に体を成したる文明の内に居て他国の有様を推察する者よりも、我学者の経験を以て更に確実なりとせざる可からず、今の学者の僥倖とは即ち此実験の一事にして、然も此実験は今の一世を過ぐれば決して再び得べからざるものなれば、今の時は殊に大切なる好機会と言ふ可し。（『文明之概略』「緒言」）

福沢諭吉は過去の憶測や、外部の推察というものを、直接経験の〈実験〉とは見なしていない。むしろ外部の影響により、自己内部の変容しつつある経験世界を直かに照合することが、福沢の視覚的〈実験〉である。そうした側面においては、不可避的な混迷状況にある近代日本に「僥倖」があると言う。この「緒言」の部分は、その後、小林に二十年以上に亘り引用・注釈され、深い共感を持って生活理論化された。

福沢の〈実験〉とは「其前生前身に得たるものを以て之を今生今身に得たる西洋の文明に照らし」すような、過去と現在の比較によるヴィジョン（観）の〈実験〉である。小林は、そうした眼の使い方の重要性を指摘する。福沢は明治の「民心の騒乱、事物の紛争」という光景を、逆に「今の一世を過ぐれば決して再び得べからざる」ところの〈実験〉の好機と見なした。それを丸山真男は「福沢はまさに西洋の学者にたいして日本の学者が文明論を書く際に背負っている巨大なハンディキャップをあえて逆手にとって有利な条件に転化しようとする」（『「文明之概略」を読む』下）と解説する。こうした小林にも確実に継承された「否定から肯定へと転じうるまさにその〈超越〉構造それ自体への問い」が検討されなければならない[10]。

眼前にある最悪状況の原因は、西洋文明の急激な渡来にあった。そこから人々は問題解決に奔走した。しかし所謂原因が解って了えば、世の複雑に混迷した実相に、自ら眼を据える必要はなくなる。つまり眼前にある実相が、解決すべき問題に摺り変わる所に、様々な空論が生じる。かつて丸山真男は「日本人の精神状況に本来内在していた雑居的無秩序性は、第二の『開国』によってほとんど極限にまであらわになった」（『日本の思想』）と言った。こうした事態の特質は現代日本において新たな野望を背景に再生されている。そうした所に、空虚な論議が悪戯に紛糾する。かの福沢の眼の使い方（観）の特質は、そうした論議者と異なり、ただ人々に見えていた同じものを「実体鏡」を使用して眺める様に観察したところにあった。「問題の解決の鍵は現実の状態の外には見つからぬ」という真のリアリストに、確実に見えていたものは「『一人にして両身あるが如』き混乱」である。そして小林は福沢が今日生きていたら、同じ方法で、いわば『文化論之概略』を書くであろうと述べる。

　この「感想」（16・1）は、近世儒学者である山鹿素行の「耳を信じて目を信ぜず、近きを棄てて遠きを取り候事、是非に及ばず、誠に学者の通病に候」（『配所残筆』）で結ばれている。近世学問論に関しては第六章「学問と自得」で詳細に検討するが、素行も福沢も眼前にある直接経験を基にして、自らが生きる時代を語った。彼が、こうした二人の先人を取り上げた所には、昭和二十年代から三十年代に亘って為された、数々の同時代的文化病理論の兆候がある。昭和という混迷の時代に、彼自ら社会的に担った批評において、粘り強く福沢の「観」の方法を〈模倣〉しようとしていた。そこには近代的な〈実験〉精神と、それを可能にした主体的精神を見いだせる。その方法態度の特質は、概念構成の〈実験〉ではなく、具体的知覚のそれによる、眼前にある世界の明瞭化であった。

## (2) 知覚主導の概念構成

小林は昭和十年代から、福沢の〈実験〉精神への興味や関心を表明してきた。だが、福沢という人間の全体像に関するものは、「ヘッダ・ガブラー」(25・12)などの演劇論を経て、昭和三十七年六月の「福沢諭吉」論まではなかった。この時期に彼は伊藤仁斎や本居宣長あるいは荻生徂徠を論じた近世学問論(『考えるヒント』34・5-39・6)や、ベルクソン哲学の《祖述》(『感想』33・5-38・6)に取り組んでいる。そうした思想営為と同時期に、実学や利福の理を説いた福沢諭吉の人間像が語られている。それは近代日本の思想家として深い信頼感が表明されている唯一の存在である。彼は福沢のことを、近代日本の思想史が、漢学から洋学へと転向する時の勢いを、最も早く見取った人であり、そうした思想転向に、日本の思想家達が強いられた特殊な意味合いを、見抜いていた人物であると指摘する。それは、昭和十六年の「感想」同様であるが、「福沢諭吉」論(37・6)では先に引いた『文明論之概略』の「緒言」が、より平易に次の様に解説されている。

西洋の学者は、既に体を成した文明のうちにあって、他国の有様を憶測推量する事しか出来ないが、我が学者は、そのような曖昧な事ではなく、異常な過渡期に生きているおかげで、自己がなした旧文明の経験によって、学び知った新文明を照らす事が出来る。この「実験の一事」が、福沢に言わせれば「今の一世を過ぐれば、決して再び得べからざる」「僥倖」なのである。(「福沢諭吉」37・6 全十二-331)

ここには福沢が明治という過渡期に生きる困難を、逆に「僥倖」「好期」の「実験の一事」と見たことに注意が払われている。こうした要約の仕方において小林には日本の思想史が対自化されつつ構想されていた。

福沢は「独立自尊」を「自分にて自分の身を支配し、他に依りすがる心なきを云う」（『学問のすすめ』）と説いた。そうした発言の背後には、「独立自尊の本心は百行の源泉にして、源泉滾々到らざる所なし」（『百余話』八「知恵の独立」）という言葉や議論以前のものが、正に実感されている。そうした福沢の〈実験〉は所謂「試行錯誤」の試験と、そのまま重ねることは出来ない(11)。

先の「感想」(16・1)には「覚え込んだ教養」（学んで知る）と「真の実践的な思想」（思って得る）とは混同出来ないと説かれていた。「自己がなした旧文明の経験によって、学び知った新文明を照らす」（「福沢諭吉」37・6）とは、「思って得るところが、果たして学んで知る形式を取り得るか」（「哲学」38・1）という伊藤仁斎論で提出されるテーマと響き合う。それは仁斎の根本的な悩みであったが、それは小林においても同様ではあるまいか。彼にとって「思って得るところ」とは、明瞭な知覚のことで、「学んで知る形式」とは構成された概念のことである。むしろ小林は知覚の欠陥を概念によって補充することを志向していない。「凡そ知覚するものは何一つ捨てまい、いや進んでこれを出来るだけ拡大してみようという道」（「私の人生観」24・9）が、その思想営為の根底にある。言うまでもなく、小林は学問的知識を否定するのではない。その概念構成は、飽くまでも知覚が主導となり、知恵のかたちをとる学問として自然に出来上がらなければならなかった。そこから人間的な真実感が生まれ、彼の精神には山鹿素行・中江藤樹・熊沢蕃山・伊藤仁斎・荻生徂徠、そして福沢諭吉という〈自発〉的精神を持った思想家達は数珠玉のように密接に連続している。そうした学問と自得という知のテーマは、彼の生涯を通じて探究された根本的課題であった。彼に「実感信仰」という一つの「極限的形態」を見るのであれば、そうした人間的思想の切実感や真実感を指摘する必要がある。そして「実感信仰」の感覚とは、知覚と感受を含めた内的経験という意味を持つようにも考えられる。

小林は、福沢の言う「実験の一事」には、洋学における実験的方法という意味はないと説く。それは「学者は学者で私に事を行う」の意味に重点があり、学者に「独立の丹心」があれば、新知識を獲得するのと自らを新しくするのは同じ事柄になるからである。そこには、本質的な思想の転向問題が呈示されている。漢書生と洋学者とは、我々日本人の両身であり、福沢はそうした当事者としての自己を〈実験〉台としなければ学問論も文明論も書く事は出来なかった。そして小林にも所謂イデオロギーの転向はなかったが、大胆に身を翻すような思想のドラマというものはあった。

『学問のすすめ』(1872)と『文明論之概略』(1875)とは、福沢という人間が賭けられた啓蒙の書である。そして過渡期とは各自が、それぞれの工夫によって身を処さねばならない困難な実相のことである。それは外部にある議論の対象ではなく、「一身にして二生を経る」ような内的経験そのものと述べる所には、福沢という先人を、小林が、その眼力を賭けて〈模倣〉再現する態度がある。それは、社会性を契機とする演技であるが、彼は福沢の「私立」の意義を、現代という過渡期に人間的信頼を持って説いている。そして「痩我慢の説」を引き、「私立」とは「痩我慢」のことであると述べる。「痩我慢」を哲学的に考察すれば、我慢自体に価値を求める精神の動きになる。「我慢」は確かに「私情」に発するが、それは単なる私的内面性ではない。むしろ「私情と公道との緊張関係の自覚」に、真の「私立」を見ることが出来る。「怨望は衆悪の母」として、小林はそれを排した。彼は所謂不平家には成れなかった。

だが、そうした「立国は私なり。公に非ざるなり」という『痩我慢』しうる主体は、それが一見いかに不毛な孤立無援に見えようともその根底では自己を超え自己が属しうる何ものかへの通路」と私を営むは即ち公に通ずる方途という確信が根底にある。[12] 小林の「独創性」が「伝統」や「無私」にパラドキシカルに連続する飛躍が、その信念の類似性から生じてくる。

近世儒学論の系列にある「天という言葉」(37・11)でも、近代日本の文明が見舞われた危機状況にもかかわらず、その眼前の歴史的個性の前進を信ずることで、「一世を過ぐれば、再び得べからざる」ような好機とする福沢のヴィジョンについて触れている。それは常識と生活力を持った人が、窮地に追い込まれた現状を切り拓くのと同じ方法である。そして、その眼は傍観者のものではなく、「外物に据えられた彼の眼は、絵を描こうとする画家のような、外を見る事が内を見る事であるような眼」であり、そうした「無私」なヴィジョンに、真の活路が発見出来ると述べている。

小林の福沢論には広い意味での審美的傾向がある。それは若い頃からポーやベルクソンを主軸とする形而上学に深く傾倒した、その〈宿命〉的特質に関わりがある。そして昭和という激動の時代に、近代日本における先達の、〈自発〉的な〈実験〉精神の〈模倣〉が、様々な文化論に実行された思想的意義は重い。福沢が「無私」の手本であるのは、昭和十年の「私小説論」の中で問うた「私の征服」というテーマの持続であり、アンドレ・ジッドと同様である。それは小林の壮大な自意識の〈実験〉であった。

注

(1)　江藤淳(『小林秀雄』「第一部　八」講談社、昭和四十年一月)。
(2)　粟津則雄(『小林秀雄論』中央公論社、昭和五十六年九月)。
(3)　この講演でパウル・ベッカーの「音楽史」をもとにして、ベートーヴェンには「音の必然性の運動のもたらす美と、観念や思想に関する信念の生む真との驚くべき均衡」を感ぜざるを得ないと言う。またボードレールのワグナー論が引用され、表現論が語られている。
(4)　中村光夫(『《論考》小林秀雄』「『罪と罰』について」二章「創造と実験」筑摩書房、昭和五十二年十一月)。

（5）饗庭孝男（『小林秀雄とその時代』第四章「思想と実生活」文芸春秋、昭和六十一年五月）。

（6）河上徹太郎（『わが小林秀雄』昭和出版、昭和五十三年六月）。尚、山本七平（『小林秀雄の流儀』新潮社、昭和六十一年五月）、高橋英夫（『小林秀雄　歩行と思索』小沢書店、昭和六十年四月）（『小林秀雄　声と精神』小沢書店、平成五年十月）などにも、この批評的知性の全体像が描かれている。

（7）『感想』（15回）に「概念の相違によって争う哲学の代わりに、同じ一つの知覚の裡に、あらゆる思想家が折れ合える様な哲学、人々が、一つの知覚を拡大深化する為に力を合わす事の出来る様な哲学が出来なければならない」という「私の人生観」で語られた根本的課題が詳説されている。

（8）竹内整一（『自己超越の思想』第II章三節「煩悶としての近代自己（二）綱島梁川の『見神の実験』」ぺりかん社、昭和六十三年六月）。

（9）前掲、注（1）に前半のボードレールの日記が引かれ、「過去とは過去と呼ばれる信仰の意味だ」という部分の特異性に関しての指摘がある。しかし、後半の一見脈絡なく《祖述》された『文明論之概略』「緒言」の意味も検討されねばならない。尚、丸山真男は『「文明之概略」を読む』下（岩波新書、昭和六十一年十一月）で、「福沢の『緒言』におけるこの宣言は、何という危ない『賭け』の上に成り立っていることでしょう。なぜなら、もし『純然たる日本文明』をすでに自分の魂のなかに実感できない世代が成長してそれを『憶測推量』するようになるならば、またもし、西洋文明にたいするみずみずしい感受性と混沌としたものへの冒険の精神が失われ、『既に体を成したる』文明の『内に居る』住人のつもりで日本の歴史的現実を言挙げするようになるならば、福沢が保証したような日本学者の認識の客観性の根拠は足許から崩れ落ち、たちまちにして『西洋の学者』よりさらに甚だしいハンディキャップの谷に墜ちこむことになるからです」と語る。

（10）前掲、注（8）第I章二節「啓蒙としての近代自己―福沢諭吉の『独立自尊』」一、「人間の安心」論。

（11）前掲、注（8）二、「実験的精神」。

（12）前掲、注（8）四、「倫理」主体の独立。

# 第四章　古典と批評

# I　「当麻」

昭和十七年に、一連の中世古典論が、雑誌『文学界』に発表される。それらは『一言芳談抄』を論じた短編が総題に成り、『無常という事』の名で知られている。四月に「当麻」、六月に「無常という事」、七月に「平家物語」、八月に「徒然草」、十一、十二月に「西行」、翌年二、五、六月に亘って「実朝」が掲載された。連作は中世の代表的古典を本説に展開された能の演技にも例えられよう(1)。演じられた歴史的対象の成立年代は、室町から鎌倉時代に向かって、ほぼ逆行する。この第四章「古典と批評」では、小林が対象とした古典の中味も出来るだけ辿りながら、一連の古典論の配列・組み合わせの内に潜在している、彼の制作手順・方法について検討する。先ずは、室町時代の世阿弥論である「当麻」の一節から、引用してみよう。

それは少しも遠い時代ではない。何故なら僕は殆どそれを信じているから。そして又、僕は、無要な諸観念の跳梁しないそういう時代に、世阿弥が美というものをどういう風に考えたかを思い、其所に何んの疑わしいものがない事を確かめた。「物数を極めて、工夫を尽して後、花の失せぬところを知るべし」。美しい「花」がある、「花」

の美しさという様なものはない。（「当麻」17・4　全七―353）

坂口安吾は、この部分を「小林が世阿弥の方法だと言っているところが、そっくり彼の方法なのであり、彼が世阿弥に就いて思い込んでいる態度が、つまり彼が自分の文学に就いて読者に要求している態度でもある」[2]と述べる。安吾が小林秀雄の方法・態度として指摘するような、世阿弥に対する思い入れとは、小林が「世阿弥が美というものをどういう風に考えたかを思い、其所に何んの疑わしいものがない事を確かめた」と述べる所のものである。「美しい『花』がある、『花』の美しさという様なものはない」とは、言わば小林の美学批判である。美とは抽象的な観念ではなく、心の感動自体というのが、その主旨である。だが、そのことと同時に、彼が中世古典論における対象を論じる根本的態度として、「物数を極めて、工夫を尽して後、花の失せぬところを知るべし」という一句を箇抜・究尽したことの意味の解明が重要である。従来の小林研究において「美しい『花』がある、『花』の美しさという様なものはない」の方は、それぞれの立場から解釈されてきた。だが、『花伝』の一句に関しては、一見自明なものとして論及されることが少なかった。そして、この一句の意味は、世阿弥研究史においても徹底的に解明されてはいない。

連作の古典論において一句が示す手順は、それぞれの作品論に実行され、それが全体に貫徹される。そうした創造の過程が一連の流れを案出し、終曲に演じられる西行と実朝という二人の詩人は、動乱の暗闇に咲く花のような趣すら持ってくる。「当麻」は連作の序であり、その作者世阿弥とは小林自身の手本としての位置にある。そして、次の「無常という事」には、対象の〈模倣〉という事柄が背後から取り上げられている。そこに「歴史というものは、見れば見るほど動かしがたい形と映ってくるばかりであった」とある。そうした歴史とは、所謂実証的事実というよりも、原物の古典の姿であり、広い意味での文学史の事を指している。小林は世阿弥の方法を真似ることで、鎌倉時代に「推参」し、歴史を〈模倣〉再現しようとしていた。世阿弥は「物学」の演技をするに「形木」をもってした。小林にとって古典という歴史とは、〈模倣〉すべき思い出の範型であったのではないか。先の坂口安吾の表現には多少の揶揄があるが、その指摘の真意は思いの他に深い。

「当麻」に「自分は信じているのかな、世阿弥という人物を、世阿弥という詩魂を。突然浮んだこの考えは、僕を驚かした」とある。そしてこの世阿弥の「詩魂」を信じているのかと自問する所は、連作の古典論全体を考える上で決定的に重要である。小林の信の条件は、直接的な驚嘆にあり、それが確かな経験である限り、常に「私」というものを超えているという発想がある。次の「無常という事」には、鎌倉時代を「上手に思い出す」という決心が語られ、時代を逆行するように、以降の古典論で歴史の文学的〈模倣〉再現の演技は実行された。原物の古典は、今は死んでしまった人々により、一回限り語られた。そして生きている批評精神は、その対象の心情を理解しようと知的努力をしている。過去が生き生きと蘇る時、人は内部に矛盾する全能力を統合的に使用する。小林は批評方法（合理的解釈・方法論）を意匠と見なし、手ぶらの方法を説くが、実際に作品が制作される以上、そこに基本的な手順の型は必要とされたであろう。

「当麻」に引かれた一句は、「別紙口伝」に「物数を究めて、工夫を尽くして後、花の失せぬところをば知るべし」と変奏的に繰り返されている。先ずは、『花伝』におけるその事の大概を見ておきたい。初出は「問答九」からである。

　七歳より以来、年来稽古の条々、物学《ものまね》の品々を、よくよく心中に当てて分かち覚えて、能を尽くし、工夫を究めて後、この花の失せぬ所をば知るべし。この物数を究むる心、すなわち花の種なるべし。されば花を知らんと思はば、まづ種を知るべし。花は心、種は態なるべし。(3)

ここには演技を志す者の一生に亘る行動の統一とでも言うべきものが語られている。「物数」とは舞・音曲・物学を含めて、その様々なる「態」の事である。「物数を究める」とは、端的に全部の「態」を稽古することで、「物学」の稽古とは持続的な訓練として、対象の〈模倣〉をすることである。『花伝』の中では他に「真似る」「似せる」「倣ふ」などといった言葉が使われているが、それらも〈模倣〉するという意味に含まれるものとしておく。

真似をするには他の存在と、そこへの信が必要である。信ずる他者・他物を、よく理解したいと思うと、人は自ずから〈模倣〉という行動に誘われる。『花伝』には所謂「大和歌は、人の心を種として、万の言の葉とぞなれりける」(『古今集仮名序』紀貫之)とは異質な、「花は心、種は態」という中世的逆説がある。だが、「問答九」では「物数を究むる心」は未だ「花の種」とされる。「物数を究むる」ことには際限がない。有限な自己にとっては、機縁のある所を質的に究めざるを得ない。究極的目的を「花の失せぬ所を知る」ことに措定するなら、対象の〈模倣〉は、身体的存在にとっては、どこまでも相対的な究尽にとどまる。「問答九」に説かれたことの類似的内容は、より簡潔な形で「奥義云」に繰り返され、それは次のように語られる。

わが風体の形木を究めてこそ、あまねき風体をも知りたるにてはあるべけれ。あまねき風体を心にかけんとて、わが形木に入らざらん為手《して》は、わが風体を知らぬのみならず、よその風体をも、確かには、まして知るまじきなり。

されば能弱くて、久しく花はあるべからず。久しく花のなからんは、いづれの風体をも知らぬに同じかるべし。しかれば、『花伝』の花の段に、「物数を尽くし、工夫を究めて後、花の失せぬ所をば知るべし」と云へり。

世阿弥の「わが風体」とは、その「家の風体」のことである。普遍を狙うよりも個性を磨くことの必要が説かれている。そうしなければ具体的な他者とも出会えないし、演技者としての生命を長続きさせることも出来ない。ここには自己形成の途上にある、演技を志す表現者の生きる場の思想が語られている。そうした文脈で「物数を究めて、工夫を尽くして後、花の失せぬ所をば知るべし」と、「究尽」の動詞が交換されてはいるが、ほぼ同じ形態を持った言葉が続いている。小西甚一は「奥義云」の一法を、「多くの曲の研修を尽くし、芸理の考察をしぬいて後に、いつまでも花の無くならない所を体得できよう[4]」と訳している。他の現代語訳も様々な色合いを呈して解釈は分かれている。ここでは〈模倣〉再現という視点から、「〈模倣〉を尽くし、表現を究めて後、恒常性を認識できる」という意味に理解してみよう。そこには演技の本質を再認識するような営みがあるからである。

この「奥義云」の段には、自己の側から自力の工夫によって、「物学」の稽古を如何に果たすべきかの発展過程が語られている。〈模倣〉する対象が、演技者の内部に受容され、それと距離をとるのに、ある種の工夫が必要になる。いわば模写することが、表出する様な事態に微妙に変容する。意識的に自己の様式を案出しなければ演技は頽落してしまう。自己批評と反省の努力が、「わが風体の形木を究めてこそ、あまねき風体をも取りたるにてはあるべけれ」という方向で、自己表現を試みようとする。だが、世阿弥には、この地平は途上であり、それは未だ「花の種」である。再度〈模倣〉する意志の自由に立ち還る事が出来れば、新たな緊張関係の地平が現れる。そのことは「別紙口伝」で次の様に語られる。

例えば、春の花の頃過ぎて、夏草の花の賞翫せんずる時分に、春の花の風体ばかりを得たらん為手が、夏草の花はなくて、過ぎし春の花をまた持ちて出でたらんは、時の花に合うべしや。これにて知るべし。ただ花は、見る人の心に珍しきが花なり。しかれば『花伝』の花の段に、「物数を究めて、工夫を尽くして後、花の失せぬ所をば知るべし」とあるは、この口伝なり。されば花とて別にはなきものなり。物数を尽くして、工夫を得て、珍しき感を心得るが花なり。「花は心、種は態」と書けるも、これなり。

ここにも「奥義云」の「能弱くて、久しく花はあるべからず」と同じように、時間性に関する認識が語られている。しかし「奥義云」で語られた時間性は、表現者同士が共時的に生きる場所での、自他の関係が射程に置かれたものであった。それは未だ「わが風体」の究尽の仕方であった。しかし「別紙口伝」の時間性の了解は、「わが風体」が、自ずから「遍き風体」に移行した語りになっている。その認識は、宇宙的なスケールで持続する時間に関するもので、無作為的自然と作為的自己の均衡のありようが語られている。例えば「問答九」のそれは、「先ず、七歳より以来、年来稽古の条々、物学の品々を、よくよく心中に当てて分かち覚えて、能を尽くし、工夫を究めて後、この花の失せぬ所をば知るべし」という様に、「初心の人」の個別具体的な、一生の時間に亘る行動の統一である。また「奥義云」では、「初心の人」より「上手」な演技者が、生きる場における矛盾の統合の仕方が語られ、創造的演技を試みる表現者同士の、如何に生きるべきかが問われていた。そして、わざとしては作為的技術の有効性が説かれていた。

そして一段と発展深化した「別紙口伝」の語りは、無作為的自然との一体感を達成した「見る人」、換言すれば観相者の意識による時間認識が語られる。そこでの「花」とは、相対的機能的な概念であり、字句に微妙な違いこそあれ、小林が「当麻」に引いたのは、こうした個体↓場所↓時間という次元差の移行によって、模倣↓表現↓認識という手順を反復持続するような一法である。そこには世阿弥という人物の究極の手順・方法が述べられている。その方法の実質的意味は、『花伝』の至る所に見いだせる。そして「物数を究めて、工夫を尽くして後、花の失せぬ所をば知るべし」という言葉自体は、「別紙口伝」に一つの抽象的形態として定着している。言わば〈模倣〉と表現の地平が融合し、創造的な演技や演出の方法が、自在の境地で認識されている。またそこでの技術とは、わざとらしくないわざとしての無作為的作為性とでも言うべきものが暗示されている。いみじくも安吾が抽出した世阿弥や小林の本質的方法の核心はそこにある。

だが、真の方法は簡単に人に手渡しの出来る様なものではない。各自の場で、世阿弥の方法を実際に模してみるしかなく、何を如何に学ぶのかの自己限定が、その実行の中味を決定する。小林は連作の古典論を語るに際し、世阿弥の方法を信じて〈模倣〉して見せている。彼は正に世阿弥に自己を見ることで、この一法を実践的に究尽した。こうした『花伝』の「奥義」↓「別紙口伝」と進展する稽古の方法論が復帰する「問答九」の意味内容には、さらに詳しい検討が必要なので、本書では附論として最後に取り上げている。

『花伝』は緊密な構成で出来ているが、中世古典論も、それと同様に意識の曼荼羅のようなものを想像させる。そうした印象は、何よりも『花伝』の一法を究尽する方法意識に由来するのではないであろうか。

## II 「無常という事」と「徒然草」

彼は、ある時、山王権現の辺りを歩いていた。すると『一言芳談抄』の断片の節々が、その心に滲みわたったという。

或云、比叡の御社に、いつはりてかんなぎのまねしたるなま女房の、十禅師の御前にて、夜うち深け、人しづまりて後、ていとうていとうと、つゞみをうちて、心すましたる声にて、とてもかくても候、なうなうとうたひけり。其心を人にしひ問われて云、生死無常の有様を思ふに、此世のことはとてもかくても候。なう後世をたすけ給へと申すなり。云々。

この短文が思い出された経験は、「ただある充ち足りた時間があった」と言われる。文章のテーマは明らかに無常についてである。だが、「ひじりはわろきがよきなり」、また「死をいそぐ心ばへは、後世の第一のたすけにてあるなり」「一生はただ生をいとへ」というような過激な浄土思想の語録の中から、何故にこうした「なま女房」の部分だけを、いわば突然のように想起し、そして記述したのであろうか。

### (1) 思い出と無常

『一言芳談抄』で無常について言及されているところは、「あひかまえて、今生は一夜のやどり、夢幻の世、とてもかくてもありなんと、真実に思うべきなり。後世を思う故実には、生涯をかろくし、生きてあらんこと、今日ばかり、ただいまばかりと、真実に思ふべきなり」などがある。「とてもかくても候」という語句の意味は、どうにかしようとして、どうにもならない感慨であり、「仕方がございません」ということである。この「とてもかくても」の言葉は、他には「ただとてもかくてもすぎならいたるが後世のためにはよきなり」という風に使われている。

小林は、この文章を「徒然草のうちに置いても少しも遜色はない」と言うが、事実、『徒然草』の九十八段に『一言芳談抄』の「しやせまし、せずやあらましと思ふ事は、おほやう、せぬはよきなり」などの章句は引かれている。

「いつはりてかんなぎのまねしたる」とは異様な存在行為であるが、先ずこの出だしの「まねしたる」の微妙な〈模倣〉的意味合いが、彼の心に浸透してくるのであろう。真夜中に「いつはりてかんなぎのまね」をし、「とてもかくても候」と歌う「なま女房」とは妖しい存在である。彼女の事情はともかく、そこには一つの詩的世界がある。だが根本的な問題は、その先にある。「人」（人とは何であり、誰のことかということは別として）が、この「なま女房」に誣《し》い問う事により、一回限りの意味不明な歌が、「生死無常の有様を思ふに、この世のことはとてもかくても候。なう後世をたすけ給へ」という欣求浄土《ごんぐじょうど》、厭離穢土《おんりえど》という思想的意味を持った過剰な願望の言葉になってくる。

伝統的詩人の魂に直かに「推参」し、その「詩魂」を批評という形で論ずる小林は、この文の象徴的な意味と、その形に強い関心を抱いている。また「無常という事」で森鷗外や本居宣長に触れながら、歴史について次のように述べている。

晩年の鷗外が考証家に堕したという様な説は取るに足らぬ。あの厖大な考証を始めるに至って、彼は恐らくやっと歴史の魂に推参したのである。「古事記伝」を読んだ時も、同じ様なものを感じた。解釈を拒絶して動じないものだけが美しい。これが宣長の抱いた一番強い思想だ。解釈だらけの現代には一番秘められた思想だ。（「無常という事」17・6 全七―359）

小林に鷗外に関する指摘は、わりと多いのであるが、そのまとまった論考は見いだせない。しかし、ここで彼は鷗外の「歴史小説」を手本に、歴史の〈模倣〉という事を考えている。晩年の作品である『感想』（「ベルクソン論」33・5―38・6）や『本居宣長』（40・6―51・12）では、それを《祖述》という方法に昇華させた。歴史とは何かという問題は『ドストエフスキイの生活』（10・1―12・3）の序である「歴史について」で、より精密に論じられた。だが、根底的に変わらないものは次のような発想である。

歴史は決して二度と繰り返しはしない。だからこそぼくらは過去を惜しむのである。歴史とは、人類の巨大な恨みに似ている。歴史を貫く筋金は、ぼくらの愛惜の念というものであって、けっして因果の鎖というようなものではないと思います。（「歴史と文学」16・3 全七―201）

小林は「子供に死なれた母親」の比喩で、思い出の歴史観を述べている。『土佐日記』に「世の中に思ひやれども子を恋ふる思ひにまさる思ひなきかな」と詠った紀貫之以来、女の仮面をかぶり、ささやかな遺品と深い悲しみを持って、死んだ子の顔を描くという方法は、日本で生まれた批評精神の一つの伝統であった。つまり小林は歴史に対するに、子供に死なれた母親の思いを〈模倣〉している。昭和十七年という時代に、戦争によって子を失った母親が数多く存在した事に思いを馳せてみれば、彼が生きた時代の表現である。またそうした態度は、「母親の夢想をなぞり、母親の夢想を逆立ちせしめることによって、過ぎていった直接事実たる歴史に出会うという方途」（前出、佐藤正英「思想史家としての小林秀雄」）のことである。

そして「無常という事」で、その「愛惜の念」という思い出は、ある種の美の再現として語られている。中村光夫は「美の再現を期する文章は、まず美しくなければならない」と前置きして、小林の事を「類例のない秀抜な知的詩人[5]」と評する。しかし、ここで着目しておきたい事は、「無常という事」を語っている批評的知性の態度である。彼は「美学の萌芽とも呼ぶべき状態に少しも疑わしい性質を見附けだすことができないからである。だが、ぼくはけっして美学には行きつかない」と言う。「美は真の母」（「モオツァルト」21・12）で、美とは思想であるが、美学には帰着しないという意識は、初期の頃から継続されている。それは西洋で主流の能動性の純粋感情の美学や、また日本的な受動性の深化としての純粋感覚にも安住しないことの表明である。また観念的あるいは実証的美学の志向でもなく、感動や思索の対象の詮索でもない。この連作の古典論においては、それは何よりも実践であり、「無常という事」で言えば、山王権現の辺りを自ら歩いてみる事で、何よりも実体験として語られている。そこには美の所有性ということに関する根深い想念がある。

この古典論の連作で重要な事は、世阿弥の方法を心に抱き、実際に中世という歴史の中を歩き、対象と自己との関係を〈実験〉的に表現した所にある。そうした歴史とは現存した生活経験の思い出として、次の様に説かれている。

思い出となれば、みんな美しく見えるとよく言うが、その意味をみんなが間違えている。僕等が過去を飾り勝ちなのではない。過去の方で僕等に余計な思いをさせないだけなのである。思い出が、僕等を一種の動物である事から救うのだ。記憶するだけではいけないのだろう。思い出さなくてはいけないのだろう。多くの歴史家が、一種の動物に止まるのは、頭を記憶で一杯にしているので、心を虚しくして思い出す事が出来ないからではあるまいか。
(「無常という事」17・6 全七―359)

この批評的知性には、思い出と記憶とは、決定的に異なる言葉として使用されている。それは人間だけが持つ〈自発〉的な記憶と動物も緩やかに持つとされる習慣的な記憶を、分けて考えているからに他ならない。この文章には、思い出しと記憶の概念を分けたベルクソンの「記憶の円錐体の理論」が隠されている。(6) 小林は「あの時は、実に巧みに思い出していたのではなかったか。何を。鎌倉時代をか。そうかも知れぬ。そんな気もする」と言う。この「鎌倉時代をか」は、「開けゴマの呪いの様なもの」(7) で、そこには中世思想の展開に関わる総質量が懸かっている。「無常という事」という短文の背後には、中世日本思想における膨大な史料と文献を読み漁り、歴史を心に充てている人間がいる。またベルクソンを主軸とする形而上学があり、いわば「物数を究める心」を自ら磨きあげている心が、文章に不思議な迫真力を生んでいる。彼は「歴史の新しい見方とか、新しい解釈とかいう思想」の「一見魅力ある様々な手管めいたもの」(意匠)を排除し、「動かし難い形」(歴史)の思い出の方法論を実践しようとしている。

上手に思い出すことは非常に難かしい。だが、それが、過去から未来に向って飴の様に延びた時間という蒼ざめた思想、(僕にはそれは現代に於ける最大の妄想と思われるが)から逃れる唯一の本当に有効なやり方の様に思える。成功の期はあるのだ。この世は無常とは決して仏説という様なものではあるまい。それは幾時如何なる時代で

も、人間の置かれる一種の動物的状態である。(「無常という事」17・6　全七―360)

こうした所には、既存の歴史学に対する懐疑がある。そうして彼は真に有効な思い出の方法を模索し、自らの「成功の期」が熟するのを待っている。それは「物数を究めて、工夫を尽くして後、花の失せぬ所を知るべし」という世阿弥の透徹した方法を〈模倣〉しながら創造に向かうことである。古典の原物には永続的で不変なものが現れている。「無常という事」には、それを〈模倣〉することで、過去を「上手に思い出す」という着想が語られている。連作の古典論は、そうした「創造的批評」の実践であり、「当麻」は全体の構成としては和歌の詞書の様な趣で、「無常という事」から初論の様に見える。

(2)『徒然草』の批評精神

吉田兼好に関しては、昭和十六年三月の「歴史と文学」の中に「ああいう隠者の人生を眺める眼は、よほど確かで冴えていた」とあり、見たものを率直に語った批評家の典型とされている。それは近代的歴史観への懐疑の表明でもある。昭和二十五年二月の「蘇我馬子の墓」に「すべて何も皆、事の調ほりたるはあしき事なり。為残したるをさてうち置きたるは、おもしろく、生き延ぶるわざなり。(中略)先賢の作れる内外の文にも、章段の欠けたることのみこそ侍れ」(「八十二段」)が引かれる。

だが、それに続けて「そんな考えは間違った考えだろう。結局は冗談なのだ。そう、私は何度も自分に言い聞かせる。歴史というものほど、私達にとって、大きな躓きの石はない」と言う。この問題は、思想の構造化への志向と関わりがあり、後の第五章の「絵画と意匠」で、取り上げることにしたい。ここでは彼の中で、兼好という批評家の位置づけが、微妙な揺らぎを持つことを指摘しておきたい。同年六月の「年齢」には、若者から「『徒然草』の一体何処が面白いのか」と聞かれた場合、「面白かないが、非常な名文なのだ」と答えるとある。また同年七月の「好色文学」には「色法師兼好」のように呼称されているのは、第二章「〈宿命〉と歴史」でも触れた。

昭和四十七年二月の「生と死」の講演の中には、「世に従はむ人は、まづ機嫌を知るべし」(「百五十五段」)の部分が丹念に解説されている。そして「彼が死んでから六百余年になるが、この人を凌駕するような批評家は、一人も現れはしない」とし、『論語』と並列的に、若い時には十分に味読できない文章が多くあると説く。小林は批評精神の純粋な典型として、吉田兼好という人物を、生涯に亘り手本にし続けた。

連作の古典論では、冒頭に「徒然なるままに、日ぐらし、硯に向かひて、心に映り行くよしなしごとを、そこはかとなく書きつくれば、怪しうこそ物狂ほしけれ」が引かれる。そして「つれづれ」という言葉に、それ以前の誰も、辛辣な意味を見てはいなかったと指摘し、次の部分を引用しながら独自の註釈がされる。

つれづれわぶる人は、いかなる心ならむ。紛るる方なく、ただ独り在るのみこそよけれ。世に従へば、心外の塵に奪われて、惑ひ易く、人に交はれば、言葉よその聞きに随ひて、さながら心にあらず。人に戯れ、ものに争ひ、一度は恨み、一度は喜ぶ。その事定まれる事なし。分別みだりに起りて、得失やむ時なし。惑ひの上に酔へり。酔の中に夢をなす。走りていそがわしく、ほれて忘れたること、人皆かくの如し。いまだ、誠の道を知らずとも、縁をはなれて、身を閑にし、事にあづからずして、心をやすくせむこそ、暫く楽しぶともいひつべけれ。「生活人事、伎能学問等の諸縁をやめよ」とこそ摩訶止観にも侍れ。（「第七十五段」）

吉田兼好の「つれづれ」の境地とは、わずらわしい出来事を離れて、ただ一人でいるのが何よりもよく、雑事に無関係に心を安らかにしたいという所にある。小林は、そうした孤独を「幸福並びに不幸」とし、兼好は『徒然草』を書く事で、「いよいよ物が見え過ぎ、物が解り過ぎる辛さを『怪しうこそ物狂ほしけれ』と言った」と註釈する。

連作の古典論で、彼は兼好を名工になぞらえ、「よき細工は少し鈍き刀を使ふといふ。妙観が刀は、いたく立たず」（「二百二十九段」）を引く。そして物が見え過ぎる眼を、利き過ぎる腕に見立て、過剰な意識を抑制する事を、鈍刀が使用される事に例えて、そこに『徒然草』の文体の精髄があると言う。

物狂ほしいまでの批評意識とは、全てを充分に疑うことであるが、磨きをかけた自己意識だけは信じ、また愛しもする。自己とは意識以上でも以下でもないとは痛烈な達観で、それが真に実現できれば言わば達人の境地であろう。だが、それは誰にも拙劣に〈模倣〉し易い態度でもある。表面的なイミテーションは可能であっても、巧妙な独創を継承するのは容易なことではない（「パスカルの『パンセ』について」16・7）。〈模倣〉という概念が、陳腐な通念になってしまう理由は、そこにある。孤独の内に批判的に吟味され、物に対する判断力に磨きをかけた自己意識が、真の独創というものの本質をなす。

見ることが、そして批判的に分析することが〈宿命〉である批評精神にとり、対象と親密に付き合う事は、思いの他に至難のわざである。仕方なしに、こちら側に帰ってくるが、境界線上にあった対象は、あちら側に去っていく。通常は、それで自己と対象との関係は終わる。「最後に、土くれが少しばかり、頭の上にばら撒かれ、凡ては永久に過ぎ去る」

（『パンセ』第三章「賭の必要性について」210）とは『ドストエフスキイの生活』の「序」に引かれた言葉であるが、この所謂、当たり前の事実には、途轍もない時間性の謎が含まれていると小林は見なした。彼はベルクソン論の冒頭で、この問題を本質的に次の様に問いかけている。

あの経験が私に対して過ぎ去って再び還らないのなら、私の一生という私の経験の総和は何に対して過ぎ去るのだろう。(8)（『感想』33・5全、別巻I－16）

小林が、ここに「あの経験」と語るものは、彼の具体的な何らかの生活経験のことを指している。それは、もはや取り返しの付かない彼自身の貴重な思い出であるに違いない。そして、それが直接事実の真の経験である限り、経験というものは自ずから、個別的なものを超えているという認識が小林にはある。それは彼の「驚嘆の念」とも同様である。しかし、ここで問いが「あの経験が私に対して過ぎ去って再び還らないのなら」という仮定の形で、問われているのは特徴的である。また、問いの文脈において「私の一生」とは「私の経験の総和」と換言されている。それが「何に対して過ぎ去るのだろう」と言われる時の、その「何」とは、具体的に一体、何を指しているのであろうか。「私の一生」は、儚い無常という事でしかないとしても、そうした無常感は、一方で常住なるものとの融合が、痛切に希求され、それが絶望されない限り感知されはしない。この謎に満ちた文脈における「何」という言葉には、常住なる何ものかが暗示されていて、そこには自ずから不変なものを夢想する志向性がある。それは「モオツァルト」の中では、「僕らの人生は過ぎていく。だが何に対して過ぎていくというのか。過ぎていく者に過ぎていく物が見えようか。生は果たして生を知るだろうか」と言われる。ここには「死が生を照し出すもう一つの世界」（「同右」）という次元を異にする相対的な視点があり、小林には、それが分析的な図式ではなく、生きた感覚を持つ形而上学として問題にされている。

こうした問題は、過ぎ去る対象が、他人事でなく、自己の現存にとって気がかり（物狂ほし）だという内的反響を伴う経験である。批評精神にとって、対象をこちら側に押しとどめる力はない。しかし対象の存在が、どうにも気がかりで、自らの内的領域で、その魅惑の所在の意味を浮き彫りに出来れば、要するに対象の生命発見を役割とする批評に、その生命性が自ら獲得されれば、批評の側が自律的作品として自立できる。

その手順として批評精神は、対象に向かって問う事から始める。対象を誣いる可能性を抱きつつも、その現存の意味を鋭く分析し、より複雑化させてしまうのは批評精神の〈宿命〉である。対象との付き合いにおいて、こうした内的経験を持続するのは、ある種の忍耐を要する。『一言芳談抄』の「なま女房」の部分や、『徒然草』の四十段の語りは、その典型的表現である。批評が作品になるには、自己意識を肉体の様に訓練し、その判断力を練磨し、生命の充溢した対象を内部にひきとめる工夫が必要である。より積極的に自己の内的領域に立ち還りながら、対象と自己の本来的関係を持続的に模索する事で、一つの形が案出されてくる。

（3）『徒然草』と『花伝』

『徒然草』の百五十段に、次の様な能芸の模索の過程における一つの心掛けが語られている。

能をつかむとする人、「よくせざらむほどは、なまじひに人に知られじ。うちうちよく習ひ得て、さし出でたらむこそ、いと心にくからめ」と常に言うめれど、かくいうひと一芸も習ひ得ることなし。いまだ堅固かたほなるより、上手の中にまじりて、そしり笑はるるにも恥じず、つれなく過ぎて嗜む人、天性其の骨なけれども、道になずまず、みだりにせずして、年を送れば、堪能のたしなまざるよりは、つひに上手の位にいたり、徳たけ、人にゆるされて、双なき名をうる事なり。

ここには、生得の素質より自力の訓練に重きが置かれ、完全な〈模倣〉の達成より、未完の創意工夫のまま、能芸を人前で表現してみる事が勧められている。また「をこにも見え、人にもいひ消たれ、禍をも招くは、ただこの慢心なり」(「百六十七段」)と『徒然草』にあるが、「されば能と工夫とを究めたる為手、万人がうちにも一人もなきゆえなり。なきとは、工夫はなくて、慢心あるゆゑなり」(「問答七」)と『花伝』にある。「物数を究むる心」は稽古をする事で、「物まね」の稽古とは、持続的訓練として、対象の〈模倣〉を志向する事である。

真似する以上こちらは似せる側である。しかし稽古のための稽古では、それが逆に「情識」や「慢心」を招く事になる。未知の外部と出合い、自己の内部にそれを取り込み、その内的領域の解体した部分をも、〈実験〉的に表現しなければならない。むしろ、思い切って表現してみることで、それが現在の自己の至らなさにも直面し、逆に「慢心」から免れることにも繋がる。そうした模索を試みる事を『花伝』の「奥義云」で世阿弥は語る。そして兼行も『徒然草』の百五十段で、能芸に関して、同様の心得を説く。こうした共通認識には外部の反映より、〈自発〉的な表現を覚悟していることがある。

兼好の「とにもかくにも虚言多き世なり。ただ常に珍しからぬ事のままに心得たらむ、よろずたがふべからず」(「七十三段」）と、世阿弥の「花と面白きと珍しきは、同じ心なり」（「別紙口伝」）とでは発想は異なる。事実を不用意に並べても、人をつき動かす迫真力は出ない。むしろ現実感に溢れた虚構には面白みがあり、世阿弥は仮借なくそれを実行した。

しかし、それ以前に「珍しからぬ事」に徹するのが兼好の態度であった。また「何事も古き世のみぞ、したはしき。今様は、むげにいやしくこそなりゆくめれ。かの木の道のたくみのつくれる、うつくしき器物も古代の姿こそをかしと見ゆれ。文の詞などぞ昔の反古どもは、いみじき」（二十二段）といった兼好を、小林は、「古い美しい形をしっかり見て、それを書いただけ」と述べる。その〈模倣〉を試みた小林は、兼好の「古い美しい形」を見て、それを記述する態度を継承しようとする。「彼には常に物が見えている、人間が見えている、見えすぎている、どんな思想も意見も彼を動かすに足りぬ」と畳み掛けるのは印象的であるが、それは兼好に情熱的に接近する余りの表現で、所謂けれん味とは異質である。

そして「万事は頼むべからず。おろかなる人は深く物を頼む故に、恨み怒ることあり。（中略）寛大にして、究まらざる時は、喜怒これにさわらずして、物のためにわづらはず」（二百十一段）とは、絶望的に孤独な道である。だがそこには「紛るる方なく、唯独り在る」ような場所で、物を性急に見究めず、広く深い内的領域において、対象とじっくり付き合う事で、逆に物が見え続けるという沈着な信念がある。世阿弥は「奥義云」で「わが風体のおろそかならんは、ことにことに能の命あるべからず」（「奥義云」）と説くが、批評家の小林にとり、兼好の意識の型は原初的な範型とされ、それは「直面」に近い形で書かれる。そして、意識的に物を見る行為と、表現の工夫への関心が「徒然草」論の本質を成している。

小林の中世古典論には、世阿弥の『花伝』の一法が究尽されている。それは「〈模倣〉を究め、表現を尽くして後、恒常性を認識できる」という手順を徹底することである。「無常という事」では、とりわけ歴史の〈模倣〉という事が取り上げられている。例えば「かのやうに」や「妄想」などの小説を書いた森鷗外の、晩年の歴史観が示唆され、本居宣長の『古事記伝』に触れるのも、そうした所に起因している。この短文には思想史家としての本質が胚胎され、その種子は、昭和三十年代の近世儒学論を経て、昭和四十年六月から五十一年十二月に亘って全面展開された『本居宣長』という大木になった。また「徒然草」や後に見る「平家物語」の批評は、思想における表現的工夫が意識的に実践されたものである。

これらの古典作品は、自覚的に取捨選択され、独自な注釈の形で批評的に表現される。それは「肉体の動きに則って観念の動きを修正」(「当麻」)するといった身心相応の工夫であり、「不安定な観念の動き」(「同右」)を〈模倣〉したものではない。小林は鎌倉時代の代表的な二つの古典の「動じない美しい形」を簡潔かつ迫真的に叙述した。それ故に、この二つの短編は、現代において中世古典入門の役割を果たしている。そして中世古典論全体の流れにおいては「花の種」の位相を持つであろう。「花は心、種は態」である。この地平は、「花の失せぬ所」には未だ行き着かない、「工夫」の表現的模索の地平である。

「無常という事」で語られた知覚の自然的なもの(青葉、太陽、苔、等々)は、「平家物語」で叙述され、意識的なものは「徒然草」で留意された。初論の「無常という事」から三連目の「徒然草」で、一応の区切れがある。そして「徒然草」で究められた批評の方法的態度は、「西行」の論述で拡大深化されてくる。「平家物語」での、日本中世という歴史的知覚は、全連作の総括的な趣旨を持つ「実朝」で展開される。自然と自己の関係構造という枠組みで、知覚的に歴史の中味を遡ろうとする志向性が、そうした姿を成しているように思われる。

## Ⅲ 「西行」

中世古典論の五連目に配列された「西行」は「実朝」同様に本格的な詩人論である。そこで西行は『平家物語』が持つような歴史感情を、たった一人で抱き、それに忍耐した詩人であると説かれる。これは序論にも触れたが、小林が戦争中、従軍記者をしていた時に書いたもので、「モオツァルト」も同時期に南京で書き出されている。それ故に、この三つの作品は並列的に考えねばならない側面がある。

昭和二十四年九月『批評』に発表された「私の人生観」には、正岡子規による『万葉集』の復興運動以来、西行より実朝の方が評判のよい歌人とされる風潮だが、二人には一貫する道があると指摘される。その道とは、西行の和歌、宗祇の連歌、雪舟の絵、そして利休の茶などに連続する方法のことで、松尾芭蕉の「虚に居て実を摑む」ような空観が下敷きに成っている。この節では「徒然草」「平家物語」の後に発表された「西行」論を対象に、小林の創造過程への問いを試みたい。

### (1) 西行の思想詩

西行論は次の『後鳥羽院御口伝』の引用から始まる。

西行はおもしろくてしかもこころにも殊に深くあわれなる、ありがたく、出来しがたきかたもともに相兼てみゆ。

生得の歌人とおぼゆ。これによりて、おぼろげの人のまねびなどすべき歌にあらず。不可説の上手なり。

西行は正に生まれながらの歌人で、その和歌は誰にも安易に真似の出来るようなものではない。だが、小林は鑑賞家に甘んじる道をとらない。そして「鋭い分析の力と素直な驚嘆の念とを併せ持つのはやさしいことではないが、西行に行きつく道は、そう努めるほかにないらしい。彼自身そういう人であった」と語る。それは歴史への形而上的な推参であり、自らの分析的悟性と全体的直観とを併用させて、西行という人物への直かな接近を試みながら、その〈模倣〉再現を志向する実行である。

秋、ものへまかりける道にて

470　心なき身にもあはれは知られけり鴫立沢の秋の夕暮れ　（歌番号は『新潮日本古典集成』による）

この有名な歌が、西行論の最初に据えられる。『新古今集』三夕の歌の一首であり、『御裳濯河歌合』で藤原俊成は、「鴫立沢のといへる心、幽玄にすがた及びがたく」と判詞を遺した。折口信夫は、この歌に関し「人里遠い山沢で、身に近く鴫のみ立ってはまた立つ。こればかりが聞こえる音なる、夕ぐれの水際に来ている自分だ。まだ純粋な内面の事実とはならない外的情趣」（「女房文学から隠者文学へ」）と解説している。やはり「鴫立つ沢の秋の夕暮れ」という下二句の風景の影像が鮮やかである。しかし小林は、歌の心臓は「心なき身にもあはれは知られけり」の上三句にあり、そうした言葉の論理影像に、生活人の心の疼きが隠れていると言う。

後に見るが「見るも憂しいかにかすべきわが心かかる報いの罪やありける」や「世の中を思へばなべて散る花のわが身をさてもいづちかもせむ」などの歌における「いかにかすべきわが心」また「わが身をさてもいづちかもせむ」という、心身の言葉の使用法への執拗な関心が、西行論の主要なテーマを成している。

小林の結論の一つは「風になびく富士の煙の空に消えて行方も知らぬわが思ひかな」の歌に関して、「西行はついに自分の思想の行方を見定めえなかった。しかし、彼にしてみれば、それは、自分の肉体の行方ははっきりと見定めたことに他ならない」と語ったことである。それは連作の冒頭「当麻」の「肉体の動きに則って観念の動きを修正する」の発言と自ずから照合される。そこには心身二元論の相対的均衡に関する課題があり、どこまでも身丈に合った思想こそ真という方針がある。それ故に単なる審美的見地からではなく、如何なる人間の発想から、そうした歌が生まれたかの倫理的観点で西行の歌に接近する。そして、その歌は生活人のものとして把捉され、何よりも生活経験の表現の意味が問われる。

西行の独自性とは「いかにかすべきわが心」の問いが、歌の動機という所にあり、それは慈円・寂蓮の流儀や、俊成・定家とも全く異なると説く。また「やさしく艶に心も深くあはれなるところもありき」と後鳥羽院に評された釈阿（藤原俊成）の「夕されば野辺の秋風身にしみてうづらなくなり深草の里」は審美家のもので、定家の「見渡せば花も紅葉もなかりけり浦の苫屋の秋の夕ぐれ」は美食家のものとされる。小林は歌に込められた美感や感情よりも、生活や心身問題としての倫理的渇望の抽象的意味に深い関心を示している。そして、寂蓮の「寂しさはその色としもなかりけり槙立つ山の秋の夕ぐれ」は西行の詩境とは、小林には到底比較不可能であり、「三夕の歌」とは文学史上の出鱈目と述べる。

## （2）内省としての歌

723 空になる心は春の霞にて世にあらじとも思ひたつかな

724 世を厭ふ名をだにもさはとどめおきて数ならぬ身の思い出にせむ

726 世の中を反き果てぬといひおかむ思ひしるべき人はなくとも

小林は、こうした一連の詩の特質を、「みずから進んで世に反いた二十三歳の異常な青年武士の、世俗に対する嘲笑と内に湧き上がる希望の飾り気のない鮮やかな表現」と語る。これらの歌の反逆的な意味からも、西行は、まさに捨身の表現者であった。西行の歌には、詩人の青年期を彩る〈宿命〉の色合いが鮮烈で、出家の性急な歌に透徹した自省家の萌芽が既に現れている。また、その詩の新しさとは、そうした人間から直かに感知されるものである。小林は兼好の批評魂と同様に、独創的内省が自由自在に行われる西行の詩魂を空前のものと言う。この詩人は、「みずから頼むところが深く一貫していた」のであり、それは兼好の「万事頼むべからず」という精神とも類似性がある。つまり兼好と西行は同質の深刻なる意識家として把握されている。

1416 捨てたれど隠れて住まぬ人になればなほ世にあるに似たるなりけり

1417 世の中を捨てて捨てえぬ心地して都離れぬわが身なりけり

1418 捨てしをりの心をさらに改めて見る世の人に別れ果てなん

1419
思へ心人のあらばや世にも恥ぢんさりとてやはといさむばかりぞ

これらの歌は心理的な綾を歌っているだけではなく、何よりも作者の意志を示す所の思想詩である。西行には独り堪えていたことがあり、心が悪戯に不安であったのではない。小林は兼好に関しても、「どれほど多くのことを言わずに我慢したか」と言っていた。西行にもそうした心の葛藤に堪える我慢強い面貌を強調する。その青年は激情の静まるのを待っていた。動揺する心が抑制されなければ「素朴な無名人たちの嘆きを集めて純化した」ような歌は詠めてこない。こうした「天稟の倫理性」の持ち主は、人生無常に関する痛切な信念を抱き、非聖非俗の自由な生活の仕方を体得していた。

昭和四年の「様々なる意匠」に、「世捨て人とは、世を捨てた人ではない。世が捨てた人である」と言われていた。昭和十七年の古典論には「世を捨つる人はまことに捨つるかは捨てぬ人こそ捨つるなりけれ」の歌が引かれ、こういう逆説を歌の源泉としながら、前人未到の境界に踏み込んだと述べる。決して安易に「世」を捨てないような人こそが、本当は極楽を見ていると言うのが真意であろう。この歌に関し、吉本隆明は「武門である西行にとっては『世』を捨てることは跳躍と切断なしには可能でなかったはずだ。それは決心と躊躇とのあいだを行きつもどりつしながら、最後には跳ぶことで『世』の境界を超えることだった」（『西行論』Ⅲ歌人論）と説明する。

また小林は現代における一般的な西行の人間像に疑いを持っている。そして『井蛙抄』で文覚が「数寄」をたてる西行を憎み、何処かで出会ったら、頭をぶち割ってやろうと、弟子達に言っていたが、実際に会ってみると、その西行の面構えを見て、親切丁寧にもてなし、「あの西行は、この文覚に打たれむずる顔様か、文覚をこそ打ちてむずるものなれ」

と弟子の質問に切り返した話を挙げている。むしろ、こうした伝説の中に、極めて性根の頑健な風雅の本質が現れてくるからである。

そして、その歌の精髄は、何よりも「如何にしておのれを知ろうか」と自問する所にあると言う。例えば「世の中を思へばなべて散る花のわが身をさてもいづちかもせむ」の歌には、自己の現存が無常の現世に、如何に処すべきかの意味が問われている。そうした所に無骨な印象があることは否めない。それを定家は「作者の心深くなやませるところ侍れば、いかにも勝ち侍らむ」（宮河歌合）と評した。そして西行の「かへすがへすおもしろく候ふものかな。なやませなど申す御詞に、万みなこもりてめでたくおぼえ候。これあたらしくいでき候ひぬる判の御詞にてこそさふらふらめ」という『贈定家卿文』は、「西行」論の成立に決定的な意味を持っている。この批評的知性は西行に関する資料を渉猟している時、「古はいとおぼえ候はねば、歌のすがたに似て、いひくだされたるやうにおぼえ候」（『同右』）という言葉に出会い、そこに歌学の精髄が迸《ほとばし》っていると直覚し、自らの西行論の骨格が決まったと言う。その「わが身をさてもいづちかもせむ」の歌の姿に、歴史を画する新しい表現の原型を見たのである。

『隠遁の思想』（佐藤正英）に『贈定家卿文』とは、西行の素直な喜びであり、「定家の判詞に西行は百年の知己をえたかのように思ったのであろう」と指摘がある。(9) 互いの自己を知りうる人と出会ったとは、何よりの喜びであったに違いない。「世の中を思へばなべて」の歌で、「西行は、自己の辿ってきた全行程をも含めて、世のすべてが『散る花』であることの感慨にいまさらながら捉えられている。眼前の特定の事象に触発されて生じた感慨ではない。『わが身をさてもいづちともせむ』という問い、あの果てしなくくり返されてきて、もはや焦りをも絶望をも、けれどもまた光明をももたらすことのない問いから生まれてきた感慨である。その感慨が、『散る花の』という前半から『わが身をさても』

という後半への、一呼吸を置いた何気ない、それでいて非凡な移りゆきのなかに、『心深くなやませるところ』として鮮やかに定着している」（「同右」）からである。だが、小林はさらに『贈定家卿文』に独自の意味を見いだささるを得なかった。

西行よりも年下である定家が、その歌を「心深くなやませるところ」と評したのは、歌詞に関する感受性の鋭敏さであった。しかし、その定家の判詞を読んで、「かへすがへすおもしろく候ふものかな」という西行は、定家から全く離れていると言う。西行は、同時代の歌人の中で極めて分離した存在で、何処までも自己の内部に悩ましく沈潜する意識の持ち主として把握されている。新しいのは定家の判詞ではなく、彼自らの歌の姿であると自問自答していると言う。所謂『贈定家卿文』は西行の自讃状で、小林においては西行とは近代的詩人の趣さえ持っている。こうした所には、彼が若い頃から傾倒したボードレールの「批評家が詩人になるという事は、驚くべき事かも知れないが詩人が批評家を蔵しないという事は不可能である。私は詩人をあらゆる批評家中の最上の批評家と考える」（「詩について」25・4）と同様なものがある。この過度に目醒めた批評家を抱いた詩人とは、「創造的批評」において形而上学的意味を孕んでいる。小林は孤独への沈潜によって、詩から形而上学への架橋を試みた。そこには戦時中の生活人と知識人の間の溝を埋めようとする志向性がある。

平安末期の歌壇に、「いかにしておのれを知ろうか」という問いを掲げて西行は登場した。その悩みとは戦乱や地震、洪水などの天変地異の時代に、いかに処すべきかの生活思想であった。そうした「わが身をさてもいづちかもせむ」の歌には、如何に歌を作るかという発想では生じてこない調べがある。そして「ましてまして悟る思ひはほかならじ吾が嘆きをばわれ知るなれば」「まどひきてさとりうべくもなかりつる心を知るは心なりけり」などと一緒に次の歌を挙げる。

1320 いとほしやさらに心のをさなびてたまぎれらるる恋もするかな
1327 心から心に物を思はせて身を苦しむる我身なりけり

また、「見るも憂しいかにかすべきわが心」の歌に、地獄絵の前で佇む西行の苦痛を想像しながら、そして次の数首を引いている。

黒きほむらの中に、をとこをみな燃えけるところを
なべてなき黒きほむらの苦しみは夜の思いの報いなるべし
わきてなほあかがねの湯のまうけこそ心に入りて身を洗ふらめ
塵灰にくだけ果てなばさてもあらでよみがへらする言の葉ぞ憂き
あはれみし乳房のことも忘れけりわが悲しみの苦のみおぼえて
たらちをの行方をわれも知らぬかなおなじ焔にむせぶらめども（以上『聞書集』）

これらは肉体の論理で歌われているように見える。だが小林は、その内奥に自意識の自虐的意味を読み取り、それが煩悩の最たるものと言う。この詩人は「いかにかすべきわが心」の呪文を繰り返しながら不可避の道を歩いて行った。小林は「あはれあはれこの世はよしやさもあらばあれ来む世もかくや苦しかるべき」という内省の苦痛に、その精力の大きさと、それが歌になったことに空前の独創性を見ている。そして歌の世界に孤独の観念を導入し、それを縦横に歌っ

た人であると述べる。孤独こそ西行の生得の宝物で、出家とは、それを守るための生活様式であった。花や月という常住の自然は、むしろ謎をかけた。彼が常に見たのは、自然の形をした歴史というもので、歌の調べは柔軟であるが、その背後には思い倦んだ人間がいて、自己の現存の意味への言葉なき苦吟が執拗に繰り返されていたと説く。

（3）歴史の〈模倣〉

西行は歌の詠み方について、「和歌はうるはしく詠むべきなり。古今集の風体をもととして詠むべし」と語った。それは彼の方法論の自他に対する明言であった。頼朝に尋ねられた時には「花月に対して動感するのをりふしは、わづかに三十一文字を作るばかりなり」と答えた。西行は自然に歴史（『古今集』）を〈模倣〉しつつ独創に達した。その急所は自在に独自な境地に遊べるような生得の力にあった。彼は流行の歌学を〈模倣〉したのではなく、『古今集』という歴史的風体の〈模倣〉を尽くし、そこから表現の意識的工夫を究めたのである。

小林という近代批評の創造者にとっては、こうした西行像は、『罪と罰』のラスコーリニコフや、『白痴』のムイシュキンの孤独とも同定される。極めて分離した個性が、如何に生きるべきかという課題の中心に、如何にして自己を知ろうかの問いをおいた時、自己意識とは彼自身の倫理的課題になっている。それは自己内部にデモンが棲みつくというギリシャ哲学以来の根本問題である。西行は観念と肉体を照合した形而上学的問いに憑かれている。それ故に「わが心」とか「わが身」という言葉を大胆に使用せざるを得ない。和歌に孤独の観念を導入し、縦横無尽に歌いきった詩人の孤独とは、ごく平凡で自明な概念ではない。また、それを近代の独我論的状況の克服という問題に、安易に概括することも出来ない。

こうした小林の孤独という言葉には、ある種の謎が隠されているが、おそらくは先ずは彼にとって彼自身が直かに知りうる例外なのである。それは絶望的孤独の意識であるが、何かそうした孤絶性には単なる否定状況を転換するような、積極的要素が秘められてはいないであろうか。ここでは、この孤独という概念を、世阿弥の「自力の振舞い」の工夫と同質の意味に解してみたい。それは日常的な自己に対する非本来性の自覚であり、非日常的な歌の道への精進のことを指している。そこには自然という形をした歴史を見定め、本来的自己を磨き上げる気迫がある。そして、小林が西行の創造過程を問うことは、西行像を模索し、その人間に行き着こうとする自らの現存の意味を浮き彫りにすることに他ならない。

そこには確実に無意識から意識へ、混沌から秩序へという精神の持続的志向性を見いだせる。そうした精神の緊張と集中が、内部に向かうことで、自己が自己に衝突することが孤独の意味である。その特質は、「自己というものを対象化して、合理的に観察したり認識したりすることは出来ない。自己を知るのは自己に他ならないからだ。しかし、この不安定な危険に満ちた道だけが、人間に直接に経験し得るものである」（「悪魔的なもの」33・2）などにも典型的に表現されている。

139　春風の花をちらすと見る夢は覚めても胸のさわぐなりけり

1414　つゆもありつかへすがへすも思ひ出でてひとりぞ見つる朝顔の花

238　雲雀あがるおほ野の茅原夏くれば涼む木かげをねがひてぞ行く

1413　いつかわれこの世の空を隔たらむあはれあはれと月を思ひて

これらの歌は、眼差しが外部の自然物に向けられ、そこに見いだされた花鳥風月という常住の自然は、西行に思い出を甦らせる。彼は自然の形をした歴史を見ていた。月や花という常住の自然と出会うことで、その融合への意識は回折し、内的経験へ向かう。そこから心がむらがりおこり、その姿や形を再度見据えることで、自己の現存の意味が対自化されていった。

（４）空即是色の思想

小林に西行という詩人に対する思いは深く、「春風の花をちらすと見る夢は覚めても胸のさわぐなりけり」の歌は、「私の人生観」(24・10)にも引かれている。「西行の歌に託された仏教思想を云々すれば、そのうちで観という言葉は死ぬ」（「同右」）のであり、歌自体から直かに来るものに自ら胸騒ぎを覚えれば、空観とは私達の内部に生きている。そしてこの虚空から花が降ってくるかの様な歌を、美しいと感知すれば、そうした審美的体験のうちに、仏教の空即是色の教えを会得できると言う。だが「感じなければ縁なき衆生」（「同右」）なのである。ここには感覚することも、思惟するのと同様に、訓練し学ぶべきという意味がある。それは決して高踏な美感や論理を専有する共同体の形成を説いているのではない。素直な体験に立ち帰り、人間の生きる場の可能性を広げようというのである。

第一章の「〈模倣〉と創造」でも触れたが、こうした空即是色の思想は、「私の人生観」の講演の骨子をなしている。「まことの空はたえなる有である」とは、西行流には「虚空の如くなる心の上において、種々の風情を色どる」だと指摘する。その原物として『明恵伝』に次の一節があるので引いておこう。

西行法師常に来りて物語りして言はく、我が歌を読むは遥かに尋常に異なり。花、ほととぎす、月、雪、すべて万物の興に向かひても、およそあらゆる相これ虚妄なること、眼に遮り、耳に満てり。また読み出すところの言句は皆これ真言にあらずや。花を読むとも実に花と思ふことなく、月を詠ずれども実に月とも思はず。ただかくの如くして、縁に随ひ、興に随ひ、読みおくところなり。紅虹たなびけば虚空色どれるに似たり。白日かがやけば虚空明かなるに似たり。しかれども、虚空は本明かなるものにあらず。また、色どれるにもあらず。我またこの虚空の如くなる心の上において、種々の風情を色どるといへども更に蹤跡なし。この歌即ち是れ如来の真の形体なり。（『明恵伝』喜海）

この文は川端康成の『美しい日本の私』にも語られた[10]。そして、小林がこうした空即是色の思想を「時間そのものの如き心において過去の風情を色どる」（「私の人生観」）と解説するのは、先にも触れた。日本思想史において虚を摑むという態度とは、西洋流のニヒリズムと異なる。そして「うなゐ児がすさみにならす麦笛のこゑに驚く夏の昼臥」「昔せし隠れ遊びになりなばや片隅もとに寄り伏せりつつ」（『聞書集』）といった子供についての歌は、西行の深い悲しみに溢れていると言う。私達がこうした調べに、再度巡り合うには、近世の良寛和尚を待たねばならなかった。

西行は流行の歌学を〈模倣〉したのではなく、『古今集』の風体を〈模倣〉しつつ、独創的な歌を詠んだ。その観念と肉体を照合した表現が、自在の感得に突き抜ける姿が見定められている。小林はそうした歴史的個体に可能な限り接近しようとする。次の「西行」論の終わりに近づいた部分は、その最も鮮烈な所である。

とりわきて心もしみてさえぞ渡る衣河みにきたる今日しも

（中略）十月平泉に着いて詠んだ歌である。（中略）ただ、心の中の戦を、と決意して四十余年、自分はどの様な安心を得たのであろうか。いや、若し世に叛かなかったなら、どんな動乱の渦中に投じて、どんな人間を相手に血を流していたか。（「西行」17・11　全七‐400）

こうした表現には、動乱の時代を生きる詩人の内面にまで達し、小林が西行なのか、西行が小林なのか定かではないような言葉の魔術が駆使されている。しかし、西行という対象への志向は迅速に動いても、それに身を任せて安易に対象と合一し、事を済ませるような態度はない。自らの志向作用を洗い直しながら、自己の本体に立ち還ろうとする叙述が随所にある。そこで志向対象と自己との距離を正確に計ろうと努めている。それは「彼の頑丈な肉体のどこかで、忘れ果てたと信じた北面武士時代の血が騒ぐのを覚えたかもしれぬ。おそらく、彼は、汀の氷を長い間見つめていたであろう。群がる苦痛がそのまま凍りつくまで。『心もしみてさえぞ渡る』のような、後に続く叙述に微細に定着している。「西行」を創造する過程で、行動の中心は、おそらく頑丈ではない小林の身体にある。彼自身を十全に西行に託しても、重ね合わすことのできない部分は残る。そこで彼は自己の「肉体の動きに則って観念の動きを修正」（「当麻」）しようとする。

西行はついに自らの思想の方向を見定めることはできなかったが、その意識は歴史に存続した。時空を超えた「詩魂」が小林に見据えられ、独創的な西行像が語られている。そうした創造は近代批評に必然的なものである。それは明確な小林の精神の自画像である。「風になびく富士の煙の空にきえて行方も知らぬわが思ひかな」とは恋の歌で、『いかにかすべきわが心』の呪文」の一楽句であり、絶望的に孤独な魂の苦吟は純化し、「読み人知らず」の歌になっている。小林の批評とは、無私に到る方法である。「無私の精神」即ち西行なのである。

## Ⅳ「平家物語」

「歴史と文学」(16・3)の講演に、既成の歴史過程の公式主義が疑われながら、『平家物語』作者の歴史観とは、「おごれる人も久しからず」の一言で尽くせたという発言がある。それは作者自身が背負った歴史というものの重みであった。[1]また第二章「〈宿命〉と歴史」の「Ⅳ 現代における人間像」の節にも触れたが、所謂「歴史の必然」論が語られた後に、次のように述べている。

手塚の太郎は斎藤別当実盛を殺そうとして、この鬢髪を染め、ただ一騎残り戦う老武士に、「あなやさし」「優に覚え候へ」と呼びかけておりますが、平家の作者は真実歴史のなかに生きているすべての人間にそう呼びかけているのである。(「歴史と文学」16・3 全七―207)

こうした「やさし」の思想に関しては、後の「実朝」論で再生されるので、Ⅴ節で改めて検討してみよう。『平家物語』に関する言及は他にも多数あり、それが小林の歴史観に果たした役割は大きい。ここでは、正岡子規の「先がけの勲功《いさを》立てずば生きてあらじと誓へる心生食知るも」の歌が、冒頭に引かれた連作の「平家物語」で、この軍記物語が小林に如何に読まれたかに絞って検討してみたい。先ずは「生食《いけずき》の沙汰」から見てみよう。

（一）登場する自然児達

頼朝に所望しても生食という名馬は、梶原源太の手に入らなかった。それは「自然の事のあらん時、物具して頼朝が乗るべき馬」だからである。それを何を思ったのか「所望の者はいくらもあれども、存知せよ」と佐々木四郎に与えてしまう。当時随一の名馬を手中に収めた佐々木は頼朝の前で、「高綱この御馬で宇治川のまっさき渡し候べし。宇治川で死にて候ときこしめし候はば、人に先をせられてんげりとおぼしめし候へ。いまだ生きて候ときこしめされ候はば、さだめて先陣はしつらん物をとおぼしめされ候へ」と、決死の先陣を誓った。

小林は、この時の佐々木の口調には「少しも悲壮なものはない、勿論感傷的なものもない。傍若無人な無邪気さがあり、気持ちのよい無頓着さがある」と述べる。そして、この「平家物語」論には、俗本の「あっぱれ荒涼な申しやうかな」の部分を好んで選択している。所謂原本の「参会したる大名、小名みな『荒涼の申しやうかな』とささやきあへり」とでは、その場面での人々の心情に決定的な違いが生じる。佐々木四郎の言い様を、周りの人々は囁き合って評しているのであれば、その傍若無人な高慢さを、呆れ顔に非難しているとも読めるからである。

また、駿河国浮島が原で、磨墨《するすみ》に乗りこそすれ、自ら所有出来なかった名馬の生食に、ライバル佐々木が乗っているのを見た梶原は、「やすからぬ物なり。同じように召しつかはるる景季を佐々木におぼしめしかへらけるこそ遺恨なれ。(中略)ここで佐々木にひっくみさしちがへ、よき侍二人死んで、兵衛佐殿に損とらせ奉らむ」と自問する。こうした緊迫した場面を、小林は梶原が「飛んだ決心をアッと思う間にして了うのもなかなかよい」と眺めている。梶原は内々に呟きながら佐々木の出方を待っている。そこには、ある種の心の葛藤があるとも言える。梶原の只ならぬ様子を察知した佐々木は、臨機応変に「暁たたんとての夜、舎人に心をあはせて、さしも御秘蔵の候、生食をぬすみすまいて、のぼりさうはいかに」と相手を立てながら騙した。梶原は、この詞に腹の虫がおさまって、「ねったい、さらば景季もぬすむべかりける物を」といって、どっと笑って行ってしまった。『平家物語』には、様々な意識のドラマが成立している。しかし小林は心理や空想や意匠そして思想という人間の意識的な理由を否定し、その反対物としての筋肉の動きや、太陽の光、そして人間と馬の汗という自然性を極度に思い描き、それにどうしようもなく惹かれている。

そのことは「宇治川先陣」の読みにおいても同様である。武者が馬を二騎激しく走らせながら、やって来る。一騎は梶原景季であり、もう一騎は佐々木四郎である。互いに競合しながら、梶原は佐々木より一段ほど先を駆けていた。戦略家である佐々木は梶原に「此河は西国一の大河ぞや。腹帯ののびて見えさうは。しめ給へ」と声を掛ける。この時も梶原は、その素朴な性格を見せてしまう。なんと「さもあるらんとや思ひけん、左右の鐙をふみすかし、手綱を馬のゆがみにすて、腹帯をといてぞしめたりける。その間に佐々木はつっとはせぬいて、河へざっとぞうちいれたる。梶原たばかれぬるとや思ひけん、やがてつづいてうちいれたり」という具合に、佐々木に遅れをとった。

佐々木は、その心理的駆け引きで梶原を騙した。梶原が騙されたと思ったかどうか不明であるが、彼の心中を、平家の作者は「梶原さあるらんとや思いけん」「たばかれぬるとや思いけん」と問いかけてはいる。続けて梶原は佐々木に「いかに佐々木殿、高名せうどて不覚し給ふな。水の底には大綱あるらん」と言った。その助言が有利に作用し、生食の頭抜けた馬力もあり、見事に佐々木は先陣に勝利した。この時の宇治川の様子は「白浪おびたたしうみなぎりおち、瀬枕おほきに滝なって、さかまく水もはやかりけり」である。こうした朝霧の視界を馬に跨り、気力と知恵を振り絞って、川を渡り切った武士の行動は、実に躍動的である。その場面を見透すには、広く様々な角度からの見方が必要である。

しかし、小林の視角は、ここで「一文字にさっと渡いて、向の岸にぞ打ち上げたる」ところの勝者佐々木のみに注がれる。そして「先陣の叙述はただの一刷毛で足りる」と述べる。一方の「梶原が乗ったりける磨墨は、河なかより箆撓《ひなめ》形《がた》におしなされて、はるかの下よりうちあげたり」は事実記述されてはいない。平家の作者は、佐々木と梶原の両者を均等に見つめ、一所に描いている。だが小林は批評的戦略として、いわば「搦手《からめて》」の中心である源義経の間近から、現に目の前に見える物だけを叙述する。それは短編形式の批評として、物語に生起した事物事象から本質的と自ら信ずる所を抽出しているのである。確かに畠山重忠と大串重親などユーモラスな存在に眼差しは注がれるが、それらも「勇気と意志、健康と無邪気」という枠組みに絞られる。

### (2) 叙事詩としての物語

また、「小宰相身投げ」については次の様に語られる。

> 空想は彼等を泣かす事は出来ない。通盛卿の討死を聞いた小宰相は、船の上に打ち臥して泣く。泣いている中に、次第に物事をはっきりと見る様になる。もしや夢ではあるまいかという様な様々な惑いは、涙とともに流れ去り、自殺の決意が目覚める。とともに突然自然が眼の前に現れる、常に在り、而も彼女の一度も見た事もない様な自然が。（「平家物語」17・7　全七―363）

小林の語る所は、簡潔で見事な原文場面の要約である。しかし、そこに、ある種の片寄りがあることも否めないであろう。例えば時員から通盛の死を知らされた小宰相は、「いきてゐてとにかくに人をこひしと思はんより、ただ水の底へいらばやと思ひさだめてあるぞとよ」と死の決心を語った。それを聞かされた乳母女房は、あの世で「ゆきあはせ給はん事も、不定なれば、御身を投げてもよしなき事なり」と、決して死んではならないと小宰相を説得した。しかし、小宰相の決心が固いと解ると、乳母女房は、「相かまへて思召したつならば、千尋の底までもひきこそ具せさせ給はめ。おくれ参らせてのち、片時もながらふべしともおぼえさぶらはず」という思いを吐露した。また時員は通盛が死んだ時、「一所でいかでもなり、最後の御供仕るべう候へ」と思った。こうした『平家物語』の登場人物における「一所に死なん」という心情には異様で抜き差しならないものがある(12)。だが小林は乳母女房や時員などの存在を抽象的に暈《ぼか》した。乳母女房は「御そばにありながら、ちっとまどろみたりける」であったが、私達はそれを果たして迂闊であったと言えるであろうか。

北の方やはらふなばたへおき出でて、漫々たる海上なれば、いづちを西とは知らねども、月の入るさの山の端を、そなたの空とや思はれけん、しづかに念仏し給へば、沖の白州に鳴く千鳥、天のとわたる梶の音、折からあはれやまさりけん、しのび声に念仏百返ばかりとなへ給ひて、「南無西方極楽世界教主、弥陀如来、本願あやまたず、浄土へみちびき給ひつつ、あかで別れしいもせのなからへ、必ず一つ蓮にむかへ給へ」と、泣く泣くはるかにかきくどき、「南無」ととなふる声共に、海にぞ沈み給ひける。

小林は、こうした「小宰相身投」の場面を、小宰相の個の立脚点から叙述している。小宰相は乳母女房と一所にいると見なされてはいない。むしろ、自然とともに一人あるあり方として表現されている。この批評的知性は現に目の前に見える古典的世界の常なる情熱的個性にのみ注目し、乳母女房や時員という人々の存在には無関心に徹する。そして、こうした「南無西方極楽世界教主、彌陀如来、本願あやまたず、浄土へみちびき給ひつつ、あかで別れしいもせのなからへ、必ず一つ蓮にむかへ給へ」という無量の場面を、「漫々たる海上なれば、いづちを西とは知らねども、月の入るさの山の端を、云々」と叙事詩的言語に限定して引用する。そして海の上の月を、「常に在り、しかも彼女の一度も見たことのない自然」と述べる。この月は、通盛に死に後れた小宰相が、「一所に死なん」と自殺を決心した時に現れた月である。それは絶望的孤独の内に、絶対的連続性を信仰せずには、摑むことの出来ないであろう、彼女が瞬間的に垣間見た不可思議であり、それ故に常住であるような自然性である。それは無論、機械論的自然ではないが、生命論的あるいは目的論的な自然ともズレがある。むしろ自然性的自然とも言うべき無作為的自然の姿が、ここに見据えられている。そして小宰相の見た月の意味とは、「仮象が打ち砕かれて、自己と世界の真相が露呈されてくるのを欺瞞なく直視せざるを得ない」（『芸術の哲学』渡辺二郎）ような「人間的仮象の悲劇」（ハマルティア）にも関連する。

小林は「戦争中、『平家物語』を愛読していた」（「平家物語II」35・7）のであり、「絵模様ある弦走の革切れ」や「黒漆の小札」などの残欠などを収拾するほどに熱烈な読者であった。そして『平家』は折りにふれ読んでも、『源氏』の綿密な心理世界には、何か億劫で息苦しいものがあると告白する。そうした所には若年の頃ボードレールの『悪の華』の世界に閉じこめられ、出口がランボーであった精神構造との連続性が見いだせる。そして彼には何よりも行動的世界である『平家物語』を、無常感の言い方で称することに抵抗がある。そして昭和十七年七月の中世古典論での「平家の哀調、惑わしい言葉だ」と、性急に断言したことを、後の昭和三十五年七月には次のように言い換えている。

平家は曖昧な感慨を知らぬとは言うまい。だが、どんな種類の述懐も、行き着いて空しくなる所は一つだ。無常な人間と常住の自然とのはっきりした出会いに行き着く。これを「平家」ほど、大きな、鋭い形で現した文学は後にも先にもあるまい。これは「平家」によって守られた整然たる秩序だったとさえ言えよう。（「平家物語Ⅱ」35・7 全十二－162）

もはや平家の哀調とは惑わしく、そこに曖昧なる感慨などないと発言しないまでも、小林の平家理解の原理的位相は十八年後も変わってはいない。曖昧な感慨とは、いわば感傷のことである。それは「結局自分自身に止まっているのであって、物の中に入ってゆかない」（『人生論ノート』三木清）ことである。丸山真男の分析的なパトスが適切に指摘したように「普遍者のない国で、普遍の『意匠』を次々と剝しおわったとき、彼の前に姿をあらわしたのは『解釈』や『意見』でびくともしない事実の絶対性」であり、小林の「強烈な個性はこの事実（物）の前にただ黙して頭を垂れるよりほかなかった」（『同右』）のである。こうした事実とは、自然性的自然との出会いであり、その自己意識との関係構造は、「美神」と〈宿命〉との相互交流として、初期の頃からの切実な思想問題であった。

この批評的知性は感傷的なものを嫌悪する資質である。そして性格や心理という実在めいた概念をあまり信用していない。例えば「個性というものは、天稟だ。性格とか心理とかいうものの原因は、あるいは僕の外部にあるかもしれない。あった方がほんとうだろうと思う。だが、僕の個性というものの原因は、僕のうちにしかない。僕が信じなければ、僕の個性というようなものはどこにもない」（「川端康成」16・6）と述べる。小林は彼自身を信じられたのかと問うことは愚問であろうが、彼が自分流に何かを信じたのは確かのように思われる。『源氏』を自意識だけで、そして『平家』を肉体のみで読み抜くことは、誰にも十全には不可能であろう。小林の古典読解に、偏向のようなものを指摘するのは可能である。だがこうした「搦手」に身を置く所から、個性的な「実朝」論が案出されてくる。

彼は古典論の連作で、近代詩人である正岡子規の流れで、叙事詩人の魂と、常住の自然に織り込まれる自然児達の姿を浮き彫りにした。それがこの物語の美的急所だからである。そして所謂「原本」よりも俗本や流布本の叙述を選択し、感傷的な心理描写は切り捨てた。小林が語るのは、歴史を生ききった人間の姿を、実際の要求に従って後世に伝えようとした伝統的叙事詩人の魂のことである。

小林には滝井孝作などが指摘する、「日本の詩の伝統的精神には、叙情というものは実はない」（「志賀直哉論」13・2）という意見に、微妙に共感している所がある。それは万葉もそうだし、芭蕉の正風も同様であり、内部から歌い出そうとすると、詩とは流れてしまうという意見である。『平家物語』の詩魂も、『源氏物語』と比べれば、内部に向かって考えられたものより、肉声によって外部に向かって語られている。また、昭和十七年の三月に「現代文学」に発表された坂口安吾の「日本文化私観」の「美は、特に意識してなされたところからは生まれてこない」という過激な必要美への信念に対する共感が存在したかも知れない。

純粋な詩魂は個人の所有を超え、普遍的に無意識の内に継承される。そして「意識的なものの考え方が変わっても、意識出来ぬものの感じ方は容易には変わらない」（「お月見」37・10）とし、「自分達の感受性の質を変える自由のないのは、皮膚の色を変える自由がないのとよく似た所がある」（「同右」）と発言する所には、伝統の継承への確かな視角がある。

「当時の無常の思想の如きは、時代の果敢無い意匠に過ぎぬ」（「平家物語」17・7）という表現も、些か激越に過ぎる。だが、それは小林が、文化と野性の両端を視野に措き、思想の持続的生命をトータルに把握しようとしているからである。果敢無い時代の意匠とは、そうした生命の躍動美にベールを被せたもののことである。

また中世古典論で使用される「仏教思想」と「当時の無常の思想」という概念を、私達は見分けなければならない。後者は前者の、一つの反映として語られている。そしてまた彼には、時に自閉し、また拡散する思想よりも、現に眼前に在る叙事詩人の伝統的魂の表現の方が、より根源的で包括的なのである。『平家物語』の精髄は大音楽とされ、そこに「詩魂」と、その驚くべき純粋性が見据えられる。そのことは「古典を読んで知るというより寧ろ古典を眺めて感ずる」（「平家物語Ⅱ」）あるいは「ただ見えるものを見るという修練」（「同右」）から来ている。この思想史家は飽くまでも個性的な具体的知覚の側から、歴史的社会に架橋しようとしている。そうした知覚の深化で、物語世界を感知し、真実の回想を学ぼうとする所に、連作の「平家物語」論の根本的特質がある。

## Ⅴ 「実朝」

連作の終曲は「実朝」である。日本中世の古典を対象に為された「創造的批評」は、実朝という詩人の花を、思想史家としての態度で、〈模倣〉＝表現＝認識という手順・方法を究尽することで達成された。

「実朝」は松尾芭蕉（1644–1694）が「中ごろの歌人は誰なるや」の弟子の問いに、「西行と鎌倉右大臣ならむ」と答えた『俳諸一葉集』の伝説から始められる。小林が、西行（1118–1190）・実朝（1192–1219）という詩人を中世古典論の終曲に選択した根本的理由に、近世の芭蕉の鑑識眼に倣ったことがあるのは言うまでもない。そこには賀茂真淵（1697–1769）らの系列で、実朝を万葉流という視点で概括することに対する疑念がある。

また、この作品は昭和十八年の二月から六月に亘り「文学界」に掲載され、分量も他の古典論と比較して多い。その後半部には栄西（1141–1215）や親鸞（1173–1262）の名さえ登場し、中世の思想史が俯瞰されている。しかし、小林が意識的に心掛けるのは、歌を仏教思想や万葉流という所で評釈することにはなく、その「無常という事」の持続的感覚の測定にある。そこには「西行」論と同様に、『吾妻鏡』を主軸として、『愚管抄』等々の、多くの歴史的資料が駆使されている。そして、連作の流れに注目すべき点は、「実朝」も「平家物語」同様に、正岡子規（1867–1902）の指摘を踏まえながら成立していることである。思想史上の問題は多岐に亘るが、ここでは近代詩人の代表とも言える子規が、小林に如何に倣われていたのかから検討してみたい。

（1）愛惜の念の〈模倣〉

小林は、子規の「実朝と言う人は三十にも足らで、いざこれからといふところにてあえなき最後を遂げられまことに残念いたし候。あの人をして今十年も生かしておいたら、どんなに名歌をたくさん残したかも知れ申さず候」（「歌詠みに与ふる書」）を引き、「恐らくそうだったろう。子規の思いは誰の胸中にも湧く」と、その愛惜の念に倣う。先ずは「九たび歌詠みに与ふる書」の中にある歌と、小林が取り上げた歌と重複するものから見てみよう。

639 箱根路をわれ越え来れば伊豆の海や沖の小島に波の寄る見ゆ

子規は、この歌に関して「箱根路の歌極めて面白けれども、かかる想は古今に通じたる想なれば、実朝がこれを作りたりとて驚くにも足らず」と評する。小林は「実朝の歌は悲しい。おおしい歌でもおおらかな歌でもない」と述べ、万葉調として鑑賞されるこの歌に、青年将軍の孤独と悲しみの心を見ている。所謂、本歌とされる「あふ坂を打ち出でて見ればあふみの海白木綿花に浪立ちわたる」(『万葉集』巻十三)は泡立つような恋心の長調の音楽で、それに対して実朝の歌は短調の趣きだからである。こうした理解の仕方はモーツァルトの「疾走する悲しみ」(tristesse allante)と同定できる。短調の叙事詩という点では『平家物語』理解とも同様である。そして「悲しい心には、歌は悲しい調べを伝えるのだろうか」という自問には、当時の小林の名状し難い思いが吐露されている。

619 時によりすぐれば民のなげきなり八大竜王あめやめ給へ

子規は「このごとく勢強き恐ろしき歌はまたとこれあるまじく、八大竜王を叱咤するところ、竜王も慴伏致すべき勢相現れ申し候」と言った。それに対し小林は、この歌は激したり、独創を狙ったものではなく、そこには「一人奉向本尊」ような静寂な作者の姿があると言う。

641 大海の磯もとどろによする波われてくだけてさけて散るかも

子規は「大海の歌実朝のはじめたる句法にや候はん」と、この歌を「驚嘆」の内に見いだした。小林は、「子規が驚嘆するまで（真淵はこれを認めなかった）孤独」であったこの歌には、青年の生理的憂悶があると言う。そうした驚きは、歌を享受する側の感性が、歌の作用に覚醒されることを意味する。そして先の歌とは逆に、如何にも独創の姿であるが、それは技巧的工夫ではなく、その孤独のありようが独創的だったと言う。実朝も西行と同様に、如何にして自己を知ろうかという問いに憑かれている。そうした自己の現存への問いが、どこまでも孤独を強いる。

先に「西行」論を検討した時に、この孤独という概念を、世阿弥の「自力の振舞い」という意味に解した。坂口安吾は「教祖の文学」で、人間の孤独の相などは、ごく当然のことで、それを深刻に語る小林秀雄こそ毒に当てられ、罰に当った文学者と言う。表現者であることに、絶望的な孤立無援の様相が付き纏うのは、両者共通の認識なのである。

一般的には、この「大海」の歌の本歌は『万葉集』の次のものとされている。

大海の磯もとゆすり立つ波の寄らむと思へる浜の清けく（「万巻七」）
伊勢の海の磯もとどろに寄する波恐き人に恋ひ渡るかも（「万巻四」）
聞きしより物を思へば我が胸はわれて砕けて利心もなし（「万巻十二」）

歌の解釈としては当然、こうした万葉秀歌からの本歌取りという詮索がある。だが小林は悶々と波に見入っていた人間を磯に置き去りにして、本歌と概念分析で比較するのは、心ない批評家のわざであると説く。

604 世の中はつねにもがもな渚漕ぐ海人の小舟の綱手かなしも

子規は、この歌が華麗を競った『新古今集』の時代に創作されたということに驚き、実朝の歌人としての技量に感嘆した。小林は、そうした子規の「君が歌の清き姿はまんまんとみどり湛ふる海の底の玉」の讃歌を引く。そして「子規は素直に驚いている。奇跡と見えたなら、驚いているのに越した事はあるまい」と語り、その素直な驚嘆の念を〈模倣〉する。

（2）「やさし」の歌

小林は実朝の「いかにも清潔で優しいほとんど潮の匂いがするような歌の姿や調べ」に注意すべきと言う。小林の批評の字面には難解な所があるが、坂口安吾は、「仏頂面に似合わず本心は心のやさしい親切な男」（「教祖の文学」）と小林論の合間に洩らす。おそらく安吾は道元の『正法眼蔵』「画餅」を踏まえ、その先で『花伝』の一法究尽の真意を直覚的に見抜いている。小林の中世古典論の方法意識は、そこに存在する。そして、毒を以って毒を制したかのような随筆の最後を、「小林の見た地獄は紙に書かれた餅のような地獄であった。（中略）人間だけが地獄を見る。しかし地獄なんか見やしない。花を見るだけだ」（「同右」）と締め括った。そうした果断にも小林に抵抗した安吾の論理には、小林に何処までも文学者であり、当たり前な人間であって欲しいという希願が読み取れる。そこには深い友情が感知され、その論理の破綻の仕方に、安吾の純潔な心情が窺われる。

一方の小林は「炎のみ虚空に満てる阿鼻地獄行方もなしといふもはかなし」の歌に関し、「なんという物悲しい優しい美しい地獄の歌だろう」と言う。そして「吹く風の涼しくもあるかおのずから山の蝉鳴きて秋は来にけり」の歌にも同じものを見ている。吉本隆明は、この歌を「実朝の歌のなかで指おりの秀作である。それは、たぶん『おのずから』のつかいかたにあるにちがいない。〈涼しい風が丘山のほうから吹いてきて、その風にのってくるように山の蝉のなく音がやってきた、もう秋か〉という〈景物〉のイメージは卓抜である」（『源実朝』「X〈新古今的〉なもの」）と説明する。

小林は「散り残る岸の山吹春ふかみこのひと枝をあはれといはなむ」の歌について、「人々のしゃぶりつくした『かなし』も『あはれ』も、作者の若々しさの中で蘇生する」と語り、全く純粋な少年の心を発見している。そこに再生されたものとは、一体、何のことをいうのであろうか。それは日本文化の一つの特質として万葉集以来脈々と流れてきた「やさし」の思想史の、いわば中世的精華であろう[13]。

(3) 詩作の光景

小林はこうした子規の直接的な驚き、あるいは愛惜の念による実朝理解を〈模倣〉し、それを彼自身の内で吟味しながら、実朝が歌を詠み出す、言わば鮮烈な光景を描いている。

様々な世の動きが直覚され、感動は呼び覚まされ、彼の心は乱れたであろう。嵐の中に模索する彼の姿が見えるようだ。ただ純真に習作し模索し、幾多の凡庸な歌が風とともに去るにまかせ、彼の名を不朽にした幾つかの傑作に、闇夜に光り物に出会うように出会ったが、これに執着して、これを吟味する暇もなく新たな悩みが彼を捕える。

（「実朝」18・6　全七―421）

この批評的知性は実朝の創作の筋道に関する問題に、強い関心を抱いている。そこに最も本質的なのは、嵐の中で歌の模索をする詩人の姿の直覚である。ここでの「純真に習作し模索し」とは、いわば様々な対象の〈模倣〉を究め、表現の型の工夫を尽くすことである。「幾つかの傑作に、闇夜に光り物に出会う」とは、世阿弥の『花伝』の「花の失せぬ所を知る」という意味合いに近似する。

この暗闇で遭遇する何ものかという直覚は、彼の「実朝」論の主調音になっている。例えば『吾妻鏡』の「公暁の急使に接した義村の応対ぶりを叙したところも妙な感じのする文章である」と前置きし、「義村此事を聞き、先君の恩化を忘れざるの間、落涙数行、更に言語に及ばず、少選して、先ず蓬屋に光臨有る可し、且は御迎への兵士を献ず可きの由之を申す」を引用して、文章とは「読もうとばかりしないで眺めていると、いろいろなことを気づかせる」と語る。「蓬屋」の「光臨」とは何を暗示するのであろうか。小林はここで何かを言おうとして、それを止めているのは特徴的である。それは見た物を語ろうとして、それを言い切らず、その止め方は、物の側から拒絶されているかの様な沈黙である。あるいはまた「夢の如くして青女一人、前庭を奔り融る、頻りに問はしめ給ふと雖も、遂に以て名乗らず、しかしてようやく門外に至るの程、にわかに光物有り、頗る松明の光の如し」（『吾妻鏡』）の部分を引き、「実朝の心事などにはおよそ無関心なこの素朴な文章が、なんと実朝の心についてたくさんなことを語ってくれるだろう」と語る。そして実朝が見たものは「青女一人だったのであり、また、特に松明の如き光り物」であったとする。こうした小林の直覚的イメージ（「青くて光るもの」）とは、彼が実朝に最大限に接近したところに存在する。続けて「世の中は鏡にうつるかげにあれやあるにもあらずなきにもあらず」の歌が引かれてくる。こうした文脈から先の「彼の名を不朽にした幾つかの傑作に、闇夜に光り物に出会うように出会った」という詩人理解が語られる。つまり小林は他界と交信するような魂の実在を本質的に信じている。そうした不安な詩魂との出会いに、制作の本質的筋道があると考えているに違いない。そして、彼が実朝の創造過程を問うとは、歴史を〈模倣〉しつつ表現している批評家自らの現存を照合することなのである。

また賀茂真淵や正岡子規による「万葉による実朝の自己発見」という仮説を支えているものは、実朝自身ではないとして否定される。それは小林が近世そして近代の評釈を根拠としないことの表明である。そして同時代の佐々木信綱らが指摘する「定家所伝本金槐集」という実証的事実の発見は、踏まえられるに止められる。川田順らの『実朝』理解も同様の扱いを受けている。そして外部からの検証により「努めて古人を僕らに引き寄せてかんがえようとするそういう類いの試み」は排除され、むしろ古人の詩魂に、彼自ら直接的に推参することに努めている。そして古典を批評する本質的な方法として、次の様に説く。

実朝という人が、まさしく七百年前に生きていた事を確かめるために、ぼくらはどんなにたくさんなものを捨ててかからねばならぬかを知る道を行くべきではないのだろうか。（「実朝」18・6　全七―420）

批評における悟性的な分析概念を修得するには、心を決めて学習しなければならない。そこに一定の対象あるいは方法を獲得するには、十分な時間が必要である。しかし、手中に修めた一定の対象と悟性の方法に執着し過ぎると、逆に見えなくなるものがある。

小林の方法とは、松尾芭蕉の「虚に居て実を行う」(『風俗文選』許六)や、正岡子規の「写生」、そして斎藤茂吉の「実相観入」などの系列で、彼自らの「実朝」論を案出することである。それは「観」の方法とでも言うべきもので、忍耐強い観察によって、精神が精神を直かに「見抜く」(「私の人生観」24・9)ことである。そこでは所謂、科学的に自然の合法則性だけに注目するのでは不足である。「実相の合法則性の遵奉者としての成功の道は、実相観入という様な法則を捨てる道とは別」(「同右」)だからである。そして空海の「須らく心を凝らして其物を目撃すべし、便ち心を以て之を撃ち、深く其境をきれ」(『文鏡秘府論』「南巻」)の言葉を引用し、「目撃」という知覚の方法について言及している。それは「心を物に入れる」ことで、「心で物を撃つ」というような実体験に関する手法である。そうした結果に感嘆することは可能でも、その方法の実行において安易には追随できない。だが、古人を愛することと知ることを、一致させてみるような工夫や努力は、私達にも可能であろう。

小林は、実朝という古人に出会うために、実体験として、その歌の力の中に座ってみようとする。そこでの本質的関心は、もはや歌の合理的解釈や、批評の方法論にはない。それは一度獲得したものを捨て、いわば裸の心で歌の姿と調べを味読することである。彼は歌に「一流の詩魂の表現する運命感」「あたかも短命を予知したような一種言い難い彼の歌の調べ」または「彼が背負って生まれた運命の形」を感知する。そこにあるのは、実朝が実朝以外の者には成れなかった〈宿命〉を見ようとする根本的な批評態度である。そこに見いだされた死の意味とは、歴史という巨人が制作した悲劇そのものなのである[14]。

そして二十二歳で歌を紛失し、二十八歳で横死したとは、いかにも実朝らしいと語る。「神といひ仏といふも世の中の人のこころのほかのものかは」の歌に関しても、その考えを栄西から得たか、それとも行勇からかの詮索は、どうでもいいとされる。何よりも歌の本質は「充実した無秩序」という性格にあるからである。そして〈模倣〉ということに関して次のように言う。

当時の歌人たちに愛好された心を観じて悲しみを得るという観想の技術を、彼は他の技術と同列に無邪気に模倣したに相違ないのだが、彼の抒情歌の優れたものが明らかに語っているように、彼の内省は無技巧で、率直で、低徊するところがない。（「実朝」18・6　全七-425）

実朝は、『万葉集』や『古今集』という歴史の影響を精一杯受けた。そして、当時の「心を観じて悲しみを得る」ところの観想の技法も〈模倣〉した。しかし、小林がより本質的に着目していることは、その素直な内省の仕方である。「神といひ仏といふも」の歌も、神仏習合の思想というより、むしろ純真な眼差しで見た実在である。小林は実朝を画家に例え、その歌は見たものについて考えたのではなく、その聡明さは教養や理性よりも無邪気な知覚にあると言う。

西行が、その悩みを解決しようと決心した二十三歳の年頃には、実朝は、もはや歌を紛失していた。その点で二人の詩人の運命は異なる。しかし「遠い地鳴りのような歴史の足音を常に感じていた異様に深い詩魂」を所有していた点で、二人には宿縁があり、大変よく似た詩人と指摘する。

101　わがこころいかにせよとか山吹のうつろふ花にあらしたつらん

この歌は斎藤茂吉に倣って「あらしたつみん」の、いわば自己意識の歌として取り上げられている。「定家所伝本」（「あらしたつらん」）より、この歌に関しては「貞享本」の方が、「いかにも立派で面白い」というのがその理由である。小林には自らの死を察知していた実朝の自覚とは、自己意識の問題として捉えられている。そこには西行の「見るも憂しいかにかすべきわが心かかる報いの罪やありけん」の歌が類推されるが、二人の詩人の影像は異なる。地獄絵を前にして罪障の意識に打ち震える西行の歌の方が、より執拗で複雑な印象をもたらすからである。

　同時代の天下の大乱は、実朝の心に嵐として映った。世の中の人の心は実朝の心であり、その不気味で悲しい色合いが、彼の歌の姿をなしている。そこには鎌倉幕府の人々の、青年将軍への無量なる思いが感知され、小林は鎌倉時代の色彩と音調を他界からの交信のように自己の内で眺め、その姿を見分け聞き分ける。そうした歴史的印象は、昭和十八年という戦時下の限界状況で、次の様に表現された。

　奇怪な世相が、彼を苦しめ不安にし、不安は、彼が持って生まれた精妙な音楽のうちに、すばやく捕えられ、地獄の火の上に、涼しげにたゆたう。
　玉くしげ箱根のみうみけけれあれや二国かけてなかにたゆたふ（「実朝」18・6　全七―430）

先にも挙げたが、この文章の少し前に「炎のみ虚空に満てる阿鼻地獄ゆくえもなしといふもはかなし」の歌が引かれている。

　そして、「いかにも純潔な感じのする色や線や旋律が現れて来る」と語る。そこには物悲しいまでの優しさがある。

異様な時代相が、実朝を苦しめ、不安にさせた。しかし彼は自らの心をはっきり見て、その不安定な苦しみを歌の形にすることで救っている。小林によれば、実朝の自己意識の最重要部は音で出来ている。それ故に外部の衝撃を内部の精妙なる音楽性に昇華し得る。そして古典論の連作で暗示された真の自己とは「詩魂」の事である。小林は自ら「創り出した文学形式という割符に、詩魂という日常自らも知らない自我という割符を合わせ」（「詩について」25・4）ている。批評家と詩人の魂が時空を超えて出会い、実朝を創造的に模索してきた再生的想像力が、自在な直覚で「実朝」を案出した[15]。

「実朝」論の結びは、「山は裂け海はあせなむ世なりとも君にふた心わがあらめやも」の歌が引かれ、「ここに在るわが国語の美しい持続というものに驚嘆するならば、伝統とは現に眼の前に見える形ある物であり、遥かに想い見る何かではない事を信じよう」と語られる。「無常という事」という日本中世の古典の〈模倣〉再現には、自然と応和した恒常性が暗示されている。こうした所では、「当麻」に引かれた『花伝』の透徹した方法が、「物まねに似せぬ位あるべし」（『別紙口伝』）に発展深化している。しかし、その伝統の自在なる〈模倣〉再現も、何かを待ち望み、それを会得しては、突然に喪失するという性質の微妙な出来事であった。生きられた人間の思いほど脆弱で滅びやすいという想念が、中世古典論の深みには潜在するように思われる。

注

（1）江藤淳（『小林秀雄』第二部　五　講談社、昭和四十年一月）。
（2）坂口安吾（「教祖の文学」、「新潮」、昭和二十二年六月）。

（3）『花伝』は「世阿弥芸術論集」（『新潮日本古典集成』）を使用した。尚、古典からの引用は出来るだけ意味を理解しやすいように、新字・旧かなに適宜改めた。また本文の西行や実朝の歌番号も、『新潮日本古典集成』によるものである。

（4）小西甚一（『世阿弥集』日本の思想八、筑摩書房、昭和四十五年七月）。

（5）中村光夫（『《論考》小林秀雄』、筑摩書房、昭和五十二年十一月）。

（6）『感想』（26回）に、「私達の尋常な精神生活は、二種類の記憶、自発的記憶と習慣的記憶との動きの協力の下に成立している。そこで、又、図形について言えば、円錐SABのABの表面には、言わば私の自発的記憶全体が排列されている。Sには、私の身体についての、即ち、或る感覚、運動的平衡についての私の知覚がある」と解説される。尚、こうした記憶論は（46回）において、「ベルクソンが、記憶に根本的に違った二つの種類があるとした事は、既に述べた。一つは記憶というより、むしろ習慣と呼んだ方がよいもので、身体に結びつき、現在に働き、過去を実演するが、決して過去の像を喚起する事がない。これは、環境から受ける作用に対し、適切な反応を確保する巧妙に構成された機構の全体である。他の種類の記憶は、これこそ真の記憶と呼ぶべきものであるが、意識とその範囲を同一にしている自発的な記憶であり、過去において働き、過去を表象するものだ。私達の凡ての状態を保持し、過去の事件を生起の順序に従って並べ、その一つ一つに場所や日付けを確定するものだ。この記憶の二つの形式のどちらかが優勢になるかによって、人間に夢想家と行動家の型が出来る」とある。

小林は、死んだ母は蛍になったという話で始まる『感想』において、ベルクソンの著作を『宗教と道徳の二源泉』（2回）『時間と自由』（3回）『創造的進化』（4回）『笑い』（9回）『知的努力』（14回）『変化の知覚』（15回）などの順に解説する。（1回）から（5回）までに、すでに全体の基本的な問題枠は提出されている。そして（13回）に「記憶が、私達に見たり聞いたりさせるのだ。記憶の力を借りなければ、知覚は、はっきりした形をとる事が出来ない」の言葉があるが、『物質と記憶』（17回）に関しては、その後、大きく二度に亘って所謂ベルクソン哲学の《祖述》を繰り返す。そこに、最も難解であるのは、こうした記憶の理論である。その後、（32回）あるいは（48回）に結節点があり、（49回）から現代物理学の解説がされる。アインシュタインの相対性理論とハイゼンベルグの量子論は、『感想』において極めて重い位置を占め、小林の〈実験〉の概念の意味をさらに深く検討する上に有効である。そして、些か唐突に（56回）の「哲学はユニテに到着するのではない。ユニテから身を起こすのだ」という『哲学的直観』の引用で終わる。

尚、『感想』の構成に関しては、出岡宏（「小林秀雄の知的努力――『感想』をめぐって――」『近代日本思想を読み直す』実存思想協会、平成十四年十月）に詳論がある。

（7）秦恒平（「『歴史』は『美しい』」特集小林秀雄「批評とは何か」、ユリイカ10、青土社、昭和四十九年十月）。

（8）『感想』（1回）にある小林の文章である。これは次の様に続く、「しかし今も尚、それから逃れているとは思わない。それは、以後、私の書いたものの少なくとも努力して書いたすべてのものの、私が露には扱う力のなかった、真のテーマと言ってもよい」。

（9）佐藤正英（『隠遁の思想』「西行をめぐって」、ちくま学芸文庫、平成十三年十一月）。尚、毛利豊史（「西行の『月』における彼岸のリアリティ――『はげしきもの』と『もの思う心』をめぐって――」『生田哲学　創刊号』専修大学哲学会、平成七年七月）、（「西行の『春風』――『夢』と『散る花』とをめぐって――」『生田哲学　第2号』専修大学哲学会、平成八年四月）などの西行像にも教示された。

（10）川端は、「禅でも師に指導され、師と問答して啓発され、禅の古典を習学するのは勿論ですが、思索の主はあくまでも自己、さとりは自分ひとりの力でひらかねばならないのです」と言う。

（11）昭和二十四年の「私の人生観」（24・9）にも太田道灌の「おごらざる人も久しからず」の逸話として、『平家物語』は語られている。昭和三十五年の「年齢」（25・6）にも「足摺」の俊寛に触れた部分がある。また「言葉」（35・2）や「本居宣長――『物のあわれ』の説について」（35・7）が発表された年に「平家物語Ⅱ」（35・7）が書かれている。

（12）相良亨（「平家物語の基調」『日本思想史叙説』、ぺりかん社、昭和五十七年十月）。

（13）竹内整一（『日本人は「やさしい」のか』――日本精神史入門、ちくま新書、平成九年五月）。

（14）こうした「悲劇」とは、言わば「悲嘆と戦慄の中で観客を忘我奪魂の位境において魅惑する」（『芸術の哲学』渡辺二郎）ものであり、「有限的生の真実を、おのれ自身の運命として、再認識し、生の深みを体験し直す」（『同右』）かのような浄化作用（カタルシス）を持っている。

（15）丸山が、「絶対的な自我が時空を超えて、瞬間的にきらめく真実の光を、『自由』な直観で摑むとき」（『日本の思想』「実感信仰の問題」）と言うのは、こうした小林の態度を指している。

# 第五章　絵画と意匠

昭和二十年の敗戦頃を境に、小林には日本美術論の時期がある。そして昭和二十五年になると、日本古代論が書かれる。そうした美術論と古代論は、縄文土器やピカソなどへの深い関心・興味を含みながら複雑に絡まり合っている。もう一方で、その批評の制作行為は、「モオツァルト」(21・12)という音楽家論が発表された後、『ゴッホの手紙』(23・12―27・2)から『近代絵画』(29・3―33・2)へと、休止することなく進行する。

第五章「絵画と意匠」では、批評対象が日本美術から、西洋近代絵画へと移行していった頃のものを取り上げる。その不断の精神的生命の横溢を思わせる批評の傑作群は、彼の中期を画する爛熟を示している。重層的な思想的意味は、一筋縄に解明できないが、意匠や装飾という外面的形態に関する言葉を手がかりに、「創造的批評」の持続的生命に、一つの視角を当ててみたい。

## Ⅰ　日本美術論と古代論

### (一)　形式美の真意

日本美術論の発端に、「梅原龍三郎」(20・1)がある。小林は梅原という画家を、「ただ、持って生まれた素質の自覚と実現とに、全努力が賭けられている」と評価し、その若年の自己発見を一本気に押し通した芸術的個性を称えた。敗戦を境とするこの頃は、沈黙の時期と呼ばれ、他には一作も発表されていない。この作品で小林は、画家が「視覚の純粋を持続させようとする驚くべき忍耐」を〈模倣〉しようとした。この時期に西洋近代美術を具現した同時代の日本画家が、批評対象として選択されたことの意味は重い。そして彼の関心は、日本の伝統における美の形というものに移行してゆく。

「光悦と宗達」(22・10)の中で、現代における形式の混乱について触れる。そして日本の伝統的美術家達に表現された、「この意匠、この装飾が、何かしら動かせぬ思想を孕んでいる様に感じられるのは何故か。この形式美の極致が語っているものは何なのか」という発言には、〈宿命〉の人間学の方針を、彼自ら揺がすような性質がありはしないであろうか。光悦や宗達は、建築や工芸品の必要によって装飾した。小林は、そうした職人の協同作業という和して同じないような友情の幸福に羨望を抱いている。彼は近代人として極めて孤独な制作を強いられた。たしかに個人の自由とは、そこにしかなかった。にもかかわらず、光悦と宗達の『四季草花和歌巻』の、大胆な構図を前に、彼等の幸福な心による自然との応和を見て、自らの不幸を痛感している。言うまでもないが、それは琳派への共感ではありえない。

また「鉄斎Ｉ」(23・4)では、「この人の気質には、先輩達とはよほど違った、神経の鋭い、性急な、緊張したものがあった様に思われ、四十歳頃の写生帖は、そういう気質そのままのデッサンに充ちている」と語る。その本当の性格を発見しようとする画業は鍛錬を重ねながら、純粋なものを表現するに到った。彼は八十七歳の鉄斎の山水画を鑑賞し、その奇妙な線と色との調和には、何か予言のようなものがあると言う。鉄斎は「万巻の書を読み千里の道を行かずんば画祖となるべからず」(董其昌)という戒律を守った人である。猟師が舟を漕ぎ、観音が蓮池を渡る『聖者舟遊図』などのデッサンも、鉄斎の深い歴史的知識の証明であった。この時期に彼は「創造的批評」の円熟への志向性を、画家鉄斎に対する憧憬の内に語っている。

それは「雪舟」(25・3)の『山水長巻』について、眼前の岩に対する異様な緊張に、惹かれるところにも現れている。だが堅固な岩という自然物への執着心のみではなく、遠景や梅と竹林などの装飾性の意味に関しても触れている。清楚な衣装により、強靭な肉体に気付くように、その淡彩は施されている。雪舟は絵画の自律性を、はっきり自覚した画家であったが、その思想は根幹だけで表現されてはいない。また小林は『慧可断臂図』の中の達磨と慧可の構図に、真の人間の姿を見ている。

こうした一連の日本美術に関する発言は、画に描かれたデッサンと色の調和の、直かな鑑賞から為されている。それは中世古典論の「平家物語」(17・7)で、「平家の作者たちの厭人も厭世もない詩魂から見れば、当時の無常の思想のごときは、時代のはかない意匠に過ぎぬ」と切り捨てられる意匠性とは、現象において微妙に異なる。むしろ彼は、この時期に造型美術の側面から、角度を変えて、表現者の魂を見ようとしている。印象批評という行為において、「宿命」と「美神」の相互交流が、無作為的自然の「美神」の方向から、画家の眼を〈模倣〉することで行われている。

初期の頃から党派性というものを嫌った小林は、同時代の意匠に懐疑心を抱き、その制作原理を孤独の内に置いた。だがそれ故にこそ、魂に触れるような真の協同体を欲したとも言えよう。そこは踏み入るに、かなり奇妙な場所であった(「真贋」26・1)が、「骨董」(23・9)の中で、美は人の行為を規正し、秩序づけることで、逆に心地良い自由感を与えてくれると語られたことは無視できない。人ごみにまみれ、時には余りに閑散とした展覧会で、ある種の寂寥感を覚えるのは、必ずしも特殊な体験ではない。やはり私達にも、建築物を離れた絵画の存在とは無意味とは言えないまでも不自然であろう。

小林が形式の混乱を嘆くのは、現代社会において美が本来的機能を果たしていないからである。彼は追い越すことの出来ない確かな対象に服従することで、逆に批評の自由が可能になるような規矩を欲している。その手本として、歴史的な美術家達の制作様式と形式美の真意が問われている。そして一連の美術論は、初期の文芸時評のように対象を貶したり、疲れを吐露したものではない。その後も、こうした批評態度は、はっきりと持続される。

### (2) 思想建築の礎石

昭和二十五年に日本の古代論が書かれる。それは同時代の美術論や、何よりも形而上学的志向性とも深く関わるので、次にそれを見ておこう。

「蘇我馬子の墓」(25・2)で、彼は墓の中を徘徊しながら、芸術の始原に立ち会い、建築美という観念の只中に居るように思った。そして古代の石工達が礎だけ築き、後は大工に任せてしまったことは実に残念で、彼等の手で何故ピラミッドが作れなかったのかと言う。小林はこの時期に、ある未知な対象にぶつかり、歴史とは何かを自問している。日本の「滅び易い優しいあらゆる芸術」(「同右」)とは、元来、建築という芸術の子供である。そうした想念から、思想建築の礎石というものを、問い直している。その「私達は思い出という手仕事で、めいめい歴史を織っている」(「同右」)の発想には、優れた人間が優れた作品の中に存在するという実感と信念があり、その具体的内容において精妙な表現を生み出した。だが、その長所は同時に、思想の構造化を阻むような性質を持っていた。彼は、そうした日本的思考に内在する、美点とも裏腹な脆弱さを克服するために、思想的な礎石を構造的に築き直すことを迫られている。

そして大和三山を眺めながら、「万葉の歌人等は、あの山の線や色合いや質量に従って、自分達の感覚や思想を調整したであろう」（「同右」）また、「山が美しいと思った時、私は其処に健全な古代人を見附けただけだ。それだけである。ある種の記憶を持った一人の男が生きて行く音調を聞いただけである」（「同右」）という、呟きにも似た聖徳太子への述懐には、自然性への回帰とともに、根深い形而上学的思想の構造化の志向性が秘められている。(1)

小林とは、丸山真男がつとに指摘したように所謂「実感信仰」の一般的類型ではなく、その極限形態の一つである。(2)それは文学的自我あるいは芸術至上主義という視点からも、食み出す存在で、そうした「実感」とは、自然化的抽象とでも言うべき何ものかである。それは「感覚の実現」（「セザンヌ」）という方向を持つが、いわば「抽象的感覚」（「ピカソ」）にも近似するような、形而上学的感受性からの切実感のことである。

近代日本の混迷こそしていたが、活力のあった源流に、小林は位置している。そして科学と芸術の断絶に関しては、「最近の物理学者が、物の外形を破壊して得る物の夢の様な内部構造も、物の不滅の外形にまつわる画家のヴィジョンの一様式に過ぎないのではないか」（「偶像崇拝」）という発想で架橋した。そこには、自然科学という、事物の秩序を明らかにする学問の前提を踏まえながら、その確実性を疑うような、強靭とも言える精神性がある。そうした小林の思想に、画家の視覚とは、極めて重要な意味が孕まれている。彼は画家の肉眼を通した視覚を〈模倣〉することで、無言の表現の価値を再生しようとした。画家には、見えるがままの事実の外観だけでも、充分に複雑なのである。この批評的知性は人間の創造の始原性は、画家の眼の側に存在するという所から、思想の論理的再建による構造化と、その包括的な世界像を描くことの可能性を模索していた。それは初期の頃に、「如何なる理論も自然の皮膚に最も瑣細な傷すらつける事は不可能であるし、又彼（バルザック）の眼にとって、自然の皮膚の下に何物かを探らんとする事は愚劣な事であった」

(「様々なる意匠」4・9)と指摘されたことの発展形態として、具体的中身のある思想の、新たな創造様式が根本的に模索されつつあった。

西洋の十九世紀以降の歴史社会において、芸術家(artist)という言葉は、異様な意味を帯びている。それは「宗教や道徳や哲学がしだいに信用を失ってくるにつれて、人々の形而上学的な憧れや問いは、いよいよこの言葉の裡に吸収されてゆくようになった」(「政治と文学」26・10-12)からである。職人(artisan)の手仕事を極度に意識化した芸術家達は、創造の過程に、人生をいかに生きるべきかという問題を持ち込んだ。そして彼等にとって美の意味とは、新しい生き方のことであった。小林は自らの制作現場で、そうした芸術における人間的意味というものを、捉え直そうとしている。次に『近代絵画』の伏線としての『ゴッホの手紙』について見ておこう。

(3)『ゴッホの手紙』論

昭和二十三年の十二月に、『ゴッホの手紙』の第一回が、雑誌『文体』に発表される。それは上野の美術館で「烏のいる麦畑」(1890)の複製画と出会い、その場にしゃがみ込んでしまったという話で始まる。ゴッホが近代日本における文化や芸術に果たした影響には、計り知れないものがある。所謂「実相観入」を説いた斎藤茂吉も、「あかあかと一本の道通りたり魂極わる我が命なりけり」「かがやける一筋の道遥けくてかうかうと風は吹き行きにけり」(『赤光』)などの一本道の連作を残している。

小林は、その絵画と出会った衝撃的体験を「ある一つの巨きな眼に見据えられ、動けずにいた」と言う。その巨きな眼の正体を確かめたいというのが、ゴッホ論という制作に取り組む根本的な動機である。「ちょうど、長い仕事に手を付けだしていた折から、違った主題に心を奪われるのは、まことに具合の悪いことであったが、それは気の持ちようで、どうにでも成る」(『ゴッホの手紙』「序」)という長大な仕事とは、「罪と罰Ⅱ」などのドストエフスキー論であり、背後的にはベルクソン形而上学の読み直しが意図されていたように考えられる。

ゴッホが弟テオに宛てた手紙とは、正に読者の胸を締めつける告白文学の傑作である。そして『ゴッホの手紙』という批評作品の底流には、他我の奥底を覗き込むという主題が流れている。初期の頃に「批評の対象が己れであると他人であるとは一つの事であって、二つの事でない」(「様々なる意匠」4・9)とされた批評方法が再度、反復持続的に模索されている。だが、ここでは「批評が自己証明になる。その逆もまた真」(「中野重治君へ」11・4)という方法を実行する上で、新たに一つの亀裂が生じた。それは深い謎であるような、精神としての絵画にぶつかったことの暗示である。

小林の方法意識には、「彼(ゴッホ)はヌエーネンで、ミレーという絶頂を眺めながら、自分の考えの実験に、真剣に取りかかった。明らかに、彼はミレーを模倣した」(「ミレー」)と言われる態度と基本的に同じ発想がある。そして、ゴッホとゴーガンの「二人の議論は、恐ろしい電気の様だ。時とすると、まるで放電を終わった蓄電池の様にへたばった頭を抱えて、二人は議論から出て来る」(ボンゲル番号№564)という共同生活の束の間の破綻、また「僕は、自分に振られた狂人の役を、素直に受け容れようと考えている、丁度ドガが公証人の役を演じたような具合に」(№581)という破滅に向かう主人公に接近しながら、ゴッホ論は進んで行く。ゴッホは正気と狂気の交替に耐えながら、人間的ドラマを超えてゆく精神を求めていった。だが、ついに彼にはその気力すらなくなってしまった。

小林はこうした深刻な手紙文に関して、「敗北の不吉な予感を振りちぎり、全力をあげてこれと悪闘するものの手紙である。できるだけ忠実な抜粋を作ろうと思う。もう私の註釈などの余地はない」(「サン・レミ」)と言う。ゴッホの苦しい気分が、小林の批評的言辞を断念させ、その死が近付くにつれ、もはや「述べて作らず」の方法より他にはないと語り終えられる。

また『ゴッホの手紙』(23・12)にある、「ルネッサンスの画家による遠近法の発見は、在るがままの世界から見えるがままの世界へ、精神の確実性から視覚のイリュウジョンへ飛び移る道を開いた」(「色彩の問題」)という指摘は、より問題意識が広範に亘る『近代絵画』の俯瞰図の予見であった。こうした審美的な懐疑主義は、印象主義の画家達が出現するに至って、観念から受動的感覚への深化を果たし、さらなる飛躍を遂げた。そうした純粋知覚の不安定な喜びを知った芸術家達が、同時に人生の苦さをも味わった壮大な人間模様を、すでに小林はゴッホを前後する画家達を対象とする「創造的批評」の課題として、思い描いている。

## II 『近代絵画』論

初期の「様々なる意匠」(4・9)に、批評の基本方針とされた〈宿命〉の人間学という発想は、対象とスタイルを変容させながら持続していた。またボードレールの『悪の華』という球体に閉じ込められ、ランボーの『地獄の季節』との出会いで、新たな出発が可能になった体験は、その中期の思想営為にも、はっきりと影を落としている。

小林の美術論における思想的問題は多岐に亘るが、昭和二十九年の三月に発表され始めた『近代絵画』では、「一画家の個人的な偶然な経験が、長い年月錬磨され止まぬ絵の伝統という必然的な色彩経験と出会う」(「ルノアール」)あるいは、「画家達は、美術史に精通すればするほど、自我の奥底を覗き込む様になった」(「ピカソ」)といった事柄が、主要なテーマである。

このⅡ節では、そうした『近代絵画』の深部を貫流するものを探求するために、小林の形態論に照明を当ててみたい。初期の批評では、意匠や装飾とは、煩わしい党派性や単なる外面性の消極的比喩として使用される傾向があった。だが昭和二十年代における日本美術論と同様に、『近代絵画』では、芸術文化の形（フォルム）をめぐって、見えるがままの外面的形態の積極的意味が説かれている。そこには画家の描く線としてのデッサン（意匠）に、その画家の意識の発生を、そこに塗られる色合いに、感情表現が見いだされている。そうした鑑賞における画家の生命感の表現形態を無視して、その歴史的個体の精神を批評することは不可能であろう。そこから歴史の〈模倣〉ということの意味を再検討してみよう。

（一）　画家の思想史

小林は今日出海と一緒に、昭和二十七年の十二月から、ヨーロッパやエジプトへと旅立ち、翌年の七月にアメリカを経由して帰国した。この時、彼は朝日新聞の特派員を兼ねていて、旅の記録は紀行文として残っている。何よりも青年時代から深い影響を受けた、西洋文化に直かに接触したことが、『近代絵画』論の制作動機の一つである。

近代絵画の運動とは、画家が如何にして絵画の自律性を創り出そうか、という烈しい工夫の歴史である。冒頭には、そうした「絵画は絵画であれば足りる」という意識を持った批評家であったボードレール（1821–1867）が、画家の代弁者として据えられている。その配列はモネ（1840–1926）、セザンヌ（1839–1906）、ゴッホ（1853–1890）、ゴーガン（1848–1903）、ルノアール（1841–1919）、ドガ（1834–1917）と続き、最後は近代から現代へと架橋を果たしたピカソ（1881–1973）で纏められる。セザンヌの章にはリルケがあり、ゴッホとゴーガンには、ヴェルレーヌとランボーの影がある。そしてルノアールにはチェンニオ・チェンニニ、またドガにはサントブーヴやヴァレリー、そしてピカソの章には、ヴォリンゲルの美学理論やランボー論がある。

小林は、画家のマネからゴッホやゴーガンに至る道は、詩人であるボードレールからランボーやヴェルレーヌに至る道と同じであり、ゴッホはヴェルレーヌに、ゴーガンはランボーに似ていると言う。全体構成は、普遍的精神の確実性を捨てて、不安定な個別的視覚の逸楽を目指した、いわば社会に反抗した印象派の画家達による近代思想史の様相を呈している。また絵画論の附言に「近代の一流の画家達の演じた人間劇は、まことに意味深長であって、私の興味の集中したのもその点」とある。この絵画論には、そこに取り上げられた七人の画家のイメージが交差し合い、ピカソの章に至って、そうした人間ドラマの布置が創出されている(3)。

## (2) モネとセザンヌの自然

モネ論で小林は、パリのオランジェリー美術館にある『睡蓮』(1919)に触れる。そして、その光の戯れについて、「瞬時も止まらず移ろい行く、何一つ定かなもののない色の世界こそ、これも又果てなく移ろい行く絵描きに似つかわしい唯一の主題だと信じていたのであろうか」と言う。モネは「瞬間こそ永遠と信ずる道」を歩んだ。そして「およそ印象派ではないわれわれの仲間が、私のおかげで印象派と呼ばれるようになってしまったことは、きわめて残念なことだ」と言った。小林は近代の画家達を、死の世界に追いこんでいる(4)。モネをはじめとする印象派の画家達を、一種の冥府で描き、そこから独自な個性として生き返らせている。その文体には「独特の反語的性格と催眠作用(5)」があり、印象主義というパラドックスにより、いったん死んでからの再生というドラマを見ている。

小林は、「どんな芸術も、根本では、自然に順応し、自然を模倣するより他はない」(「モネ」論)という出発点に立っている。

冒頭のボードレールの章でも、「本物は平凡で、誰も賞めやしないが、その本物を、いかにも本物らしく描くと賞められる。画家とは、何と空しいつまらぬ職業だろう」（『パンセ』第二章「神なき人間の惨めさ」134）というパスカルの言葉が引かれ、『近代絵画』においても自然の〈模倣〉というテーマは重いと言える。だが、そうした自然はドラクロアに辞書のように用いられ、モネの不安な視覚を通して解体していった。そして、それはセザンヌの孤独な信念によって、第二の自然として再生した。

セザンヌはモチーフを摑んだと言って、ギャスケの前で静かに両手を握り合わせる。小林は書簡や警句の中にも、次に引用する言葉ほど興味深く、且つ重要なものはないと言う。

　少しでも繋ぎが緩んだり、隙間が出来たりすれば、感動も、光も、真理も逃げてしまうだろう。解るかね。私は、自分のカンヴァスを同時に進行させる。何処も彼処も一緒に進行させる。ばらばらになっているものを、取り集めて、全て、同じ精神の中に、同じ信念の中に、ぶち込むのだ。（中略）だが、もし少しでも気が散ったり、気が弱くなったり、特に、或る日写し過ぎたと思えば、今日は昨日と反対な理論に引きずられたり、描き乍ら考え込んだり、要するに私というものが干渉すると、全ては台無しになってしまう。何故だろう。（「セザンヌ」全11-305）

セザンヌは、こうした絵画制作における内部の感覚を、ギャスケという距離のある他者に、身振りと言葉で伝えようとした。小林はこうした言葉には、まるで彼の絵を見るようなものが現れてくると言う。そこには倫理感と審美感とが交差し、自然の魅力を、何一つ捨てまいとした「無私と忍耐」の魂が暗示されている。(6)

セザンヌは画家の仕事とは、人間の生と自然との間に、言葉の帳によって阻まれている親近感の回復であると信じていた。だが光学理論という、分析的知性による印象主義を通過した画家には、自然と人間との親和関係は、もはや存在しない。むしろ人間の生存とは、自然に強迫されたものとして映った。彼には自然が、人間意識に解消されることは欺瞞であり、そこから自然に対する敬虔な態度を採る。モチーフに出逢うとは、裸のまま剝き出された視覚が、自然の側に捕まることである。画家と自然は、色というもので結ばれる。彼は眼から血が出るように、物を見つめる。そして現前する色は面（プラン）として、まるで室内楽のように構成される。そうした「無私」の魂は、自然というものの反響になる。

セザンヌのモデルになるのは、〈実験〉台に座らされるようで、モデルが動くと「リンゴは動くか」と叱られた。自然とは内部の感覚であり、それは実現を迫って止まない。人間の表情も行動も禁止され、まるで静物画のように描かれる。彼には真の自己とは、むしろ内奥に隠れたものである。そして、その「自然の中の全てのものは、球体と円錐と円筒で出来ている」の言葉には、絵画空間では、全てが等価値という発想がある。

セザンヌは客観主義の画家と呼ばれているが、それは科学的客観主義とは、明らかに性質が異なる。そこに子供の頃からの親友であり、『実験小説理論』を展開し、『制作』というセザンヌをモデルにした小説を書いたゾラとの決別の理由があった。セザンヌに大事なのは、自然を見るというより、見られることである。そして両手を握り合わせて、「自然はその様々な要素とその変化する外観とともに持続している。その持続を輝かすこと、これが我々の芸だ」と言った。勝負は永久に続くような、『カルタをする二人の男』（1890−1892）の絵に関し、小林は「どんな宗派にも属さぬ宗教画の感がある」と説く。近代の形とは、そうした絵画に暗示される自然の再生のことであった。そして小林はゴッホとゴーガンの二人こそ、絵画への信念と時代に対する反抗的側面において、セザンヌの本当の弟子であったと言う。

### (3)　ゴッホとルノアール

ゴッホは「デッサンは、ただ人間の形だけを狙った人間の形のデッサンでなければならぬ。人間の身体の言うに言われぬ調和的な形であると同時に、それは、雪の中で、人参を抜いていなければならぬ」（ボンゲル番号No.418）と語った。そうした彼のデッサンとは、狂熱的な色彩を見張る番人のようなものであった。独自な様式に達したゴッホの絵は、奔放な色彩だけで出来てはいない。それは色とデッサンとの格闘である。例えば、『星月夜』(1889)における糸杉の緑と黒の色は、そのデッサンに絡みつかれて、身を捩り、天に向かう。それは自然の中で縺《もつ》れが解けて、自ら出来上がって来るかのような絵であった。

ルノアールはゴッホに関して、「絵描きは、好んで自分の絵の機嫌をとっているという事がわかる様でないといけない。ヴァン・ゴッホに欠けていたのは、そういう処です」（「ヴォラール伝」）と否定的見解を語った。だが、幸福の哲学の持ち主であるルノアールにも、印象主義を果てまで歩き、袋小路に追い遣られ、それまでの「manière douce」（甘い描き方）を「aigre」（すっぱく描く）にすることで克服した悪戦苦闘があった。それは三年間の習作とデッサンの努力を経て、壁画的な形態感を持った大作『浴女』(1884–1887)として結実した。「ルノアール」論の中で、小林はこうした、「批判力と創造力との相会する、言わば切先きの如きものにさされている経験」について、近代の優れた芸術家達の創造的な仕事の中心には、「自己批評による仕事への不満と紙一重のもの」があったと言う。『近代絵画』における方法論的なテーマとは、「創造的批評」のモデルが、何よりも画家の制作行為の中に見いだされている所にある。そしてルノアール論で注目すべきは、この画家が芸術（art）以前に、手職（métier）を極めて、それを超えようとしたという点である。ルノアールの円熟とは、そのことを根幹にして達成されたのであった。

だがゴッホは不幸にも三十七歳の若さで自らの命を絶った。その宿命の色は黄色であったが、絵の中で彼の理性は、半ば壊れた。そのことは、いわば規矩としてのデッサンの破壊に示されている。

（4）　ドガのデッサン

大方の印象派の画家達たちは、感覚に頼っていた。それに対しドガは極めて知的な観察者であり、その抑制された様式には「古典主義的」なものがあった。[7] 小林はヴァレリーの『ドガ・ダンス・デッサン』を踏まえている。ドガとは「自己を要約して、一枚のデッサンの厳密さに化した人物で、スパルタ的な禁欲主義者」（「同右」）である。そのデッサンとは、「一つの情熱、修業となり、それ以外の何物も必要としない或る形而上学、或る倫理学の対象」（「同右」）であった。

或る時、ヴァレリーが、ドガにデッサンとは何かと質問した。すると彼は「デッサンは形ではない。デッサンとは物の形の見方である」（Le dessin n'est pas la forme, il est la manière de voir la forme.）と答えた。ヴァレリーは、ドガの言葉の意味を、画家の個性的な物の見方が、物の正確な模写に、或る変形（déconstruction）を強いることと解釈する。[8]

ヴァレリーの考えるドガのデッサンとは、画家の個性や能力や知識、そして意欲をもとに存在する。また物の見方という点では、ドガのデッサンとはカメラに近似するとしている。だが小林はヴァレリーとドガとの間の決定的な行き違いを語る。デッサンとは、ドガが言うように「物の形の見方」であり、物の動きそのものを見取ることである。それに対してカメラの機能とは、物の形の断面を切り取ることである。

小林は物が動く瞬間を、そのまま捉えて絵にするデッサンの意味を、ヴァレリー解釈の先に出て、ドガの言葉に読み取っている。そうして、それを「デッサンは物の形ではない。物の形の見方である」と訳し、その微妙な真意を、「物の動きを眼が追い、その眼の動きを鉛筆を握った手が追う。どんな観念も、其処には介在しない。それが物の動きの最も直接な正確な知覚である」と把握する。馬や踊り子達の素早いの動きに見入り、デッサンに専念するドガとは、物の動きと、その純粋知覚に取り憑かれた存在というのが小林の見解である。そこにはデッサンに没頭するドガの姿が、より如実にイメージされている。

ドガは静物よりも、『競馬場にて』（1869-1872）や『舞台裏の踊子たち』（1879）など、生き動くものを好んでデッサンした。物体の動きとは、位置の変化であるが、ドガの興味は生命体の律動に集中されていた。こうした理解の背後には、形而上学を媒介にして、ドガという画家を、自らとの距離を測りながら認識しようとする所がある。それは肉眼に知覚される形を、その腕で線にする画家の本能への鋭い関心である。またそのことは表現者としての自己認識にも繋がる。[9]

それは、両手を握り合わせて、自然の持続を輝かすことが画家の芸と語ったセザンヌが、その内部感覚を実現しようとする姿へも向けられていた。セザンヌの関心は持続する実体にあったが、ドガは何よりも生きた瞬間の印象を捉え、そこに見た物をデッサンした。それは決して哲学的また心理学的意匠の施しではなく、現前にある裸形のデッサンという実験的な試みである。ドガは自らの運命的体験を見て、それを意識的に描いたのである。

### （5）ゴーガンの装飾とピカソ

『近代絵画』の構成には、孤独な意識家であったドガの後に、ピカソが配置されている。そこには「断じて近代人でなければならぬ」(「別れ」、『地獄の季節』)と歌いながらも、アフリカの砂漠に旅立ったランボーの影像が重ねられている。画家の人間ドラマの総括であるピカソ論の内容には、重層的な絡まりがある。そこをセザンヌからゴーガン、そしてピカソの側面に絞って検討してみよう。その筋には装飾という視点から、芸術の始原性が問題にされている。

セザンヌは「ゴーガンには、私の仕事は決して解らない。私はかって、モドラージュやグラダシオンなしにすました事は、一度もなかったし、これから先も、そんな事は決して許さない。(中略)ゴーガンという男は、画家だった例しが無い。支那風のイマージュを作るに止まる」と語った。いわゆる変調や段階的増減を否定して、絵を平板な色模様にするには、自然に対する畏敬の念を放棄する必要がある。自然に対するセザンヌの信仰を、ゴッホは忠実に受け継いだが、ゴーガンは、それに逆らった。ゴーガンには、色彩とは感覚であるより意味のことで、セザンヌが信じた純粋感覚も、ある思想的意味に過ぎないと考えたのである。

ゴーガンはシャフネッケルへ宛てた手紙に、ゴッホに頼まれて描いた自画像に関し、「凡そ無制限に(私流に言って)抽象的なものである」と書いた。その自画像のデッサンは独特な抽象性を暗示し、色彩は自然からかけ離れ、竈で歪んだ陶器で出来上がったような、赤や紫の斑模様である。また「仕上げる点では、甚だ不完全である。準備も研究もなしに、一と月でやってのけた」という『私達は何処から来たか、私達は何か、私達は何処に行くか』(1897)の大作も、独特な抽象的絵画の延長線上にある。

現代芸術の世界で、抽象芸術という言葉が流行している。そのことに関して小林は、いわゆる抽象という言葉の意味の取り方次第では、芸術とは全て抽象的であると言う。抽象という言葉の本来的意味は、芸術家が錯雑な具体的感覚から離れて、合成的混合から本質的印象を、分化して抽き出すことである。従って純粋で情熱的な創造意欲が「抽象的感覚」に赴くのは必至なのである。

小林は、「抽象的な悲しみ」に充ちた絵を描き続けたゴーガンの、「どんなに美しくあろうと、ギリシア人は大きな誤りをやったのだ。君達の眼前に、ペルシア人を、カンボジア人、エジプト人を据えてみよ」という言葉に注目する。こうした野性的渇望の叫びのうちには、ランボーと同様に当時の文明社会に対する嫌悪の情が働いていた。

それぞれの画家の絵には、個性的な徴が刻印されてる。だが、ゴッホの晩年の風景画などには、静かな雰囲気の作品があり、それは抽象的なものが自ら姿を現したようで、たしかにセザンヌの絵と大変よく似たものが感知される。

### （6）　抽象衝動の形

『近代絵画』におけるゴーガンからピカソに到る筋の上に見過ごせないのは、ヴォリンゲルの『抽象と感情移入』（1908）という美学理論の祖述である[10]。それはピカソの章の第三節と第四節、そして第十節の中にあり、美学嫌いの小林が、例外的にも熱心に語ったものである。

ヴォリンゲルは、ギリシャ以来の芸術上の自然主義とともにある感情移入に対し、芸術様式そのものと一体をなす抽象的衝動を、もう一つの美的原理として立てた。そして創造意欲にとっては感情移入よりも、純粋に幾何学的な抽象衝動の方が、より根源的であることが、古代エジプトのピラミッドや装飾芸術などを例に論じられている。

『抽象と感情移入』によれば、装飾芸術とは、自然原型を〈模倣〉しようとしたのではなく、まず最初に装飾というものがあった。アリストテレス以来の対象〈模倣〉説は強固で根深い。本書でも指摘してきたように、小林も深くそれに倣った形跡がある。だがヴォリンゲルの思想は、芸術とは〈模倣〉の所産ではなく、むしろ様式の創出という考えである。そして芸術の始原に現出した様式とは、抽象的な装飾であったと言う。それが何の花であるか、一見して解るような装飾が現れるのは、近世になってからで、芸術の歴史においては、幾何学的形が次第に自然主義化の道を辿ったという見方なのである。

ヴォリンゲルの仮説は、近代の対象構成説のように、認識のメカニズムを厳密に解明していない。だがそれはゴーガンの言葉と同様に、はっきりとした直覚の上に立つもので、強い叫びによる、審美的価値転換の試みである。ヴォリンゲルは、抽象衝動は科学的方法に発展したが、その知性の進化は、感受性の鈍化をともなったと言う。その思想は一つの体系を突き崩そうとするプリミティヴィスムであり、思い上がった近代合理主義に抵抗するものである。こうした対象模倣説や、そして既成の対象構成説にも反する思想的特質に、小林が『抽象と感情移入』という美学論に強い関心を抱いた要因がある。しかし理論的了解はされていても、やはりヴォリンゲルの幾何学的な抽象作用は、小林の気質に、そのまま受容されてはいない。むしろ自然化的抽象とでも言うべき変容を経ての親近感が、そこにあるように思われる。

ゴーガンの頭に、マラルメが指摘したランボーという「古代の戯れの厳密な観察者」(「divagations」)の影響があったのは、その『ノア・ノア』(マオリー語で、香気ある、芳ばしいなどの意味)の文章に明らかである。そこでは表層的な感覚主義に対する嫌悪から、思想とか想像力とか、記憶の力が強調されている。そして、その生々しい視覚の創造には抽象的なものが目指されていた。それは美術の歴史を逆行して、タヒチの彫刻にまで到達した。ゴーガンには、彼女たちの肉体の黄金そのものが、装飾的に現前していた。だが、南の島における裸体画という富は、確実に西洋の伝統美術に返されたのも事実である。ゴーガンは西洋近代社会に反抗することで、逆に協力するような運命にあった。そして最果てのヒヴァ・オア島で、彼に加筆修正された絵は、『雪のブルターニュ』(1903)の風景であった。

こうした所には、「『悪の華』という辛辣な憂鬱な世界には、裸にされたあらゆる人間劇が圧縮されているように見え、それで僕には充分だった」（「ランボオIII」22・3）と言った青年小林が、その球体から脱出するために、自己の現存を唯一の制作動機とする詩人を必要としたこととの同一性を類推させる。彼はランボーに関して「短い年月に、あらゆる詩歌の意匠を兇暴に圧縮した詩人」（「ランボオII」5・10）と言った。小林には意匠を圧し潰すことへの志向性があり、そこでは意匠的外面性を、単に排除しているのではない。そこには極めて独創的な彼の要約の仕方が暗示されている。そして再出発のために、マラルメの視点をなぞり、「傍流たらざるを得ない秘密を持っている」（「ランボオI」T15・10）対象の表現を模索し続けた。小林の思想的特質とは、何度も初心に帰一し、その根源的経験から出発し直した所にある。そして、そこで取り組まれたデッサン行為とは、やはり自然の〈模倣〉からの表現技巧の意欲的な駆使であり、〈宿命〉の人間学を持続的に活性させることなのである。

ドガには、線描というものが動いて来なければ、その色合いも決して生きて来なかった。ピカソもドガと同様に、若い頃から線描に優れた意匠家である。宋左近は、いわゆるデッサン力のことを、「三次元の実在を二次元の仮象として平面の上に移しかえる技量のこと」と説明する。[1] ピカソは無気味な透明性と緊張を湛えた「青の時代」を経て、色彩の平面化と線の抽象化を押し進めた『アヴィニョンの娘たち』（1907）を境に、キューーヴィズムへと向かった。

小林はピカソのことを、好奇心と想像力にあふれた意識家と呼ぶ。ピカソは、自然とも審美感からもかけ離れた「がらくた」によって、意識の純粋性を追求した。彼には何物も棄てる理由がない。その制作原理と、蒐集癖は密接に関連している。絵を描くという目的から見れば、全ての物が等価値だからである。かつてセザンヌも、その夫人とリンゴを等価物と考えていた。そして眼から血が出るような、対象への精神の緊張と集中を試みた。そうした意識とは、画家の本能に発生する極めて知的な「注意力」(attention) のことであった。そのことをピカソは「注意を充分に集中しないという事から、何もかも駄目にしてしまうのだ。(中略) セザンヌは、眼の前にあるものを注意して見る。眼を据えて見る。やっつけようとする獣を、猟師が狙う様に見ているのだ」(サバルテス『親友ピカソ』) のように語った。知性と本能は、一つの同じ所から分岐して発生してくるというのが、ベルクソンに倣うところの小林の認識である。彼は画家の言葉に、根源的な或る何ものかから発生して来る魂の姿を見ている。

またピカソは、「原始人の芸術であろうが、アングルの芸術であろうが、自然からかけ離れようが、自然に近づいていようが、芸術は芸術であって、自然ではない。芸術は嘘である。真実を会得させる為の嘘、我々を首肯させる嘘であるフォルムだ」(『声明』) と言った。そしてピカソの謎めいたフォルムという言葉の意味は、次のように説明されている。

彼は到る所にフォルムを経験していれば足りるので、逆に言えば、或る基本的な切実な経験をフォルムと象徴的に呼ぶだけで充分な筈なのである。従って自然というフォルムは、芸術というフォルムとは異なる。フォルムが異なるとは本質的に性質を異にする二つのシステムだという事だ。自然と言うシステムの中に、これと違った芸術というシステムがある。その中に、又音楽とか絵画とかいうめいめい自律的なシステムがあるというわけだ。こういう曖昧だが包括的な物の見方が、一種の世界観である事には間違いなく、原子論的な世界観が、その明確さの故に、これより上等だと主張する理由はない。(「ピカソ」全11・489)

ピカソが尊敬したセザンヌは、あらゆる物体は等価であると認めていた。そして、小林が現代物理学者の「物の外形を破壊して得る物の夢の様な内部構造」（「偶像崇拝」25・11）というものを、「物の不滅の外形にまつわる画家のヴィジョン」（「同右」）に、準《なぞら》えたことは先にも指摘した。

物の形こそが、その本質であった中世の人々は、神がフォルムを形成すると考えた。その源流にはアリストテレスの質料形相論があった。こうしたフォルムというものの意味は、私達現代人の心をも捉えて離さない。そして小林はピカソのフォルム論と関連させて、「物質の若干の不安定なユニットは、これよりは安定した若干のユニットと衝突し、干渉し、現れては、消える。分析的理解の極限である。質量とエネルギーは同質のものになる。物質は電子の集合と見えるかと思えば、振動する電子波とも見える。連続する光のエネルギーの波は不連続な光量子としても観察される」（「ピカソ」）というように現代科学の物質論についても触れている。

大いなる自然の中に人間は生活している。ヴォリンゲルは、そうした存在の不安に対する古代人の本能的な身構えこそが、その造形力であったとした。そこで人間が行なう芸術とは、フォルムとして見られた自然の形を〈模倣〉しようが、それを変形しようが、いずれにしても有機的で自律したシステムを形成する。そして画家の現存の視覚が、自然の中に直覚するフォルムとは、ピカソには、はっきりとした実在感を土台にして、画布の上でデフォルメする想像力のことであった。そのように解体が新たな統合である想像力が、欲情を混えた一つの形を案出する視覚的実験の過程を、近代の印象主義の洗礼を受けた画家が残した言葉を辿ることで認識している。その先で、小林は絵画のフォルムをフォルムたらしめる究極的な存在について思いを凝らしている。

現代文化は互いに分立し、顔を背け合う傾向がある。小林は昭和三十年代の初頭に、形式的な合理主義に陥り、秩序形態が混乱している現代日本文化の病理現象を批判している。そうした否定状況を直視しながら包括的視点を獲得し、芸術と科学における真の人間的交流を試みようとした。そして様々な文化領域における自律性の維持と、その開かれた対話の可能性を模索していた[12]。

近代の形であるセザンヌは、「自然に基づいて」(d'après la nature) 絵を描いた。だが現代の形であるピカソは、「自然を前にして」(devant la nature) 描く。ピカソはセザンヌを尊敬したが、二人の相違点とは、ピカソが飽くまでも自然にではなく、彼自らの意識に機軸を置いたところにある。そして彼は、現前に見える物に向かって行動を起こした。その行動の中心は、外部の対象に烈しくぶつかる。その砕けた破片の形象は、私達の感性を覚醒させ、視覚経験の根本的変革を促す。

小林のピカソ論には、「詩は、未知なものに到達しなければならない」(『ランボオの手紙』ドムニイ宛) あるいは「これに形があれば形を与え、形のきまらぬものなら、無定形の形を与える」(「同右」) と言ったランボーの影がある。それは冥府の色合いにおいて、ドストエフスキーの「地下室」とも同定される。そしてピカソ論の最後は、「恐らく彼は正しい。だが、誰にも正しいと言うには、あまりに危険な道である。模倣者は呪われるであろう」という、碑文のような言葉で締め括られている。そこには最大限の接近を試みた存在から微妙な距離を取り、彼自らの場所に起ちかえる姿勢がある。小林は明らかにピカソ論で、対象であるピカソ流の危険な道を〈模倣〉した。そしてその再現に限界があったという結果報告がされている。

よくセザンヌ論と比較しピカソ論の失敗が評されるが、そうした評価は余り生産的な読みだとは思われない。ボードレールに閉じ込められた若年の小林が、ランボーに出口を見いだした経験が、『近代絵画』では具体的に構成されている。二つの画家論は微妙に均衡し、全体構成において等価である。セザンヌ論は傑作であるが、その精妙な出来栄えは、今にも破綻しかねないような問題の大きさを抱いたピカソ論の前提であり、そこから小林はピカソに『近代絵画』という球体からの出口を発見した。だが、それは自然の〈模倣〉という方法を放棄することではない。ピカソには拒絶された歴史社会的契機を媒介にして、小林という思想史家が更なる別領域の対象をめぐって「創造的批評」の可能性を探求する精神がある。

昭和三十三年に刊行された『近代絵画』とは、画家達の精神が振動し合うかのような人間ドラマであり、そこには芸術家の自我の奥底を覗き込むという深刻なテーマが横たわっている。また同時に意匠や装飾という概念が見直され、その文化における形や姿というものの意味が考察されている。それ故に私達は肌理細やかに布置された近代芸術家の人間模様を感知できる。そして、それは本質的には「蘇我馬子の墓」(25・2)で示された、芸術の始原への問いの深化であり、歴史意識に貫かれた思想建築の画期的達成であった。

注

(1)『感想』(33・5−38・6)というベルクソン論は、「物質と精神」という題名で別個に検討するが、以下の注で、この第五章と関わる幾つかの問題箇所を挙げておこう。『感想』(13回)に、「記憶が私達に見たり聞いたりさせる」という問題が展開される。所謂「自発的な記憶」がなければ、「音調」は、はっきりと聞こえてこない。

こうした記憶と知覚の論理は(19回)(20回)などに詳細に説かれ、(25回)(26回)に「記憶の円錐体」の図式で説明される。また、(33回)にはプルーストの『失われし時を求めて』に関して、「薔薇の匂いという思い出は、なるほど複雑多様な心理状態であるが、思い出というテーマは、音楽のように鳴るのであり、異質なノートのそれぞれに、テーマが浸透しているように、或る生きた個性的調子が、異質な多様性を貫いている」とある。こうしたことは古代論の端緒にある「秋」(25・1)で提起された問題と重なる。

（2）丸山真男（『日本の思想』、Ⅰ「日本の思想」「四―実感信仰の問題―」、岩波書店、昭和三十五年十一月）。
（3）中村光夫（『《論考》小林秀雄』、筑摩書房、昭和五十二年十月）に、小林が『近代絵画』で語ったものは「モネやセザンヌの内面の劇ですが、同時に彼等の制作に半世紀を距てて接した二十世紀の日本人のそれ」という指摘がある。このことは、前掲、注（3回）に指摘される「根底的なものを引き受けて、そこに積極的な意義があるとするだけでは批判的契機を得ることはできない。根底的なものを認識するには距離が必要となる。しかも、それが社会的な意味を持つとすれば、社会からの距離も測られなければならない」という問題と関わりがある。小林が西洋近代の画家達を取り上げたことには、彼らの内面劇に対する直かな接近と同時に、また自他の距離の認識がある。それは「創造的批評」の方法として、対象への付かず離れずという緊張意識であったことは一貫していた。そうした所から、日本人の精神というものを根底的に探究する動機があったと考えられる。
（4）粟津則雄（『小林秀雄論』、中央公論社、昭和五十六年九月）。
（5）佐藤康邦「美術論における小林秀雄」（『倫理学紀要』第十輯、東京大学大学院人文社会研究科、平成十二年十二月）。
（6）伊吹克巳（「自己自身としての芸術作品」「メルロ＝ポンティとアドルノⅡ」、生田哲学、専修大学出版局、平成十年七月）に、近代社会における哲学の役割として、芸術の「美的評価と倫理的評価との両方にかかわる問題を直接に見据える」ことの意味が精密に論じられている。
（7）高階秀爾（『近代絵画史』上、中公新書、昭和五十年二月）。
（8）『ヴァレリー全集』（筑摩書房、昭和四十五年六月）に「デッサンと物の配置とを混同してはならない、この二つは全然別のものなのだ」（「ドガの言葉」）の注釈（20）として、「ここでドガは、ダヴィッド一派における『専ら均斉を主眼とするデッサン』が、『物の見方』よりも、『月並みな物の配置』を優先させていることを攻撃している」とある。
（9）饗庭孝男（『小林秀雄とその時代』「第八章　『精神』としての絵画」、文芸春秋、昭和六十一年五月）に、「『物の動き』の時間の造形をドガによみ、『命あるものの動き』を風俗的描写によむあたり、すでに『当麻』でもうかがうことのできた身体論的なとらえ方の、いわば『肉体の動きに則って観念の動きを修正』しようとする感覚的把握のあらわれを見ることが出来る」とある。
尚、『感想』（8回）に「眼に見えた物の形とは、即ちこの物に対する私達の未定の行動のデッサンなのである」と指摘される。また（42回）などに「私達は、物質に対して或る態度を以て働きかけているから、物質に知覚的性質或いは可感的性質が現れる」とある。

物の生きた動きをデッサンすることで、物の持続的な本質が見えてくる。そして精神の緊張と集中を以て為されるデッサンには、物の動きの姿を、要約した形で圧縮し定着化する機能がある。

（10）ヴォリンゲル（『抽象と感情移入』、草薙正夫訳、岩波文庫、昭和二十八年九月）。第一部「理論」の第二章「自然主義と様式」の中に、「概括していえば、根源的芸術衝動は自然の再現とは何らの関係もない。それは純粋な抽象を、世界像の錯雑性と不明瞭性のうちにある唯一の安息可能性として追求するものである。そしてそれは本能的な必然性をもって自己自らのうちから幾何学的抽象を生み出す」とある。こうした問題を、小林は紀行文である「エヂプトにて」（28・3）や「ピラミッドⅠ」（30・1）、「ピラミッドⅡ」（36・12）の中でも触れている。

（11）宋左近（『私の西欧美術ガイド』、新潮選書、昭和五十六年八月）。

（12）美術に関する対談には、坂口安吾との「伝統と反逆」（23・8）や三島由紀夫との「美のかたち」（32・1）がある。そして、物理学者の湯川秀樹との「人間の進歩について」（23・8）や、数学者の岡潔との「人間の建設」（40・10）という対談も為されている。

また『感想』の後半部分に現代物理学の問題が集約的に語られている。小林はデカルト以来の幾何学的精神の系譜には、深い関心を持っていた。（48回）で『意識の直接与件論』や『物質と記憶』が再度引かれ、「精神の持続と深い類似を持った或る種の持続が、又、物質の本性を成す」というベルクソンの考えが指摘される。そして（49回）から物理学の解説がされる。そこに説かれるニュートンの光の粒子説やホイヘンスの光は波であるという説は、『近代絵画』の「モネ」の中でも、そうした科学的知性が印象派の画家達に与えた影響の意味に関して触れられている。また、物理学における場の理論は、初期小林の心理小説論やドストエフスキイ論などにも援用される。

生成変化と恒常不変の関係において、いわゆる「プランクの常数」という画期的発見の意味が、（49回）（50回）（51回）に亘って説かれる。そして（52回）（53回）はアインシュタインの相対性理論に関するものである。相対性理論と量子論の間には、現象の客観的記述の可能と不可能をめぐるパラダイム転換がある。そして（54回）に「不確定性原理」の説明がされ、ハイゼンベルクの「量子論にあっては、人生において調和を求めるなら、生存の戯曲で、私達は俳優でもあるし、観客でもある事を、どんな時にも忘れてはならぬ」の言葉が引かれ、そこから（55回）にかけて小林はベルクソンに戻ろうとする。

（56回）に「私達の内部の深みに下りて行って見給え。接触するところが深ければ深いほど、私達を表面に突返す力も強くなるだろう。哲学的直観とは、この接触であり、哲学とは、この弾み（élan）である」という『哲学的直観』の言葉が引かれ、「哲学はユニテに到着するのではない。ユニテから身を起こすのだ」の言葉を最後に未完で終わる。ベルクソンの出発点は、世界の中に生きているという事実にあると、小林は言う。彼は現代物理学からベルクソンに戻る過程において、彼自身の場所に起ち返ることを迫られたように見える。

尚、本書『小林秀雄　創造と批評』は、雑誌『新潮』に連載された小林のベルクソン論のコピーを読みながら構想した。さらに別章を立て「物質と精神」というテーマで『感想』は検討している。

論文としては野町啓（「『感想』の感想――小林秀雄とベルクソンとプロティノス――」）、遠山敦（「『正しく考へる』ということ――小林秀雄における思想・常識・実生活」――）などの『季刊　日本思想史』45号（ぺりかん社、平成七年七月）に収録されたものがあり、熊野純彦（「〈蛍〉のゆくえ――小林秀雄のベルクソン論によせて――」特集・封印を解かれた小林秀雄、『文学界』、平成十四年九月）にも教示される点が多い。

# 第六章　学問と自得

## I　精神の〈自発〉性——近世儒学者の系譜

『新潮』の昭和三十三年五月号から三十八年六月号まで、小林の形而上学の源流である『感想』（「ベルクソン論」）が連載された。その所謂《祖述》の哲学は、著者の意向で、これまでの全集では読むことが出来なかった。だが、今回の発表年順に編集された第五次全集の別巻Ⅰに、『感想』が収録されたのは周知の所である。

ベルクソン論が連載された同時期に、「学問」（36・6）や「哲学」（38・1）「歴史」（38・5）などの題名を持つ、十五編程の近世儒学論が『文芸春秋』に掲載された。その後、これらの作品は手直しされ、『考えるヒント』として全集に収められる。一群の作品には近世を生きた儒学者の系譜が語られている。朱子学を批判した山鹿素行（1622−1685）、また陽明学派の中江藤樹（1608−1648）と、その弟子の熊沢蕃山（1619−1691）、そして垂加神道を創始した山崎闇斎（1618−1682）、とりわけ古義学の伊藤仁斎（1627−1705）や古文辞学の荻生徂徠（1666−1728）の思想が、人生の意味や学問の価値を問うという態度で展開されている。

文章の特質は哲学的散文の趣を持ち、昭和十七年から翌年にかけて発表された中世古典論に比べると分量も多く、作風は異なる。儒学論の叙述の流れは「学問は歴史に極まり候」（『徂徠先生答問書』上）と語った荻生徂徠論に収斂される。この第六章「学問と自得」では、そうした思想史の不可欠な水脈である伊藤仁斎論を中心に、小林の言うところの精神の〈自発〉性について検討してみよう。

（1）儒学への関心の移行

先ずは小林の関心が、近世日本の儒学という領域の対象に、移行していったことから概観してみよう。昭和二十九年三月に開始された『近代絵画』の連載は三十三年二月に終了し、その頃は美術論から学問論へという転機を迎えていた。そ三十四年五月に発表された「好き嫌い」という随筆が、後の大作『本居宣長』（40・6－51・12）を論じる端緒となっている。そこには伊藤仁斎という人間への関心が、宣長と同列に語られている。そして、そのことは小林の思想史における方法意識の発生を考えるにあたり、重要な意味を持っている。

儒学そのものに対する関心は、それ以前から見受けられる。例えば十五年十一月の「文学と自分」に「人焉ゾ廋《かく》サン哉」（「為政」）という孔子の言葉は引かれ、翌十六年四月の「匹夫不可奪志」にも、他者と関わる生きた経験主義の尊重を見いだせる。また二十七年一月の「中庸」という実践的知恵を語った作品の中味は、三十九年八月の「常識について」の後半部分（『中庸発揮』に言及）に発展する。この講演はトマス・ペインの『コモン・センス』やジェファーソンの『独立宣言』、福沢諭吉の『学問のすすめ』に関する話題に始まり、デカルト論（『方法序説』『情念論』『メディタシオン』）が中心である。そして結びで「中庸という古い言葉を、新しく考え直し、発見し直した最初の思想家」として伊藤仁斎に言及する。そこに展開された思想は、五年間に亘ったベルクソン哲学の《祖述》と、近世儒学論の実質的総括である。

「一つの遺書」にも称せられるベルクソン論と同時期に、日本の近世思想家論に取り掛かった精神生活には、その手続きの内に様々な想念が渦巻いている。そこには三十五年二月の「言葉」や、三十七年二月の「考えるという事」などで語られた本居宣長と共に、古義学者である伊藤仁斎という人間、またその思想営為への接近が、小林自身の思想営為に決定的な意味を持っている。小林の『本居宣長』は世間一般にも名高く、事実その生涯の文業の集大成であった。だが思想史の方法として、昭和三十年代の近世儒学論に仁斎を論じた時点で、その方法論的実行の方向性が定まっている。そして『本居宣長』の核心も、この仁斎の評価にあり、仁斎を読み解き、それを「哲学」という題で論じる時点で小林の方法論は、ある種の極まりを示している。後には近世日本の国学における対象の選択と、方法の実行的努力の問題が残された。その筆は、近世の思想家に随い、相互を行き交うが、そうした一連の作品群に、仁斎論をメルクマールに補助線を引いてみよう。

三十四年五月の「好き嫌い」（『童子門』下48『語孟字義』に言及）、三十六年六月の「学問」（『古学先生文集巻6』『同志会筆記』）、同年八月の「徂徠」（『童』上2『稿本仁斎先生文集』『防州の太守水野公を送るの序』）、同年十一月の「弁名」（『字義』）、三十七年四月の「ヒューマニズム」（『日札』）、翌年七月の「物」（『字義』）等々の作品に、仁斎の生活の脚注である人倫日用の学について言及されている。[1] 三十六年一月の「忠臣蔵Ⅰ」から三十八年七月の「物」、翌年六月の「道徳」という荻生徂徠論の前後に仁斎に関する言及があり、（「好き嫌い」（34・5）から「常識について」（39・8）まで）、個々の作品内容は相互に浸透している。三十八年一月の「哲学」（『童』）には、日本にソクラテスを紹介した西周などが引かれ、そこに仁斎は孔子の〈模倣〉者に準《なぞら》えられる。この作品が最も主要な仁斎論で、それ以降の徂徠論の伏線になっている。

近世について論じたものは、主に「考えるヒントⅡ」として収録されている。しかし、その「Ⅰ」にも「哲学とは『死の学び』である」というソクラテスの言葉と共に、孔子の「焉ぞ死を知らん」（「先進」）の言葉が引かれた「還暦」（37・8）がある。また同年十一月の、「福沢の教養の根底には、仁斎派の古学があ」り、「天は人の上に人を造らず、人の下に人を造らず」を言う時、福沢は仁斎の「人の外に道なく、道の外に人なし」を思っていたと語られる「天という言葉」（『童上9に言及）や「福沢諭吉」（37・6）などの作品も、近世儒学論の系列にある。

こうした一連の学問論には、小林がベルクソンに学んだ直観と分析的諸概念が縦横に駆使されている。ベルクソン論とは小林の哲学のレッスンで、儒学論が舞台上の演技であったと見ることも出来る。そして、その形而上学の《祖述》と、学問論との循環的な試みは、「人の一生」（「還暦」37・8）のヴィジョンを深化させていた。そこに探究されたのは、近世日本における生々化育の思想の歴史である。

『本居宣長』に匹敵する分量と、その質的難解さを持つベルクソン論をめぐって、様々な視点から研究が成されてきた。小林の思想営為におけるベルクソン論の占める位置の大きさを疑うことは出来ない。しかし当の小林自身が岡潔との『人間の建設』（40・10）と題される対談で、その失敗を語っている。さらに本人の意向で出版が禁じられてきた事情、また《祖述》というスタイルをめぐって、『感想』という長編作品に、奇妙な失敗作というレッテルが貼られることがある。(2)

だが、仮にそれが未完また失敗であったとしても、彼は、自らが親炙する哲学者の五年間に亘る連載に取り組んだ。そうした哲学の《祖述》という営為には、生活経験や実践道徳にとっても深い意味がある。昭和三十八年六月に『感想』（「ベルクソン論」）が終わり、翌々年の六月から『本居宣長』が始まる。その間の事情について饗庭孝男は、「近世の思想家群に対する小林秀雄の目配りと本居宣長への収斂をこの長大なベルクソン論が隠されたモーターとな」り、『感想』は、「原理的なものについての思考を錬磨し、日本近世の思想家にその具体的な表現のあかしをもたらした」と指摘する。(3)

『考えるヒント』という思想の手がかりは広く流布された。しかし古典と伝統を取り上げた近世儒学論の根源的意味は、未だ精細に辿り尽くされてはいない。ベルクソン論と同時期でもあり、またその具体的な中味が再構成された『本居宣長』の第七章から第十一章の内容とも重なり、昭和十七年の「無常という事」などの中世古典論ほど、トータルに研究対象とされることは少なかった。

　昭和三十年代の日本は高度成長期で、所謂、実用的価値が一世を風靡していた。その時代を生きながら、彼は近世儒学者の生々化育の思想を問題にし、反時代的に人間の象徴的価値の復権を呈示した。そこには人間とは何かという哲学や倫理学の根本問題が、「現在の自己の生の接触感」（「考えるという事」37・2）いわば自己の現存が、古《いにしへ》を拠り所にして語られている。一般的な集団意識に伴う硬直化された習慣性に対し、歴史的個性とでも言うべき個人意識を根拠に、精神の持続的な〈自発〉性が問題にされている。また、幾度も改編された近世学問論の連作は「『本居宣長』の序走」[4]であり、「思想史家としての小林秀雄」[5]の特質を考える上で重要な位置を占めている。閉塞的な近代主義の行き詰まりを打開する思想の系譜として、ここに再検討の必要がある。

　これら近世儒学論の大筋の展開は「徂徠」（36・8）、「弁名」（36・11）などの作品名から伺えるように荻生徂徠論である。それは「学問」（「忠臣蔵Ⅲ」36・6）を含めた四回のシリーズ「忠臣蔵Ⅰ」（36・1）から開始される。そこで小林は「討入事件も亦一種の精神的事件であり、その人々の思想に与えた甚大な影響は、光琳宗達などの比ではない」と指摘する。そして、その「Ⅱ」（36・3）の中で、人間的な思想史を展開することの難しさを次のように述べる。

　　社会の物的関係をモデルとして、思想史を考えようとする考え方が、置き忘れて来るのは、いつも思想の自発性である。イデオロギイとは文字どおり、観念の形態であって、その中身を空っぽにしなければ得られないものだ。（「忠臣蔵Ⅱ」36・3　全十二－241）

小林は、ここで発想者や体験者の心に深く隠れている思想の〈自発〉性に注意を向けている。そして、武士道の思想も、形式化し、思想としての命を失った所に求めても意味がないと説く。三十六年一月に発表された「忠臣蔵Ⅰ」では、「風さそふ花よりもなほ我はまた春の名残を如何にとかせん」の辞世を詠んだ浅野内匠頭自身に起こった心の劇が主題とされる。所謂、浅野内匠頭は辞世などは詠まなかったというような実証主義より、死に臨んで、やはり辞世は詠まれたという「心的な或る史実の伝説」の方が確かな事柄である。まず内匠頭に、そして大石内蔵助の心に劇が起こらなければ何も始まらず、真の歴史とは、一個の人間内面から辿らなければならないのである。また「忠臣蔵Ⅱ」（36・3）では、内匠頭に最も同情した大石内蔵助の復讐の情念の意味が、シェークスピアの『ハムレット』などと比較され語られる。

日本近世の武士道とは、彼らが自らの思い出を賭けた発明品で、それは現実上の心の戦いであった。その不自然な苦しみを意識化した所に、正に人間の思想があり、そうした義務や矛盾が、もはや自然児ならざる彼らに如何に経験されたかを努めて想像してみる必要がある。小林によれば人間の思想の裸の姿とは、自然の性情に逆らわなければ生きて行けなかった、意識の発生の直接事実の経験のことである。彼は思想の手本を物的関係や集団的意識にではなく、個人的意識の〈自発〉性に措定している。〈自発〉性を中心的テーマにするとは、個の内的な動機の側に自らも立ち、こちらの精神が対象化しきれない、相手の精神の内発的動きをも、直かに見ようとすることである。精神が精神を見ることを小林は直観と言う。それは連作の中で「直知」と呼ばれ、対象化を殊とする「理」的認識とは明らかに異なる。この「直知」する精神は、習慣的秩序の観察や客観的分析よりも、いわば「人格的秩序」（「道徳」39・6）の実現を志向しているからである。

## （2）精神的同一性

この時代、行動人から知識人に移行した武士に、言葉を供給したのは儒学であった。小林は近世儒学の系譜を辿りながらも、朱子学の分析は関知する所ではなかった。むしろ「学問」（36・6）の中で、当時の官学を批判した制外者的な文人である山鹿素行の自伝（『配所残筆』延宝第三卯）の「信耳而不信目、棄近而取遠候事、不及是非、学者之痛病候」の部分に触れ、近くを取るような心の工夫である「心眼」「心法」について語っている。近世の儒学思想には多様性や複合性の側面があるが、小林が注目するのは彼らに一貫した本の読みの深さである。そこに敢えて先駆者を見るような態度は避けている。

また思想史を、社会理論の構造に見合った意匠として解釈するのは、現代の悪しき習慣とされる。彼の批評原理は〈宿命〉の人間学を根幹とするが、この「還暦」（37・8）の時期には「天命」という言葉の倫理的意味が問い直されている。思想の歴史は、社会の衣替えとは決定的に異なるからである。

日本陽明学の開祖で、熱心な理想主義者であった中江藤樹の直弟子、熊沢蕃山の『集義和書』（巻第九）に「外により人によるは、志の実ならざる故か。己がためにするの工夫は、いかが受用し侍るべきや」の問いに、「天地の間に、己れ一人生きて有ると思うべし。天を師とし、神明を友として見る時、外・人によるの心なし。かくのごとくなれば、内固して奪ふべからず。外和してとがむべからず」（「義論之二」138）の答えがある。そうした「天地の間に、己れ一人生きて有ると思うべし」という学問態度は、連作に豪傑の初心あるいは「人格的初心」（「道徳」39・6）として繰り返し指摘される。彼らの初心とは、新鮮で驚嘆すべき個体性の自覚である。それは古義学の伊藤仁斎を経て、自然的秩序と拮抗しながら、人格的秩序として、古文辞学の荻生徂徠に至って成熟を果たした。そうした心意気は、現代を生きる私達には「人倫の内に、己れ一人生きて有ると思うべし」（「ヒューマニズム」37・4）と読み取られるべきと言われる。そして、藩山の「書を見ずして心法を練ること三年なり」（「外書巻六」）という「心眼」「心法」の位相は、「忠臣蔵Ⅱ」（36・3）に語られる大石内蔵助やハムレット等の復讐の情念とも同定される。

　こうした精神的事実の同一性は、「常識について」（39・8）で語られる「どんなものでも、疑わしいと思えば疑わしいから、自分は出来るだけ疑ってみた末、疑えないたった一つの事は、自分が疑っているという事だと知った」（方法的懐疑）という、「追い詰められた自分の異様な孤独の味わい」（忍耐）であるコギトに近似する何ものかである。小林はデカルトに関し、「精神力の自発性さえ摑み直せば、形而上学も自然学も倫理学も、彼には一と手に引き受ける事が出来た」と述べる。この批評的知性はデカルトを近代的自我の発見者あるいは合理主義者という所で概括せずに、精神の〈自発〉性を体得した典型的思想家として見ていた。近世儒学論に登場する思想家達が、まるで「小林の自画像」(6)のようであるとは、つとに指摘されている。しかし彼は異様な個人の内面性を問題にしながら、むしろ人間として共通の生活図を浮き彫りにしている。その内的経験の持続から編み出される近世儒学者の人間像は、生き生きとした趣をもって来る。

　これらの人間の系譜から、若い頃に白骨観法なども修したが、飽くまでも書に固執する方法をとった古義学者の伊藤仁斎が語られてくる。(7)丸山真男は仁斎に関して、「彼の実践的意欲は単に倫理を自然から解放せしめるのみでは満足しない。進んで儒教倫理の理論的構成の内部に立入って、之を理想主義的に純化せんとする」（「第二節　朱子学的思惟様式とその解体」）と説く。だが「道学者の典型の様に言はれる仁斎においてわれわれは、屢《しばしば》と『苟も礼儀の以て之を裁く有れば、情は即ち是れ道、欲は即ち是れ義、何の悪しきことか之有らん』（「童子問巻之中」）といふ如き、素行における同じ様な『情欲』に対する寛容を見出す」（「同右」）こともできる。丸山は素行や仁斎を徂徠の前座役のように位置づけたが、孔子を「最上至極宇宙第一聖人」と呼称し、古《いにしへ》を拠りどころとした仁斎の学問態度は、小林秀雄の近世儒学論の全体を通じての水脈である。その端緒は「好き嫌い」（34・5）の随筆からで、次にそこに提出された問題を検討してみよう。

## II 「学んで知る」と「思って得る」

この「好き嫌い」という作品の中で、小林は、伊藤仁斎のことを本居宣長と「よく似た所のある学者」と並列させる。二人は儒学と国学という別の道を進み人柄も違う。だが、「美しいものに対する非常に鋭敏な心、日本人の血脈は争えぬといったもの」が、二人の間にあると言う。丸山も「われ人ともに醇儒として許す伊藤仁斎と徹底した反儒教主義者の宣長と――その立場の隔絶にも拘わらず之を朱子学的思惟の分解過程から見るとき両者の距離は決して表見ほど遠いものではない」（「前出」）と指摘する。「血脈」とは「聖賢の教を貫く一すじの路」のことで、「孔孟の『血脈』を識らざる者は、猶を船の柁無」（『字義』）きが如しである。「道はなお路のごとし」（『字義』天道1）で、「本来自ら有る物」（『童』上14）である「道は、教えを介してはじめてわれわれの知るところ[8]」となる。小林は、愛することが即ち知ることであったような学問的手本を、仁斎と宣長に発見し、この二人に教えられている内的経験を語っている。そこには「好き嫌い」の題名が示すように、歴史の客観的枠組みよりも、彼の学問の嗜好性が表明されている。

だが、そこには単なる趣味として片付けられない何ものかがある。例えば昭和四年の「様々なる意匠」に「生き生きとした嗜好なくして、いかにして潑剌たる尺度を持ちえよう」と言われた問題である。あらかじめ用意された尺度を持って批評するのではなく、直接経験において〈宿命〉的に出会ったものに対する嗜好の価値を活かし、同時に生き生きとした尺度を持ち続ける態度に直結するからである。仁斎の「血脈に合して後意味知る可く、文勢を得て後義理を弁ずべし」（『日札』）とは、ベルクソンの直観的分析と同じ発想である。それは「批評とはついに己の夢を懐疑的に語ることではないのか！」（「様々なる意匠」）という批評態度そのものなのである。「嫌悪は何等批判の形をとらず、渇望は理想の明らかな姿を描かない」（「ランボーIII」22・3）ありように別れを告げ、「私達の現存が、歴史的なものだという自覚」（「天という言葉」37・11）で近世儒学論に取り組む批評的知性にとっても、やはり表現の動機の原点は「自己の生との接触点」（「考えるという事」37・2）にあった。その生きているが故の嗜好性は、一方で営まれる形而上学（「ベルクソン論」）と不即不離の循環構造を持つことで、豊かな「理想」（夢＝全体的直観）と、時代の鋭い「批判」（懐疑＝分析）の力になっている。

（1）語脈の感知

『論語』に「学んで思はざれば則ち罔し。思ひて学ばざれば則ち殆し」（「為政」）の言葉がある。そこには学問の価値に関する汲み尽くせない意味があり、小林も近世儒学者で、この問題と取り組んでいる。「好き嫌い」（34・5）の随筆は、「仁斎を論ずる資格が、私にあるとも思われない」という保留附きである。それは恐らく小林の自己凝視によるものだが、「文学には、文学の独立の価値がある」という仁斎の考え方に焦点が絞られ、所謂「好き嫌い」の価値を内部に覚醒させようとしている。中でも『語孟字義』にある「総論四経」の「学んで知ること」と「思って得るもの」の差異に関する論点は連作を貫いている。そのテーマは学問と自得の方法であり、その原文を次に挙げてみよう。

六経を読むと論孟を読むと、その法自ら別なり。論語・孟子は、義理を説く者也。詩・書・易・春秋は、義理を説かずして、義理自ら有る者なり。義理を説く者は、学んで之を知る可し。義理自ら有る者は、須らく思ふて之を得べし。学んで之を知る可き者は、顕して之を示す也。須らく思ふて之を得べき者は、含蓄露れざる者なり。（中略）「論語・孟子既に治まるときは、則ち六経治めずして自ら明らかなり」と。此の言亦六経を読む者の当に先ず識るべき所也。

こうした「総論四経」の部分を、小林は極めて独自的に次のように言う。

話が「詩」から「春秋」に移ると、こういう意見を述べている。これは、乱世の歴史に託して、道を説いた書とはいうものの、孟子が看破した様に、我を知るものはただ『春秋』か、我を罪する者はただ『春秋』か、といった作者自身の切実な気持ちが感知出来なければ、何にもならない。こういう義理を説かず含蓄して露わさぬ書は、学んで知ることは出来ぬ。思って得るものだ。当節の学者達は、道理あるの道理あるを知って、道理を説かざるも亦道理なるを知らぬ。鄙しい哉、と腹を立てている。（「好き嫌い」34・5　全十二－34）

小林の発言には「六経」あるいは「詩・書・易・春秋」という原文の区々の語句に捕われず、むしろ『語孟字義』の大きな流れ（「春秋」↓「総論四経」↓「大学は孔子の遺書に非ざるの弁」）に即した、付かず離れずの論理影像がある。そして論点は『春秋』という歴史の書物に絞られている。その眼目は「義理を説かず含蓄して露わさぬ書」（『春秋』）、いわば歴史とは「学んで知ることは出来ぬ。思って得るものだ」の真意にある。「義理」とは道理のことであり、小林の文脈には「学者唯道理を説くの道理有ることを知って、道理を説かざるも亦道理有ることを知らず。鄙いかな」（『童』下5）

が挿入されている。それは「作者自身の切実な気持ち」を感得する「総論四経」の読みの呈示であり、何事かに立腹している仁斎の顔を指摘している。

この「義理を説かず含蓄して露わさぬ書は、学んで知ることは出来ぬ。思って得るものだ」という小林の論点には、「字義」の逐語的意味よりも、「語脈」(血脈)を重視する理解がある。それは「先ず、語脈の動きが、一挙に捉えられてこそ、区々の字義の正しい分析も可能なのだ」(「学問」36・6)という方法論の実行である。

木村英一氏は『語孟字義』の「総論四経」にある「義理を説く者は、学んで之を知る可し。義理自ら有る者は、須らく思ふて之を得べし。学んで之を知る可き者は、顕して之を示す也。須らく思ふて之を得べき者は、含蓄露れざる者なり」を逐語的に、「道理を説明する書は、勉強して理解するがよい。道理が自然に備わっている書は思索して体得することが必要だ。勉強して理解するのがよい書は、明らかに道理を示すものだ。思索して体得するのが必要な書は、道理をうちに含んで外に現れていないものだ」と口語訳し、原文の「自ら」の全てに「おのずから」のルビを付けている。「勉強して理解」(学んで之を知る)と「思索して体得」(思ふて之を得)という分析概念を用いることで、「総論四経」の論旨が図式化される。だが逐語訳に固執する故に、かえって原文の生きた感覚が伝わり難い。また逆に、原文に対する小林の感知の発想は、生きた思想理解の鉄則であるが、その論理の飛躍は余りに速く、簡潔に過ぎる。

「六経を読むと論孟を読むと、その法自ら別なり」の部分の「自ら」は「おのずから」(己っ柄)の意味である。人はそれぞれ資質も段階も異なる存在だからである。そして仁斎は「六経」(主として『春秋』)と「論孟」の読みの方法は異なっても、その眺め方とでも言うものを原理的に峻別しているのではない。そうでないと結びの「論語・孟子既に治まるときは、則ち六経治めずして自ら明らかなり」という「論孟」が自得された場合の読みの卓越性との照合が成立してこない。結語の「自ら」は、むしろ「みずから」（身っから）と読むべきであろう。全体は、主体的な本の読みの深さの移行を説くところの活き動く論理である。

「論語孟子は義理を説く者」であるが「詩・書・易・春秋は、義理を説かずして、義理自ら有る者」である。「四経」（『春秋』）の道理は企図的に説かれたものではない。しかし、確かにそれは内在され、読み手にとって『春秋』に説かれている道理との出会いは可能である。従って「語孟二書」だけでなく、諸家の書を広く探り、求めて行かなくてはならない。そして、「至誠至到の理」（『童』下2）を得て、「義理自ら有る者」いわば主体的に「四経」（『春秋』）に内在された実理と出合い、それを感知している者には「須らく思ふて之を得」ることが出来る。

問題の中心は、「義理を説く者は、学んで之を知る可し。義理自ら有る者は、須らく思ふて之を得べし」（「総論四経」）の「義理自ら有る者」の解釈にある。仁斎には、「論孟」と「四経」という書物の話をするにあたり、主体的自覚的に学び思う所の生きた人間が想定されている。それ故に、この「自ら」は「おのずから」（己っ柄）とも「みずから」（身っから）とも包括的両義的に柔軟に読み取らなければならない。いわば無作為的作為の逆説的技術で、うらやかに対自的に眺める必要がある。

（2）習慣と〈自発〉の意味

野崎守英氏は「『おのずから』なる何かの発現を想定する人の発想」には、「自分の側からの探求をする運動のうちにその運動そのものを成り立たせている何ものかが発現してくるという論理の立て方が潜在している」[9]と、その『おのずから』のパラドックスを語っている。自分の側から探求する運動とは、端的に小林の〈自発〉性のことと言ってもよい。

しかし、それは運動自体を成立させている何ものかとの二元論的対立でも、安易な一元論に還元出来るものでもない。「総論四経」冒頭の「六経を読むと論孟を読むと、その法自から別なり」を図式的二元論の分割として捉えると、この「四経」の活き動く論理が見えにくくなる。何よりも結語の「論語・孟子既に治まるときは、則ち六経治めずして自ら明らかなり」という「論孟」が自得された場合の、本の読みの深さの卓越性が考慮されなければならない。そうすれば仁斎の「学んで之を知る可き者は、顕して之を示す也。須らく思ふて之を得べき者は、含蓄露れざる者なり」の言い方には、「語孟二書」の概念的図式を学ぶことだけに硬直し、乃至は「諸書」の知覚的イメージを思うことだけに頽落する者に対して、腹を立てている仁斎の顔が見えてくる。仁斎にとって含蓄なき知を、殊さら露わに示す習慣は否定的なことなのである。

何よりも仁斎は、この部分で『春秋』などに触れながら、ベクトルは柔軟に「語孟二書」のテキストを語ろうとしている。「語孟二書」は、その言葉の分脈をなぞりながら、習慣的に学んで知る必要がある。しかし「諸書」（六経）同様に、〈自発〉的に感知すべきものである。「語孟二書」を「学ンデ知ル」だけの者は「理」の言挙げに騒々しく、「諸書」を「思ッテ得ル」だけの者は語ることに含蓄が不足する。小林の言う習慣と〈自発〉の概念は、両義性を持った相反両立の概念である。習慣とは自然の反映であり、〈自発〉とは意識の迸《ほとばし》りのことであるが、どちらも微妙に両義性を持ち、それが小林には生きた概念として使用されている。

「六経は画の如し、語孟は画法の如し」（「総論四経」）であるが、小林によれば、仁斎にとっては「語孟も見て見飽きぬ画」（「弁名」36・11）のようなものである。仁斎の「思って得る」という言葉の真意は、如何に「無私」を獲得しようか思案する倫理的な態度のことで、それは審美的性質にも直結する。そうした倫理的審美体験の表現は、任意な解釈に左右されず、黙って忍耐強く見守っているものに、その真意を少しずつ明かしてくる。徂徠の「読むともなく見るともなく、ただうつらうつらと見居候内」に「経学とは、かくの如きもの」と悟ったという話にも、仁斎同様の審美的性質がある。こうした小林の審美感と倫理感の相互浸透は、自然と自己の関係構造の問題枠にある。それは初期の頃から「美神」と〈宿命〉の概念の緊密な交流において行われる持続的な発想である。

また「好き嫌い」(34・5)という随筆で語られた「義理を説かず含蓄して露わさぬ書は、学んで知ることは出来ぬ。思って得るものだ」という見解には、「解釈を拒絶して動じない物だけが美しい」という昭和十七年六月の「無常という事」以来のテーマが響き合っている。この近世儒学論では三十八年一月に発表された「哲学」という仁斎論で、「思って得るところが、果たして学んで知る形式を取り得るかどうか」と仁斎の根本的悩みとして、その主題が再度、徹底的に問われている。小林は何よりも孔子自身に、そうした悩みがあったと言う。

この批評的知性は美的生活者や神秘主義者としては概括できない。ここで彼は「実徳」「実知」という倫理学に切実な問題を、人間の審美的経験と相即的に問いかけている。「思って得るところ」の中味とは、個人の内面的な経験世界に時間をかけて蓄積される。それは時熟を不可欠とするものを、他の人々と一緒に「学んで知る形式」で如何に共有出来るのかという問題である。仁斎には「人己を合わせてこれと一にすること」(『字義』忠恕5)は極めて困難で、何よりも「誠の尽くし難きことを知る」が故に「忠信をもって主」(『字義』忠信3)とする考えがある。「人とわれと毎に隔阻胡越」(『字義』忠恕1)であるが、「忠信に生きる時に、自他隔阻の次元を越え出て仁に由るにいたる[10]」という仁斎の思想を、小林は「精神の高貴性」(「哲学」38・1)と称し、それを熱烈な想像力で再現している。小林は、むしろ習慣という概念を、現代知性が忘我を代償に実用的価値に奔走し、そこに硬直しながら埋没してしまう意味で使用する。そして、それは人間生活の習慣性そのものを否定しているのではない。

「好き嫌いの心の働きの価値」とは、たしかに誤解を生み易い。しかし、それは「意想造作」「懸空臆想」「私知」ではなく、死んだ図式では捉えられない「こころの味」とでも言うべきものに連続する。いわば「好色」にも似た「好学」では、形のない意味や道理から入るのではなく、「文勢と血脈とが合一したスタイル」から、自然と意味が生じて来るのを忍耐強く待たねばならない。

小林には、そうした学問態度は近世日本において仁斎と宣長に発見される。宣長は、孔子がもし『源氏物語』を知っていたら、きっと『六経』に加えたであろうと語った。そこには「美しいものに対する非常に鋭敏な心、日本人の血脈は争えぬといったもの」があった。仁斎の「血脈」とは「孔子から孟子へと伝えられている聖賢学問の本質的な筋道であり、その言行を貫く思想の文脈[1]」で、その「血脈」という言葉の使い方には生きた意味の振幅がある。そして美に対する鋭敏な心を持った、仁斎の「語孟二書」の「熟読玩味」の体験とは、次のようなものである。

学者苟も此の二書を取て、沈潜反復、優游饜飫、之を口にして絶たず、之を手にして釈かず、立つときは則ち其の前に参なるを見、輿に在るときは則ち其の衡に椅《よ》るを見、それを承くるが如く、その肺腑を見るが如く、手の舞ひ、足の之を踏むところを知らず、夫れ然る後に能く孔孟の血脈を知り得て、衆言淆乱の為に之惑はされず。（『字義』「大学は孔子の遺書に非ざるの弁」）

「学問」(36・6)や「物」(38・7)などの随筆で、この「手の舞ひ、足の之を踏むところを知らず」という仁斎の表現を、小林は「信頼する人間と交わる楽しみ」と把握し、その言語感覚から「無私な喜び」を抽出している。彼によれば率直な仁斎の「体験の告白」（「物」）になるが、「修飾過剰を思わせる言葉[12]」という見方もある。しかし、ボードレール的に倫理的な抽象世界が、美的な実質世界と交感し、言語的意味が、感覚的形態を獲得するという発想を抱く小林には、審美的意味合いを含む所の、人間的な経験主義として理解されている。山崎闇斎に関しても、その高弟であった佐藤直方の「其の家に到り、戸に入る毎に、心緒惴々として、獄に下るが如く、退いて戸を出るに及んで、則ち大息して虎口を脱するに似たり」（『先達遺事』）の言葉を、パラドキシカルに「学問をする喜びの証言」（「ヒューマニズム」37・4）としている。そこには、いわば小林の心眼による理解がある。こうした傾向は、言語の本質論として、連作の流れでは「言葉」（「姿は似せ難く、意は似せ易し」本居宣長論35・2）や「弁名」（「意味不明の碑文」荻生徂徠論36・11）の中で、さらに深く展開されている。「歴史」（「太初に言葉あり」荻生徂徠論38・5）では、『聖書』の言葉をめぐる根源的問題が提出されるが、その端緒は以上のように伊藤仁斎論にある。

## III 「哲学」の源流

### (1) 格物致知について

一連の近世儒学論は意識的に構成されたものではない。だが、その全体像は、「飛耳長目」に「見聞広く事実に行わたり候を学問と中事に候故、学問は歴史に極まり候事に候」（『徂徠先生答問書』）と語った荻生徂徠論の試みである。連作の大筋は「徂徠」（36・8）の「世は言を載せて遷り、言は道を載せて遷る、道の明かならざる、もとより之に由る」（『学則』二）の言葉の真意を辿るという形に成っている。徂徠の学問方法を現代の思想状況と照合して語る筋が（「弁名」36・11）ベルクソン・

ユングに言及、「天命を知るとは」38・3フロイト、「歴史」38・5ニュートン、アインシュタイン、「道徳」39・6デュルケーム）、連作の醍醐味と言える。徂徠の『弁名』に「物」を「習フコトノ熟シテ、シカルノチ我ガ有トナル、我ガ有トナラバ、スナハチ思ハズシテ得、勉メズシテ中ル」（下「物一則」）とある。小林は、そうした徂徠の「物ハ教ヘノ条件ナリ」の「物」を、歴史のことと指摘し、「格物致知」の思想を次の様に説明している。

物が来るのに出会いながら、物を得ず理しか得られぬとは、まことに詰まらぬ話だ、とするのが徂徠の考えだ。物来る時は、全経験を挙げてこれに応じ、これを習い、これに熟し、「我ガ有ト成セバ、思ハズシテ得ルナリ」という考えだ。（「弁名」36・11　全十二―262）

ここには先に言及した「義理を説かず含蓄して露わさぬ書は、学んで知ることは出来ぬ。思って得るもの」（「好き嫌い」）ということの発展形態がある。しかし、仁斎の古義学の「血脈」を踏まえなければ、徂徠の古文辞学の中味は了解し難い。その歴史社会的な発展過程の不可欠な前提として、伊藤仁斎という人間を位置づけている。徂徠の言葉に「学の道は倣傚を本と為す。故に孟子曰く、『尭の服を服し、尭の言を誦し、尭の行いを行ふ、是れ尭のみ』と」（「堀景山に答ふ」）がある。ここには「倣傚」（模倣）の積極的な意味が語られているが、小林の学問と自得の方法も、そうした荻生徂徠の「懐にもぐり込んでみたいという道」（「哲学」38・1）であった。[13] 仁斎理解も基本的には、その地平から行われている。「好き嫌い」（34・5）の随筆から一貫して問題にされた事柄であるが、仁斎の学問態度について、「哲学」に次のように語られる。

仁斎に言わせれば、学問の道は、学ンデ知ルところにはなく、自ら、思ッテ得ルところにあった。これは、私学の祖、藤樹の初心であり、学問が普及するようになって、初心を忘れない豪傑は、仁斎唯一人と徂徠は考えたのであるが、この初心に関する精しい反省が、異端の道を開くに至ったと言っていい。（「哲学」38・1　全十二―390）

仁斎の学問の特質は、孔子という人間の発見にあり、その摑み方には、全くオリジナルなものがあった。引用した部分の「自ら、思ッテ得ル」の「自ら」は、「みずから」と読むべきである。中江藤樹の初心とは天下の不幸によって培われた、自分一人の実力に頼る覚悟であった。そして熊沢蕃山の「今時はやる俗儒は、書物を読みて読まざるにひとしく、「己れ一人生きて有るなり」という豪傑の心意気は、学者の使命感や責任感である。そうした感受性は、仁斎や徂徠の精神に確実に継承されていった。小林は連作の結びでは、荻生徂徠を「初心忘るべからず、それが徂徠という思想家のやったこと」（「道徳」39・6）と述べる。「学は寧ろ諸子百家曲芸の士と為るも、道学先生と為るを願はず」（「学則」）であり、丸山真男は「性は変ずべからず移すべしとなして個性（徳）の伸張を説いた彼の人生論はここに実践化されて蘐園門下には各様の芸能秀でた俊才が群がり集って百家撩乱の観を示した」（前出「第三節　徂徠学の特質」）と解説する。

また仁斎の「思ふ」とは「疑う」という意味であった。「積疑の至り、融釈開明、自然に之を得て、一も思慮安排強探力索して得る者なし」（『中』60）であり、先ず自ら問いを重ね、「積疑」の努力の内に、「反求」して「実徳」「実知」に至るのが仁斎の方法である。「反求」とは『孟子』に「行うて得ざること有るものは、皆諸を己に反求せよ」とある。「思ッ得ざることがある時は、それは自己の到らなさ以外の何ものでもない。そこに責められるのは常に自己自身である。「思ッテ得ル」とは、主体的自覚的な学者の生きる態度のことで、彼らのそうした〈自発〉的精神は異端とされた。だが、それは、かえって悪しき習慣に抗し、近世の藤樹・蕃山・仁斎・徂徠という個性的な思想家に自得された。その精神の自律の連続性について、小林は次のように述べている。

一口に儒学の伝統と言っても、面倒なものだと思う。伝統の流れは、習慣の流れに添うて流れるものではないとも考えられるからだ。伝統は、自然に在るのではない。発見する者の意識にしか無い。現在の自己を全的に知ろうと努める人の意識にしか甦りはしない。そんな風にも考えられるからである。(「哲学」38・1 全十二―389)

この発言は、西周が病気で寝込んでいる時に、当時、異端とされていた徂徠の書を読み、覚醒したという事を受けている。小林は、現在の自己を知ろうと努力する人の意識にしか、伝統は発見出来ないと言う。過去の出来事は、現在の生との接触感に生きられていても、自我が習慣に埋没している限り、秩序感覚としての過去は無意識に沈んだままなのである。主体的自覚的な態度が仁斎等の学問の特質である。そうした〈自発〉的個性は、硬直化された習慣を、意識的に活性化させた。

個人的な意識と習慣的なるものとは、この自己の現存を動機とする表現者の立場からは対立関係にある。現在の自己を全的に知ろうと努めるほど、伝統の流れならざる習慣の流れは、自己の現存の意味と矛盾してくるからである。こうした自然から逸れた不幸なる意識には、もはや頽落した自然的秩序の反映でしかない習慣の流れを、そのまま受け入れることは出来ない。だがしかし、その明確な対峙の意識から、発展的な共存の道を模索することが始まる。

仁斎の「宜しく砂を披いて金を簡《えら》ぶが如くなるべし。左汰右汰、悉く塵沙を棄て去るときは、斯に真金を得」（『童』下2）るという「沙を淘して金を拾う」仕事とは、「述べて作せず」「信じて古を好む」「我より古を作せず」（『童』下51）等と語られる深信古人に拠るものである。小林は仁斎の学問態度を「孔子という金の何たるかは、積疑の裡に直知されていた」と述べる。この「直知」という概念は、近世儒学論の流れに頻出するもので、擬科学主義的に対象化する所謂客観的分析知ではない。「それ理なる者は事物にみな是あり。故に理なる者は繊細なる者なり」（『弁名』下、理気人欲）である。

そして、「見るところ大なれば、小を遺さず」ではあっても、「細を合して大を成す」ことは不可能である。大を見る事が事実の「直知」で、それは生き物が生き動く物の生命を本質的に感知する直観的認識である。それは自他の断絶を鋭く意識しつつも、自他の間に何らかの橋を架けようと努める。そして、この意識は内密的な信を拠りどころとし、伝統の流れに身を投じながら、狂信や軽信に陥りがちな集団的意識を拒絶する。

（2）深い意味での孔子の〈模倣〉者

小林は随所に「驚嘆」の経験を語っている。例えば第三章の「古典と批評」にも触れた、中世古典論の「当麻」（17・4）にある、「自分は信じているのかな、世阿弥という人物を、世阿弥という詩魂を。突然浮かんだこの考えは、僕を驚かした」などである。彼の信と疑、あるいは知の問題を考える上で、この「驚嘆」の経験は決定的に重要である。それは自己が自己に衝突するような直接経験の「驚嘆」であるが故に、対象を深く信じられるのである。小林は仁斎が『論語』の「平易近情、意味親切」に「驚嘆」し、自らの稿本の巻頭に「最上至極宇宙第一書」と消しては書いたのは、まことに面白い話であると「好き嫌い」や「弁名」に述べている。仁斎は、自ら問う「長年の積疑」を不可欠の過程とし、それ故に

『論語』の「こころの味」に「驚嘆」出来た。

「模倣とは信頼する事」（「金閣焼亡」25・9）であり、小林の批評における対象の〈模倣〉再現には、直接経験を根幹とする「無私な驚嘆」に感発する所の、対象自体への信が必要条件になっている。それは、「具体的かつ構成的な本質呈示」（『芸術の哲学』渡辺二郎）にも近似し、単なる物学ではなく、対象の本質を見抜くという意味を持つ。こうした小林の態度には、一時的狂信に抵抗する、むしろ自己否定の契機により確実に出会ったものに対する沈着な信念がある。それは取り澄ました客観的態度ではなく、相手の身になって考える積極的な想像力が成せる業である。あるいは「同情や愛情や尊敬や共感」（「歴史と文学」16・3）によって主体的に相手を摑む一貫した批評態度なのである。そうした対象は彼の精神内部で対自化される。小林は仁斎を次の様に把握している。

> 彼の学問は、今日使われている意味での、実用主義も経験主義もないので、彼がひたすら伝えたかったのは精神の高貴性にあったのだが、これを明白端的に説く術はなかった。
>
> その点で、彼は、孔子の研究家とは言えない。むしろ深い意味での孔子の模倣者なのである。（「哲学」38・1　全十二—394）

「模倣者」とは一般的にはエピゴーネンとして軽く見られている。それは〈模倣〉という行為が、表面的技巧に止まることが多いからである。しかし小林は、深い意味での対象の〈模倣〉者という存在を考えている。仁斎は孔子の《祖述》の意味を説いた思想家である。〈模倣〉とは、物学に近い概念で、真似すべき対象は自己の外部にあり、それを会得するための、こちら側の訓練と実習は必須事項である。その〈模倣〉再現は演技する精神を根幹とする。また《祖述》とは、究極的に立教を目的とし、無作為的に自己が全的に対象に没入し、「己を無にして虚心に対象に向かって対象の真実を捉えよう」[14]とすることである。それは浅薄な書き写しとは無縁であり、この営為が為されるには、逆に自己が歴史的な現存であることが強く意識されていなければならない。それはアリストテレスにおいてミメーシスが単なる物学ではなく、人間の生の普遍的な真実というものを「具体的かつ構成的に本質呈示」（前出『芸術の哲学』）する働きとして意味づけられたこととも関連する。小林は仁斎に無作為的作為性の態度を見ている。無作為的態度の〈模倣〉に徹した者のみが、真の《祖述》の役割を果たし得るからである。そして〈模倣〉者と《祖述》者とは、対象を学び倣うという態度の側面で、同定される。吉本隆明は、小林の儒学論と同時代に、「丸山真男は、江戸初期における朱子学の解体する道行きを、根本的には、『規範と自然の連続的構成の分解過程』としてとらえている。しかし、この過程は、思想の移植性や祖述性の解体過程でもあった」（『丸山真男論』38・4）と指摘した。次に仁斎に即して、そうした《祖述》性の意味について検討してみよう。

孔子は尭舜の時代前後の「邪説暴行」を退け、尭舜を選択し《祖述》した。「邪説暴行」を取らず、信じた対象を《祖述》することは、孔子が「独り」「明」を持って成した主体的自覚的な決断である。このことは孔子にオリジナリティーが欠落し、徳を持って事業を成した尭舜に劣るのではない。そのことを孟子は「夫子、尭舜に賢れること遠し」と語った。孔子は「高く天下の上に出づるの明有って、能く天下の見ざる所を燭らす」（『童』下51）が故に尭舜を《祖述》した。仁斎も孟子同様に「其の伏羲・神農・黄帝を取ず、又少昊・高辛を列せず、独り尭舜を祖述す、是れ夫子の独りする所にして、尭舜と雖ども亦及ばざる所なり」（『童』下51）と論じた。

しかし「何故祖述なのか、また何故それが特に尭舜なのか」の論拠が、仁斎に明快でない[15]。彼は「其の之を祖述する者は、是れ自ら之を祖述するなり」あるいは「祖述すべきものを祖述」（『中』下）と、《祖述》の概念をトートロジーで説くからである。「何故それが特に尭舜なのか」は、仁斎には、「藉令ひ尭舜に非ずとも、若し能く中庸の極に造て、以て万世に師表たるに足れる者有らば、夫子亦必ず之を祖述せん。何ぞ必ずしも尭舜のみならんや」と否定され、所謂「万世に師表たる」者の《祖述》であれば、その対象は「必ずしも尭舜のみ」でなくても良かった。ただ、「中庸の極みに造って、万世の標準為るべき者は、唯尭舜のみ」（『童子問』下51）であるように、「中庸の極み」「万世の標準」性が、主導的な「何故祖述なのか」の理由である。仁斎は孔子の「独り」立教し得た歴史的現存の、そうした中庸という標準性の主体的選択の決断に、真の人間的〈自発〉性を見ている。

一人緊迫した取捨選択を成す現存性と、標準としての《祖述》という自己を捨てるような対象への没入とは、孔子の精神内部で烈しく衝突するはずである。しかし孔子は現存の分裂的危機にもかかわらず、いわば中庸を志し、尭舜との出合いを《祖述》という営為によって統一しようとした。そうした想像力が描く歴史的光景は仁斎にとって極めて鮮烈なものであった。しかし、それは「宇宙天地の時間的空間的無窮性」に関わる「底のない深淵性[16]」に通底する。その影像は日常の外部の、不可知なものに接触することであった。それ故に、仁斎は「何故祖述なのか、また何故それが特に尭舜なのか」の問いを「積極的にエポケー[17]」している。それは「これを知るをこれを知るとなし、知らざるを知らずとなせ」（「為政」）という孔子の態度に直かに倣うからである。

現実とは時々刻々に生成変化し、何を以て標準とするのかは、いつ如何なる場合でも難しい。それは決して安易な折衷主義では片付かないからである。そして小林は、古人の教えの自得を介しなければ、決して真実に達せられないと考えた仁斎という儒学者を、「深い意味での孔子の模倣者」という微妙な言い方で把握する。伊藤仁斎は古義学者であるが、その学者の特質をあえて〈模倣〉者という所で把握するところに小林の独自性がある。オリジナルとは独創性のことであるが、それはまた起源や源流を意味する。そして仁斎の孔子という人間の摑み方にも全く原初的なものがあった。独創という概念は「天という言葉」(37・11)の中で次のように述べられる。

独創性などに狙いをつけて、独創的な仕事が出来るものではあるまい。それは独創的な仕事をしたと言われる人達の仕事をよく見てみれば、誰も納得するところだろう。伝統もこれに似たようなものだ。伝統を拒んだり、求めたりするような意識に頼っていては、決してつかまらぬ或るものであろう。(中略)伝統とは精神である。何処に隠れていようが構わぬではないか。私が、伝統を思って、おのずから無私が想えたというのも、そういう意味合いからである。(「天という言葉」37・11　全十二―372)

「学んで知る」ことが〈模倣〉であり、「思って得る」ことが独創とする概念規定では、伝統の「無私」なる継承ということの実質的意味を把握することは不可能である。それは解き難いアポリアであるが、無作為的〈模倣〉と作為的独創における実行の分ち難いせめぎ合いに、小林の「創造的批評」の基本形態がある。近代的独創の概念には何らかの陥穽があり、彼の〈模倣〉と独創の言葉には、反対概念に留まらないニュアンスがある。仁斎は、全くオリジナルに孔子という人間を摑むことが出来た。それは、孔子を意識的に〈模倣〉しようとしたからである。「忠信敬恕の実践に生き、そこに徳が形成されてくる時、その時にはじめて、あらかじめ学び知っていた知識は、単なる知識ではなく真実の知見として己のものになる」（相良亨「人倫日用における超越」——伊藤仁斎の場合——『超越の思想』）のである。「真実の知見」とは現前に、ある形として見えるものでなければならない。

小林によれば、伝統とは精神のことで、そこには独創↓伝統↓「無私」という動的図式が成り立つ。その思想的背景には、精神分析学者ユングなどが指摘する集合的無意識の問題がある。丸山は「仁斎は流行止まざる一元気のさらに究極的な根源をばむしろ非合理的なものに求めることになった。ここに現れて来るのが天命という概念である」（「第二節」）と指摘する。小林の無意識という実在をめぐる考察には、儒学における「天命」の概念とも絡んで、一筋縄に済まない課題が潜在している。それは小林のベルクソン理解との対比において解明されなければならない大きなテーマである。

真に学び切に思うことで、人生の危い暗部も垣間見られるのかも知れない。そして私達が『論語』という古典の意味を学術的に研究するにも、生きて知るような工夫を要するであろう。

（3）人格と学問

仁斎の知的特質には、人生の問題を真に「思い知る」（「忠臣蔵Ⅰ」36・1）ことの困難という事柄がある。切腹を命じられた浅野内匠頭こそ、まさに思い知った男であり、歴史には、そして世間の方々にも暗い穴は空いている。それは孔子の「知らざるを知らずとする」やソクラテスの「無知の知」にも関わり、近世儒学論のみならず、『考えるヒント』全体に亘る知のテーマである。この「哲学」と題される随筆で、仁斎が選択されているのは、仁斎が説く所の人間の「思想の源流」を、小林自身が、切実に「思って得よう」としたことを考えてみる必要がある。仁斎の古義学も徂徠の古文辞学も「学問の意味の源流」に接触したもので、源流に溯れば似たものが現れて来る。「学問の意味の源流」とは、仁斎や徂徠の学問だけを指しているのではない。そもそも生きている人間にとって、哲学とは何かという根本的な問いであり、生活経験される場で、心構えを新たに出来た時の、精神の弾力性のことなのである。そうした「哲を希う心」が「哲学」「思想」「学問の意味の源流」である。小林はソクラテスや孔子の「賢きことを好き好む」精神が仁斎にも見いだせると説く。それが「哲学」（38・1）と題名される作品に、孔子の《祖述》を説いた伊藤仁斎が中心的に語られている理由である。そしてそのことは、彼の思想史の方法の輪郭と方向性に、決定的意味があると考えられる[18]。

仁斎は、『論語』を「熟読玩味」することで、儒学における人間を新たに発見し、「人の外に道なく、道の外に人なし」という人倫日用の道を説いた。また「仁の徳為る大なり。然れども一言を以て之を蔽ふ。曰く、愛のみ」（『童』）と語った。小林によれば仁斎の「人」とは、端的に孔子の事である。仁斎が『論語』に語られる古《いにしへ》を根拠としたのには、そこに貫流するところの、いわば原初性が感得されていたからである。「最上至極宇宙第一書」と称される『論語』に語られる孔子という人物の、オリジナルな原初性が、仁斎にとって源流としての古《いにしへ》であった。思想史家としての小林は、そこから〈自発〉的に学び、生き方を感得する態度を、近世における哲学者の手本として叙述した。

過去とは思い出のことで、現在とは生活経験される行動である。そして未来とは、今ここに、とにかく既に存在している自己が、主体的に選択し願望するものである。こうした発想は、小林の基本的な時間認識（「考えるという事」37・2）で、彼は仁斎の精神に、あるべき存在の前提としての古《いにしへ》と、今、ここに生きている現存との間に緊張関係を見いだしている。そして、その貫徹した、自主的な信というものに教えられている。仁斎は、孔子の思想を正しく説明したのではなく、むしろ『論語』という原典に忠実であろうとしたと小林は言うが、それも「忠信」を説いた仁斎の思想の源流に、自ら遡ろうとしている表現である。ひとえに問題の中心は、現物の古典が、自己自身に如何に現出するかである。それなしに真の思想は存在し得ないであろう。仁斎にとっては「人有ると人無きとを待たず、本来自有の物」である道とは「好学」の活動自体で、それこそが正に信の対象であった。

この近世儒学論の流れは「理なる者は定準無き者なり」(『弁名』理気人欲、五則)と語った荻生徂徠論(「物」「道徳」)に収斂される。「天地も活物、人も活物に候故、天地と人との出来合候上、人と人との出来合候上には、無尽の変動出来り、先達て計知候事は不成物に候」(『蘐園随筆五巻』)という徂徠の活物観が、小林の思想営為の主導となっている。丸山真男は徂徠に関して「名より実へ、主観的道徳より客観的人倫態へ、の徂徠学の工作をしてバベルの塔を建築するに終らせない為に残された方向はただ一つ、道の背後に道を創造した絶対的人格を置き、この人格的実在に道の一切の価値性を依拠せしめるほかにはない。徂徠学における先王乃至聖人はまさにかうした究極的実在として登場する」(前出「第三節 徂徠学の特質」)と説く。しかし、その前提としての伊藤仁斎の人格と深く結びついた学問態度が、小林の思想営為に重要な位置を占めている。それは仁斎が説いた《祖述》の意味を吟味し、徂徠を再現しているからである。このことはベルクソン哲学の、確信的な《祖述》という営為とも有機的に関連している。結果的には大作『本居宣長』の前提としての、彼自らの意向としては全集に入れることを拒否した『感想』(「ベルクソン論」)であり、また荻生徂徠論の前提としての伊藤仁斎論(「哲学」等)である。

しかし、思想の動機や密度の側から見れば、そうした前提と結果との間に価値の優劣は付け難い。仁斎に対する小林の態度は、宣長に対するそれに決して劣っていない。むしろ仁斎という人間との出会いで、その学問の方法論的意味は極まり、その実行の態度や方向性が決定している。小林の思想の持続的な生命感覚に、仁斎とベルクソンとは水脈のごとく存在している。

近世儒学論は曲線的に幾重にも絡まり、原理的に貫徹された体系的な思想史の記述ではない。しかし、思想を有機体の統一的発展とでも呼べる流動的な叙述スタイルを持っている。その前提と結果の循環の過程自体に、いわば日本近世の歴史の歩き方に、その思想史家としての姿勢が練磨され発揮されていった。それは彼の生活常識に照らした、「白日に十字街頭に在って事を作すが若き」（『童』下48）いわば日常生活と深く関連した学問であった。そして、「大勇あり大義ありて、韜晦含蔵して、形跡を露はさざるものにあらざれば与に君子の域に入るに足らず、是れを学問の準的となす」（『童』下13）の部分は、「平常心を、いわば深化し純化して、平常心を超えた大義という最後のものを摑む他はないのだが、摑まれた大義は、平常心のうちに韜晦含蔵されねばならぬ。学問の準的が、そんな意味だとなれば、学問は学者の人格と深く関係してくるのは当然である」と説かれた。

『近代絵画』のピカソで出口を発見した小林は、この時期、自己の現存が、積極的に〈模倣〉すべき対象を心新たに選択していた。その決定的な一人が「そもそも道は、もと学問をして知ることにあらず、生まれながらの真心なるぞ、道には有ける。真心とはよくもあしくもうまれつきたるままの心をいふ」（『玉勝間』）と語った本居宣長であったことは、「好き嫌い」（34・5）や「言葉」（35・2）の文章の言外からも推察することが出来る。それは昭和四十年から五十一年に、充分な時間をかけて達成された。丸山は宣長に関して、「古への道というのは『其はただ物にゆく道こそ有けれ』で『物のことわりあるべきすべ、万の教へごとをしても、何の道くれの道といふことは、異国のさだなり」（「直毘霊」）。（中略）こうして一切の『教へ』を排しあくまで事実（物）に向はうとする態度から、伝統的な学問の概念は重大な転回を蒙ることとなる」（「第四節　国学とくに宣長学との関連」）と説く。だがしかし、その整序以前の前提として一連の荻生徂徠論の果たしている意義は、小林の思想史の方法を考える上にも無視できない。古文辞学の開祖の荻生徂徠には、学問とは歴史のことで、その歴史とは自己のことであった。そして、もう一人「附会すべからず、牽合すべからず、仮借すべからず、遷就すべからず」（『童』下48）と語った伊藤仁斎という古義学者の存在が真の哲学の〈模倣〉者として問題にされていた。その「潔潔浄浄、渾身透明」なる人格への親近には、小林の学問の意味や価値が呈示されている。

近世儒学論には生命をめぐる様々な思想が渦巻いている。しかし一つの根本的なテーマは学問と自得の方法である。その叙述の流れは、内密的な形而上学とも言うべきベルクソン論と共に、精神がその本来の〈自発〉性に立ち還り、人の一生のヴィジョンを求め問うという知的特質を持っている。それは近世儒学の伝統的流れを進んで享受し、「人格的秩序」（「道徳」39・6）を模索する、弛まぬ精神の持続的な試行であった。

注

（1）引用は『童子問』は、清水茂校注『童子問』（日本古典文学体系『近世思想家文集』、岩波書店）、及び『語孟字義』『中庸発揮』は、三宅正彦校訂・訳注『伊藤仁斎集』（日本の思想11、筑摩書房）、『古学先生文集』は、吉川幸次郎・清水茂校注『伊藤仁斎・伊藤東涯』（日本思想体系33、岩波書店）などの書き下し文に拠ったが、適宜表記を改めた部分がある。以下『童子問』は『童』、『語孟字義』は『字義』、『中庸発揮』は『中』とする。尚、丸山真男『日本政治思想史研究』（東京大学出版会、昭和二十七年十二月）からの引用は、「第一章　近世儒教の発展における徂徠学の特質並びにその国学との関連」からのもので、本文中にその節のみを記す。

（2）平井啓之（『テキストと実存』青土社、昭和六十三年十二月）。秋山駿（『魂と意匠・小林秀雄』講談社、昭和六十年十一月。島弘之『〈感想〉というジャンル』筑摩書房、平成一年三月）、山崎行太郎（『小林秀雄とベルクソン』彩流社、平成三一月）などの積極的評価も多い。

（3）饗庭孝男『小林秀雄とその時代』（文芸春秋、昭和六十一年五月）に小林が「昭和三十年代の前半から、近世の思想家の仕事を丹念に読み解きながら『本居宣長』に結実する作業の布石を打って来たこと」が指摘されている。

（4）前掲注（3）、饗庭『時代』。
（5）佐藤正英「思想史家としての小林秀雄」（『季刊日本思想史No.45、特集　小林秀雄』、平成七年七月）に示唆を受けている。
（6）粟津則雄『小林秀雄論』（中央公論社、昭和五十六年九月）に「仁斎も小林秀雄の思考を鋭く体現しているのであって、それぞれが、小林秀雄の自画像である」と指摘されている。
（7）黒住真「徳川前期儒教の性格」（『思想』No.792、平成二年六月）に一般的に陽明学派に分類される中江藤樹も、その「主体性」の導きかたは、個性的であり、その自己の〈主体的感発〉は、自己自体の展開であるより「他者としてある上位の根源的な生命体への随順」から可能であると説明されている。小林の言う〈自発〉性も、単なる自己中心的なるものではなく、「根源的な生命体」からの迸りに発するものと言ってよい。
（8）相良亨「人倫日用における超越――伊藤仁斎の場合」（『超越の思想』東大出版会、平成五年二月）の第一節『性』と『道』と『教』にあり、示唆を受けた。尚、『童子門』下巻（四十九）以下にある所の、「なんぞ自ら之を作せずして、而して之を祖述するや」という「古今未了の大公案」に対する答として、孔子が「邪説暴行」を排除し、「主体的自覚的」に尭舜を《祖述》したのは、孔子が、むしろ尭舜に賢っているという仁斎の見解は、「仁斎の思想における一つの太い柱」とされている。それは「本来自ら有るの物」である「道」を孔子が初めて「立教」を持って示したからである。また、「知的営為成立の場――伊藤仁斎に即して」（『信と知』日本倫理学会編、慶応通信、平成五年十月）の中で、更に詳細にこの問題について論じられている。「其の之を祖述する者は、是自ら之を祖述するなり」の「自」は孔子の「主体的選択」であり、「みずから」と読む必要があるという指摘は、小林秀雄の思想の〈自発〉性の問題を考える上に重要である。
（9）野崎守英「伊藤仁斎における『自ずから』の構造」（『自然』、以文社、昭和五十四年十月）。
（10）、（11）前掲注（8）、相良「超越」。
（12）子安宣邦『伊藤仁斎――人倫世界の思想』（東大出版会、昭和五十七年五月）の第二章の「仁斎学の構造」7節『論語』と『孟子』の中で「『意味』とは人が深く味わい、体得すべきものとしてある言葉の含蓄」であり『血脈』とは「孔子から孟子へと伝えられている聖賢学問の本質的な筋道であり、その言行を貫く思想の文脈」と指摘される。
（13）野崎守英『道――近世日本の思想』（東大出版会、昭和五十四年二月）で、徂徠は「『人、孔子の学ぶところを学ばんと欲せずして孔子を学ばんと欲す』(『論語徴』題言)という。当然、右にいう人の中に仁斎も含まれる、大きな部分を占めて含まれる、と徂徠は考えていた」と指摘されている。また、仁斎や徂徠にとって、古学とは「儒学が成立する始源のところに立ち返って、そこで問題になっている人間のあり方を考察することであり、具体的には、古典の中に身を寄り添わせるようにしながら問題を考えること」と指摘する。尚、『宣長と小林秀雄』(名著刊行会、昭和五十七年十一月)にも教えられるところが多い。

(14) 相良亨「知的営為成立の場――伊藤仁斎に即して」(『信と知』日本倫理学会編、慶応通信、平成五年十月)。

(15) 竹内整一「第四章『おのずから』と『古』――『古学』に拠る人倫の形而上学」(『「おのずから」と「みずから」――日本思想の基層』春秋社、平成十六年二月)で、仁斎の学問は「『積疑』の先に深信古人」が見いだされ確信されるという方向だけではなく、その『積疑』そのものが『深信古人』から支えられている」という循環論があると指摘している。それは「結果としてあることが、既に前提として提供されている」ことのアポリアであるが、仁斎の学問は「拡散する知」や「自閉する内省」ではなく、「今、此」――〝古〟の「互いに行き交う緊張」の上に成り立つ循環論である。そうした思想の循環的深まりは、形而上学的な〈宿命〉の人間学を根幹にし、螺階的な小林の思想にも連続している。

(16) 前掲注(8)、相良「超越」。

(17) 前掲注(15)、竹内「『おのずから』と『古』」。

(18) 『感想』(5回)で、ベルクソンの『哲学的直観』の一節が、「この世を充たす物質と生命とは、又まさしく、私達のうちにある。凡ての事物のうちに働く諸力は、私達が、自らのうちに感じているものだ。在るものの、或いは成るものの内奥の本質がどんなものにせよ、私達はその一部分である。さて、その上で、私達の内部に下降して行くことにしよう。下降して触れる点が深ければ深いほど、私達を表面に押し戻す力は強くなるであろう。哲学的直観とは、この接触であり、哲学とはこのはずみ(élan)である」と訳された。この部分は『感想』全体の中でも、最も重要な箇所の一つであり、小林の思想的精髄に関りがある。小林の「イリュージョン」や「イマージュ」という概念も精密に検討する必要があるが、それと同時に、この「接触」という概念は、広く倫理的課題を考察する上に重要である。

# 附論　『花伝』の方法

第四章「古典と批評」で概略的に指摘したが、中世古典論の「当麻」にある『花伝』の一句は、小林秀雄のみならず世阿弥研究史においても、未だ明らかな解読がされていない。その根本問題を附論として提出し、より精密な考察を試みたい。世阿弥（1363―1443）の初期能芸論『花伝』（『風姿花伝』）は、テキストの成立過程が複雑である。だが現在、一般的に流布されているものは、「序」と「年来稽古条々」「物学《ものまね》条々」「問答条々」、そして「神儀云」「奥義云」、外篇的付録の「花修云」「別紙口伝」の七篇成で、人々に読まれている。

本稿では、応永七年（1400）に書かれた第三篇「問答九」、第五篇「奥義云」（1402）、また第七篇「別紙口伝」（1418）にある、次のような手順・方法について考えてみたい。それは、「しかれば、『花伝』の花の段に『物数を究めて、工夫を尽くして後、花の失せぬ所をば知るべし』とあるは、この口伝なり」(1)という抽象的形態を持っている。

ここにあるのは、後に見るように微妙な差異を含み、反復された世阿弥能芸論の要諦である。こうした創造的演技を目指す稽古の手順には、確かな連続的進行が示唆されている。しかし、その時と場合に応じた断続的転換が、三つの篇に亘って配置された方法論に存在する。その内部構成には稽古の過程における発展の型が、暗号のように示されている。以下の論稿では、『花伝』に持続的に展開される方法論的意味の解読を試みたい。

# I　対象の〈模倣〉

## (一)　一法の究尽

「物数」とは「①物の数。品物の数。品目。②ことば数。口数」であり、①の例としては「年来稽古条々、十二、三」に、その初出として「次第次第に、物数をも教ふべし」がある(『例解古語辞典』三省堂)。また「工夫」とは「手段。方法。また、精神修養などについて、いろいろ考えてみること」とある。辞書的に一句を解釈すれば、「稽古で多くの演技の品目を究めて、それを実践的に発揮する手法を尽くして後、花の消えない所を感得できる」であろう。それは表層的には、ごく自明な方法論のようにも見える。だが、そこには稽古者への、あるべき根本的態度が説かれている。その方法の実行は決して平易ではないであろう。

「別紙口伝」の一句は「奥義云」に動詞が交換され、「しかれば、『花伝』の花の段に『物数を尽くして、工夫を究めて後、花の失せぬ所をば知るべし』とあるは、この口伝なり」のように語られた。文芸史研究家の小西甚一は、この部分を「多くの曲の研修をつくし、芸理の考察をしぬいて後に、いつまでも花の無くならないところを体得できよう」と訳し、能役者である観世寿夫は「多くの能の稽古をつくし、研究をきわめて後に、この芸の花を、いつまでも失わない方法が会得できるであろう」と訳す。また小西と観世は、「奥義云」と「別紙口伝」のそれに同じ訳文を附けている。(2)

多分二人とも、『花伝』の全文訳にあたり、一句の動詞交換の意味に無頓着ではなかった。だが、世阿弥の方法の一貫性を重視し、二つの篇(「奥義云」「別紙口伝」)に亘って、反復される言葉に同訳を充てている。彼らは、一句を個性的に解釈し、そこには稽古の同一手順が明快に表現されている。本文理解には文脈の勢いを直覚することが大切で、些細な語句に拘るのは得策ではない。私達が『花伝』をテキストとして選択し、その意味を各自の場で会得しようとするならば、その現代語訳は親切な手本である。

だが、微妙な差異を持って、「花の段」（「問答九」）に立ち還りながら進行する一句の意味するものは、『花伝』の根幹に関与している。それが暗示する、手順の移行あるいは逆行という変換図式が、二人の先達の訳出からは了解不可能である。

「究め尽くす」とは、心身相即した可能な限りの実行である。「Aを尽くして、Bを究めて後」（「奥義云」）と、「Aを究めて、Bを尽くして後」（「別紙口伝」）とでは、稽古の持続的究尽の発展過程が異なり、「Cの失せぬ所をば知るべし」の結果的な位相に決定的差異がある。それ故に「究尽」の動詞交換の意味を、単なる記号として等閑視すべきではない。また「問答条々」を含めた三篇の相互に、有機的な行き交いが無ければ、稽古の修養深化の度合いも測定できない。

つまり、世阿弥には如何にして、稽古の持続的究尽という実行が可能であったのか。そして、それが決して煮詰まることなく、発展深化の方向を取り得たのであろうか。「究める」の言葉には「決める。定める」そして、「尽くす」には「空しくする。無くする」の意味がある（『広辞苑』）。稽古の持続的究尽という実行の途上には、「物数」と「工夫」の決定化と、その空無化の循環過程がありはしないか。川瀬一馬は「奥義云」で、その一句を「まず芸力を十分に養い、その芸力を発揮する工夫を究めて後、はじめて花とはいかなるものかがわかるものだ」と意訳し、それを『花伝』理解の基本とした。そして、「別紙口伝」の口語訳は保留した。そうした判断停止にも、一つの正当な態度がある。この抽象的な一句の揺れ動く形には、稽古の発展深化に関わる質的変化が暗示され、その意味は思いの他に難しい。そこには『花伝』の方法意識の根源的なものが存在するからである。この章で解明してみたいのは、一句の微妙な変容が暗示する「問答九」の特殊な位置と、そこに同一的に復帰しようとする「奥義云」と「別紙口伝」の構成の意味合いである。その背後には世阿弥の伝授の仕方に、稽古の途上にある相手の位階に応じた柔軟な発想が見られる。

ここでは「物数を究めて、工夫を尽くして後、花の失せぬ所をば知るべし」という『花伝』の文章に、「〈模倣〉を究め、表現を尽くして後、恒常性を認識できる」という立場から、世阿弥の稽古の方法論に一つの視覚を当ててみたい。以下、こうした創造的演技の手順が意味するものに、「一法」という言葉を使う。それは一つの教法で、例えば道元（1200－1253）の『正法眼蔵』「画餅」に「一法纔《わずか》かに通ずれば万法通ず」がある。その一法究尽の大概は、根本的な一つの教法に通ずれば万法を究め尽くすということであろう。次に第五篇「奥義云」、第七篇「別紙口伝」の一法が、帰一性を指示する、第三篇「問答九」の一節から検討してみよう。

（2）「問答条々」の構成

先ず七歳より以来、年来稽古の条々、物学の品々を、よくよく心中に当てて分かち覚えて、能を尽くし、工夫を究めて後、この花の失せぬ所をば知るべし。この物数を究むる心、即ち花の種なるべし。されば花を知らんと思はば先ず種を知るべし。花は心、種は態なるべし。

「花は心、種は態」とは、『古今和歌集』の「仮名序」にある「大和歌は人の心を種として万の言の葉とぞなれりける」（紀貫之）とは発想を異にする中世的逆説である。『花伝』の「問答九」と「別紙口伝」にも反復される所の、こうした言葉の意味合いは、「奥義云」の一法とも有機的に浸透している。三局面の方法には一貫性があるが、それは同一手順の単なる繰り返しではない。「『花伝』の花の段」とは「問答九」を指すが、「段」と呼ばれるには量的に少な過ぎる。要するに、「能に花を知ること、この条々を見るに、無上第一なり、肝要なり、または不審なり。これ、いかにとして心得べきや」という問いに、「この道の奥義を究むる所なるべし。一大事とも秘事とも、ただこの一道なり。まず、おほかた稽古・物学の条々に委しく見えたり」と答える「花の段」とは、『花伝』に分類された単なる局所ではない。そこには様々な具体的技術論を統括するような方法論の本質が暗示されているからである。

世阿弥は一法の教説を、三つの篇に差異化して配分している。それは根源的には「問答九」に引かれた慧能大師の偈である「心地含諸種　普雨悉皆萌　頓悟花情己　菩提果自成」を原型として、なぞることから、その〈模倣〉再現が志向されている。そして「物数」と「工夫」を究尽して後、「頓悟花情己　菩提果自成」（「花の失せぬ所をば知るべし」）という自然の恒常性が想起される。彼の手順・方法とは、人間的作為性をともなう技術を要する。だが、それは種が花に有機的に生成し、果実を結ぶような自然性（種→萌→花→果）に相即した知的営為であり、終局的には無作為的自然への回復が目指されている。例えば演技者は「問答八」の「色見えで移ろうものは世の中の人の心の花にぞありける」（『古今集』巻十五、小野小町）の風体のようであれと言われる。それは自然の動きとともに移り行く、人の心の無常を暗示する。だがそれは無常の美学であるとともに、世阿弥が関係性において伝授を目的にした初心者との間《あはひ》の領域を指示している。そして次の「問答九」は、はっきりと「初心の人」に向かって語られている。そこは移ろい易い傾向を含みながらも、道を求める上では、決定的に重要な「初心」の「段」なのである。

第三篇には問答形式で、具体的演技・演出の方法が説かれている。その問いの立て方には確かな筋があり、そのことを確認してみよう。

まず「一」には「申楽を初むるに、当日に臨んで、まづ座敷を見て、吉凶」の雰囲気を知ること。「二」では「序破急」のリズムと関わる演目選定について。「三」では「勝負の立合い」の心得という稽古の基本が問われる。そこには「能に上中下の差別」があり、「本説正しく、珍しきが、幽玄にて、面白き所あらん」が「よき能」で、「本説」に則ることの正当性が説かれる。

また「四」からは、「ここに大きなる不審あり」とされ、問いの基調が変化してくる。それは「名人」に「ただいまの若き為手」が、立合いで勝つことへの「不審」である。その答として「時の花」と「まことの花」の違いや、「花の公案」について述べられる。「五」には、「劣りたる為手」も「上手に勝りたる所」があり、それを「上手」が無視することの是非が問われる。そして、「上手は下手の手本、下手は上手の手本なりと、工夫すべし」とされる。「六」には「能に位の差別を知ること」として、「幽玄」との関わりで、芸の「長」や「嵩」などの演技者の格調が指摘される。こうした「問答条々」の稽古における課題は、基本的演技の仕方が、次第に実践的演技・演出の「公案」や、何よりも表現の「工夫」というものに関する意識に移行し、稽古の段階が一層深まるように配置されている。

そして「七」からは「文字に当たる風情」について説かれる。この問題は第六篇「花修云」で詳細に説明される。そこでは、「風情を博士にて音曲」をするのが初心者であり、「音曲より働きの生ずる」のが上手で、「謡ふも風情、舞ふも音曲」ということが認識できれば、それが達者の境地とされる。こうした三段階に分ける発想は「問答三」の「上中下」の区別に近い。「八」には、「稽古にもふるまひにもおよびがたし」の「萎れた花」について（「薄霧の籬の花の朝じめり秋は夕と誰が言ひけん」『新古今集』巻四、藤原清輔）あるいは先に挙げた小野小町の歌などが引かれる。そして最後の「問答九」には所謂「花の段」の一法が配置されている。世阿弥の方法とは、根源的には道を求める精神にある。その道とは基本的に、「演能の具体的技術、存在論あるいはそれに伴う境位、持続の時間認識」という三つに規定される。(3)

無造作に並べられたかのように見える「問答条々」（「一」―「九」）それ自体の配列にも、三段階に整序された稽古の発展過程がある。そこには世阿弥の無作為的作為性とも言える均衡のとれた図像的構成が案出されている。そして、その背後には、「物数を究め、工夫を尽くして後、花の失せぬ所を知るべし」という透徹した方法の実行と無作為的自然性に相即した意識的純化がある。

「一」から「九」までの「問答」の答は観阿弥の教えで、世阿弥はそれを意識的に配置する形で祖述する。『花伝』とは能芸の稽古論であるが、それ自体一つの作品として、その詩的表現も味読できる。また西洋思想と照合してみれば、「人間の生と行為と出来事の『普遍的』真実・真相・真理を、『具体的かつ構成的な本質呈示』する働き」（『芸術の哲学』渡辺二郎）の「ミメーシス」の性質がある。(4)「問答」の配列・組み合わせが示唆するのは、世阿弥による一つの根源的構成である。そこには父観阿弥から授かった、稽古における具体的行動を再構成して示すような、彼の強靭な洞察力が働いている。そして、その構成の仕方には作為的であるよりも、わざとらしくないわざ（無作為的作為性）の逆説的技術が示唆されている。

## （3）　物学としての稽古

「花は心、種は態」であるが、それ以前の基本として「問答九」には、一法の後に、「この物数を究むる心、即ち花の種なるべし」とある。一見矛盾した言葉であるが、その背後には「花」の所在を知る過程で、緩やかに持続する自然的リズムへの確かな感応がある。永続的な「花」を知ろうとするならば、「種」（「物数を究むる心」）の生き動く性質を知り、その開花するまでの生成を待たねばならない。真の動きとは、生命の律動であり、「花を知らんと思はば、先ず種を知るべし」である。「種」とは演者の生き動いている身体と、様々な技術のことを指す。

「種」が生成するには、その開花を可能にする土壌と、時熟が要る。従って演技を志す者に不可欠なのが稽古である。稽古の原義は「昔を考える」で、それは古《いにしへ》の教えに基づいて、実体験を積むことである。「物数」を究め尽くすとは、正式には稽古の徹底のことで、舞台の演技・演出さえも将来ある者には、その実修の持続の一環である。年齢に応じた仕方は第一篇「年来稽古条々」で、また種類は第二篇「物学条々」で説かれる。そうして「問答六」に「稽古とは、音曲・舞・はたらき・物学、かやうの品々を究むる形木なり」と規定される。小西は、ここを「研修というのは、謡・舞・動作・劇的演技などにおける『型』を学ぶこと」と解釈する。「物学」を「劇的演技」とするのが小西訳の特徴で、観世は「役に扮する演戯」としている。『花伝』には、一体何を学ぶべきかの自己限定が、読みを可能にし、自らの型を模索させるような奥行きがある。そして「形木」とは、形を摺り写す模版木のことで、それが型の意味で使用されている。

そうした「物学」の型とは、次の様な文脈で説かれている。まず「序」に「その風を学ぶ力」とある。「物狂ひ」の条には「その憑き物の体を学べば、やすくたよりあるべし」とあり、「法師」の条では「気高き所を学ぶべし」、また「鬼」の条では「まことの冥途の鬼、よく学べば、恐ろしき間、面白き所さらになし」とある。第六篇の「花修云」では、こうした〈模倣〉論が「幽玄」との関係で展開されている。そこには「物学似たらずは、幽玄にはなくて、これ弱きなり」また、「一切の似せ事を、よく似すれば、他目に危うき所なし」の様に、真似るということが欺瞞ではなく、そのことに積極的意味が付与されている。つまり「物学」とは対象の〈模倣〉であり、『花伝』には、生きた対象の動きを、演者側の主体的営為として受容し、それを型に則りながら〈模倣〉再現する態度がある。

「花」は「時分」「声」「幽玄」「十体」「因果」のように区別されている。そうした比喩的な「花」とは実体概念ではなく、演者と見者との間の関係概念である。そして、それは常住の自然と、こちら側で事態を為す者との間《あはひ》に感覚的あるいは知覚的なものとして現出する。また『花伝』の物学論には「モデルの忠実な再現[5]」と同時に、「工夫」という或る種の作為性がある。それは生きた自然の動きに、付かず離れず、その様態を似せることである。「およそ、何事も残さずよく似せんが本意」で、時と場合により「濃き薄き」の真似る度合いを按配しなくてはならない。そこには主体の認識が、必ずしも対象に従わないような、相反両立の柔軟且つ強靭な構成意識がある。それ故に〈模倣〉とは単なる模写ではなく、逆説的技術を要する一つの根源的な構成であり、自らの具体的行動の案出である。そしてそこには、自然性への回帰を特質とする無作為的作為性の方法・態度が暗示されている。

演技を志す者が、生きた自然という対象の動きを〈模倣〉する時、そこには定まった形式が必要である。稽古とは「物数」の究尽の一つで、「物学」の型の実修である。その定型は手本として当初は演技を志す者の外部にあるが、それを受容する稽古の発展過程において手本の位置が外部から内部に次第に移行する。そしてそれが内面的に感受され、洗練されてくるにつれ、その知覚的イメージの姿は明確になってくる。手本とするものが内部と外部の間《あはひ》に、はっきり位置づくからである。

『花伝』における第三篇「問答条々」の局面的特徴は、稽古で「物数」を全的に究めよという所にある。「問答」の総括が「九」であり、その「七歳よりこのかた、(中略)能を尽くし、工夫を究めて後、この花の失せぬ所をば知るべし」とは、第一篇「年来稽古条々」や第二篇「物学条々」をも包括する。それをより簡潔に収斂すると、第五篇「奥義云」の「物数を尽くし、工夫を究めて後、花の失せぬ所をば知るべし」に生成する。そうした連続的進展の過程で、「物数」は暫定的に空無化され、逆に「工夫」すべき何ものかの選択決定を迫るものが、この手順の語りに示唆されている。

演技者は稽古を積み、ある種の観念を確立して舞台に立つ。だが実地に演じる時には、自己の身体の論理を無視出来ない。また舞台は完全かつ十分に稽古を究めることを待ってはくれない。何よりも演技者は心身を機能的に調整し、自らの行動の統一を志向しなければならない。

粟津則雄は世阿弥の波乱に満ちた生涯と「年来稽古条々」を取り上げ、そこには人間の身体が、時間性において抱かざるを得ない生々しい感覚が浸透していて、それは存在の不安であるが、稽古とは、そうした不安から自らを救う方法であったと言う。(6) 粟津の言う感覚とは、知覚と感受の双方に関わる意味で使用されている。そうした『花伝』の瑞々しい感覚性と奥の深さが、現在でも幅広い文化領域でテキストとして読みつがれている要因の一つであると思われる。

また「態が略字になって能となった」（「日本芸能史六講」折口信夫）という興味深い指摘がある。「能を尽く」すとは、本来的には「態を尽く」すという身体的技術に関わる試みを意味している。(7) そして舞台で「楽しみを申す」（第四篇「神義云」）ような芸にするために、創造的演技には心身相即の生きる場に適応した技術的工夫が必要になる。それは自然に向かって作為性を否定することで、逆に生きる場を活性化させるようなわざのことである。それは無作為的自然に還入することにより、無地の地における自己を一つの模様たらしめることである。そうした背景や土壌との融合によって、自己が自然性という無地の地を一層引き立たせるのである。それゆえに、このわざを逆説的技術と呼んでおく。そして、そうした技術的練磨への志向が、稽古の発展過程における〈模倣〉から表現への転換の契機になる。そこには自然の流れに乗るだけではなく、意識的に逆行するような性質がある。

## II　表現としての模索

### (1)　生命感の表現

「物数」と「工夫」の究尽とは、創造的演技には不可欠の同一事態の両面である。「物数」を究尽することに、想像的な創意工夫が要るし、「工夫」を究尽することに、全体を見渡しながらの批判的判断力が要求されるからである。そうした稽古の方法とは、十全な〈模倣〉再現の可能性の追求である。だが、目的は不完全ながらも、時と場合に応じて自らの演技を実際に試すことの中で見えてくる。何よりも方法とは実行に意味がある。

先にも触れたが、件の一法は「問答九」より簡潔に、また「別紙口伝」のそれとは「究尽」の動詞が交換され、「奥義云」に次のような文脈で語られている。

わが風体の形木を究めてこそ、あまねき風体をも知りたるにてはあるべけれ。あまねき風体を心にかけんとて、わが形木に入らざらん為手は、わが風体を知らぬのみならず、他所の風体をも、確かにはまして知るまじきなり。されば、能弱くて、久しく花はあるべからず。久しく花のなからんは、いずれの風体をも知らぬに同じかるべし。しかれば、『花伝』の花の段に「物数を尽くし、工夫を究めて後、花の失せぬ所をば知るべし」と云へり。

ここには端的に、「わが風体の形木」を究めよという定型化の教えが説かれている。稽古の持続的発展過程で、自らの内部に何よりの手本が出来上がってくる。こうした所には、『花伝』の様々な表現技術の心得を統括した抽象的形態がある。初心の演者には、対象の〈模倣〉衝動が、ごく自然に抱かれ、そうした無作為性の尊重は『花伝』の根幹に説かれている。だが、無作為的自然によって掛け替えのない自己を表すことの出来る幸運は、そういつまでも続かない。一定不変の衝動も不可能で、その先に壁がある。その限界と直面しながらも、さらに演技を進展させるには、〈模倣〉しつつ表現に達するような強靭な生命力と、手法としての作為的工夫がいる。

世阿弥は「亡父の申し置きしことども」の祖述者であり、そうした規範の上で『花伝』は記されている。だが、「奥義云」の冒頭で、「ことさらこの芸、その風を継ぐといへども、自力より出づる振舞ひあれば、語にも及びがたし。その風を得て、心より心に伝ふる花なれば、『風姿花伝』と名づく」のように語る。(8) 彼は創造的演技の過程で、「自力より出づる振舞ひ」という自己表現の問題に逢着した。そうした表現の「工夫」は、人々に言葉で十全に説き明かすことは出来ない。先人の風を究め、それが姿として体得されてくるのが芸の花で、それは以心伝心の領域だからである。

生活経験される場所では「心」を似せるよりも、「姿」そのものを似せる方が遥かに難しく、表面的な〈模倣〉では通用しない事柄がある。世阿弥は舞台で人々に演技を見て貰うには、その袖で自らの本当の性質を「自力」で知らなければならないと説く。そこには距離を前提とし、世界や他者と関係せざるを得ない孤独な独白がある。稽古における共通の「花の公案」は、もはやそのままでは通用せず、生き行く先で創造発見すべき「私案」というものがある。演技を志す者にとり、こうした独創の次元には、創造的に演ずる自己が、批判的に見る自己と矛盾衝突する危機がある。それは一歩違えば定型というものを破壊しかねない状況である。それは見ることに憑かれた演技する精神の内的拮抗が引き起こす。そうした不可避的な葛藤に堪える不透明な情念が、この次元の心的特質である。

こうした葛藤をしつつ越えてゆく志向性は、この第II章の冒頭に引いた「わが風体の形木を究めてこそ、あまねき風体をも取りたるにてはあるべけれ」の部分に顕著である。慢心（情識）を捨て、稽古に一所懸命に励み、一つの風体だけでなく何でも出来るようになることが、大和申楽の目標であった。優れた演技者とは、その魅力を、何れの芸にも表わせなくてはならない。世阿弥は亡父観阿弥を手本に、近江申楽や田楽などの「他所の風体」をも演ずることの出来る達者を養成しようとしていた。だが、それは性急には困難であった。

自己が思い描く型とは、あるべき定型を目指して揺れ動く。だが演技者は所謂、普遍を狙うのではなく、自らの姿を心に掛け、その限度の発見の先で、自己表現の型の模索をしなければならない。「わが風体」とは、わが家の「風体」であり、その内部の型を熟知せずに、「他所の風体」は知ることは出来ないからである。「わが風体」の規範を究めよとは、言ってみれば生きる場における態度を決めて、気力を尽くして自らの手法を磨けということである。能の生命力が薄弱であると、忽ちに「花」は枯れてしまう。「久しく花のなからんは、いずれの風体をも知らぬに同じ」であり、それに続けて、「物数を尽くし、工夫を究めて後、花の失せぬ所をば知るべし」の一法がある。その文脈には、稽古を中心とする自他の関係性の場が射程におかれた能芸の型の工夫が説かれている。定型の案出とは、有機的な生命感覚に根ざしたものであり、直接経験の世界で表現を磨き、生き抜いて来たことに持続感を抱くべきとされている。

（2）「奥義云」の表現論

件の一法に関し、馬場あき子は、「芸の主張のない脆弱なところに、久しく滅びぬ『花』などは生まれない。いってみれば一にも稽古、二にも稽古、孜々《しし》として励み工夫する中に、『花』とはこういうことなのかと悟る以外ない」と語る。[9] こうした迫真力のある意訳は、多くの示唆に富んでいる。

しかし微妙な解釈において「芸の主張」（「同右」）とは、非難という言葉とも裏腹である。むしろ第三篇「奥義云」は芸の表現論として把握すべきではないか。その方が『花伝』に頻出する「批判」という言葉の本来的意味が甦ってくる。現代語で批判と言うと、そこには主張的非難という意味が付き纏う。だが、『花伝』における「批判」という言葉は、「見聞く人、常よりもなほ面白しなど、批判に合うことあり」（「別紙口伝」）、「されば、常の批判にも、若きしてをば、早く上がりたる、劫入りたるなど誉め、年寄りたるをば、若やぎたるなど、批判するなり」（「同右」）のように使用されている。それは生命感に溢れた創造的演技に対する正当な評価であり、独断的または懐疑的に貶しているのではない。それは新たな型の模索への志向であり、そこから創造的想像力と批判的判断力の相乗効果が可能になる。

また「奥義云」には頑なに「物数」を全的に究尽せよという理論だけが語られているわけではない。「物数」と「工夫」の究尽の均衡については、仮に「物数」は不十分でも、身についた「風体」を定型になるまで練り上げ、表現の創意工夫があれば良しとされている。それは演技者が自己の本体に起ち還り、身丈にあった能芸の「工夫」を究め、無形なものに形を付与することを試みよという教説である。形式の破壊とは一般的型の前提があってこそ可能であり、そうした型破りの志向性にも、包括的には間《ま》の取り方という側面において、さらなる柔軟な自然性の型が所有されてゆく。

「奥義云」は応永九年（1402）に「道のため、家のため、これを作するところ、私あらんものか」と書き終えられた。そして彼が明確に意図したのは、「およそ今の条々・工夫は初心の人よりは、なほ上手におきての故実・工夫」というものである。「問答条々」と「奥義云」の生きた理論は連続し、その意味は相互浸透している。しかし、創造的演技において対象を〈模倣〉再現出来る次元に質的差異がある。それ故に「奥義云」は「初心の人」より「上手」な不特定者に対する逆説的技術の伝授であり、明確に芸の表現論という特質を持っている。

「初心の人」には、自己を超えたものとの緊張関係がなければ「物数」は究められず、対象の〈模倣〉は達成されない。しかし「奥義云」の「工夫」を究める次元では、「初心の人」の外部にあった「本説」が、ある程度正確に受容された結果、その内部に手本として位置づいて来る傾向がある。だが真似される対象が内部になり、閉ざされた魂が自らを〈模倣〉するのは自己分裂の狂気に近似する。また緩やかで不真面目な〈模倣〉とは、滑稽な領域に属するであろう。稽古の発展過程で、そうした事態との直面は不可避である。稽古者は自閉する内省を打ち破り、自己を越えたものとの間に緊張関係を保持しなければならない。そして稽古の中で見いだされた出来事の意味を不断に定式化し、自己分裂を意志的に統一することには、作為的で技巧的な「工夫」が要る。

この「奥義云」には、主として自己の側から自力によって、表現の「工夫」を如何に果たすべきかが語られている。表現（expression）とは、いわば自らの存在感に即して、自己の内部に下降しつつ、享受された感覚的印象の多様性を圧縮し、その感受性が限界点に接触した所で、その中味を外部に意識的に表出することである。内在的に沈潜する感受性の深化の度合いによって、外部へ押し戻される力も強くなる。そこから螺階的に上昇する生命感の表現過程では、ある限定された場で、自己の現存を賭けねばならない。それは実行においてのみ会得される事柄で、観念論では了解が不可能である。また表現の実行には身体の動きにより、不安定な心を調整しなければならず、そうした限界状況に生きて知るような模索の中で、存在と関係性の真相を発見できる。また、芸をするに「所の風儀」があり、それに気をつけよという機能的な教えも説かれている。その場その場に適応した自他の生きた関係性を無視しては、自己表現とは人々に反発心を招き、受容されないであろう。

だが幸運に、一時的評価を受けても、消え去るのが早いという事実もある。所謂近代芸術におけるオートマティズムとは無作為的作為ではなく、手法の甘い作為的無作為であった。個体性を根拠にした型破りの表現主義の混迷がそこにある。それに対し、世阿弥の方法とは態度としての無作為的自然と、手法としての作為性を浸透させた相反両立の有機的統合なのである。

『論語』に「学而不思則罔。思而不学則殆」(「為政」)という繰り返し味わうべき大切な言葉がある。知的営為にとって〈まなび〉と、自ら思って得ることとの調整均衡は、古来からの最重要課題の一つであった。〈まなび〉は〈ならい〉と同様に、世代から世代へと継承されて行く。アリストテレスは、「模倣して再現した成果をすべての人がよろこぶということがあるが、これまた人間にあっては生来のもの」(『詩学』第四章)と語った。坂部恵は、『ペルソナの詩学』で、〈模倣〉再現のわざとは、「本来的には、それ自体が真のよろこびとして、自己目的的内発的な活動」であり、「人間の〈ふるまい〉が本質的に〈あそび〉の契機を含む」と解説する。[10] そうした自発的に演技の嗜好性を磨くような、柔軟に角度を変えてみる発想にも、一つの突破口が見いだせる。

人が〈模倣〉をするのは他物ないしは他者を信ずることが根本にある。他を模範とすることからの自己超越では、稽古の持続的な発展過程で〈模倣〉しつつ表現に達するのが正当な道である。そうした演技が自らのものになった時、学ぶということの真の喜びがあるに違いない。

例えば世阿弥中期の稽古論である『至花道』(1420)には「師によく似せ習ひ、見取りて、我が物になりて、身心に覚え入りて、安き位の達人に至るは、これ主なり。これ、生きたる能なるべし」とある。この言葉は、近世古文辞学の荻生徂徠(1666-1728)の「習うことの熟してしかる後、我が有となる。我が有とならば、すなわち思はずして得、勉めずして中る」（『弁名』下、「物一則」）などの意味とも連続性を見いだせる。徂徠も「学の道は倣傚を本と為す」（「堀景山に答ふ」）と説いていた。ここにも日本思想史の知的特質の一側面として、〈模倣〉すべき対象が真に「我が物」「我が有」となることで、逆に無我の境地に立てるという無心論がある。

そして「奥義云」の「道を嗜み、芸を重んずる」とは、動機としての道を求める嗜好性だけではなく、結果としての芸の格調を大切にすることである。それは芸道に主体的に取り組む上での嗜好性に関する按配であり、自他が生きる場の可能性を最大限に追求することである。無意味な自己主張や他者非難で場を壊すのではなく、根源的生命体である場の無地の地を活かすべく、肌理細やかに自己の作為的手法を磨き、そのことで無作為的態度を保持しなければならない。そこには無作為的作為の逆説的技術が案出されている。

## III　恒常性の認識

### （1）「別紙口伝」の発展深化

「別紙口伝」の冒頭には、「花の咲くを見て、万に花と喩へ始めし理を弁ふべし」とあり、創造的演技の方法論的意味は、自然の〈模倣〉ということから説かれる。「花」は四季折々に咲き、その時節を得ているから、「見る人」に喜楽をもたらす。そして花の説明は、「花と面白きと珍しきと、これ三つは同じ心」とされる。時として演技の序破急が成就する。そこには自然のリズムに融合した、美的脱自とも言うべき演技の境地が暗示されている。また、それを「見る人」とは世間に居る人々のみではなく、見巧である観相者のことを指している。ここでもう一度「花の段」が言及される、前後の文脈を確認して措きたい。

たとえば、春の花の比過ぎて、夏草の花を賞翫せんずる時分に、春の花の風体ばかりを得たらん為手が、夏草の花はなくて、過ぎし春の花をまた持ちて出でたらんは、時の花に合ふべしや。これにて知るべし。ただ、花は、見る人の心に珍しきが花なり。しかれば、『花伝』の花の段に、「物数を究めて、工夫を尽くして後、花の失せぬ所をば知るべし」とあるは、この口伝なり。されば、花とて別にはなきものなり。物数を尽くして、工夫を得て、珍しき感を心得るが花なり。「花は心、種は態」と書けるも、これなり。

ここにも、「奥義云」の「能弱くて、久しく花はあるべからず」と同様な時間認識がある。しかし「奥義云」のそれは、表現の型を模索する演技者が共時的に生きる場での、自他の関係性が射程におかれた、未だ「わが風体」の究尽を支えるものであった。それと比較し「別紙口伝」で語られるのは、「わが風体」が、広く深く「あまねき風体」に突き抜けたものになっている。そこには稽古の純粋持続から、世阿弥の恒常的な自己認識が行われている。あるいは常住の自然との融合が観相されている。

「問答九」(1400)にも、確かに「まことの花は、咲く道理も散る道理も、心のままなるべし。されば久しかるべし」とあった。しかし、それは「此理を知らむ事、いかがすべき。もし別紙の口伝にあるべきか」(同右)とされ、「まことの花」の観相は、外篇的付録である「別紙口伝」(1418)に委ねられていた。むしろ「問答九」の主要な眼目は、「先ず、七歳より以来、年来稽古の条々、物学の品々を、よくよく心中に当てて分かち覚えて、能を尽くし、工夫を究めて後、この花の失せぬ所をば知るべし」のように、人の一生における行動の統一性にある。そこを馬場あき子は、「一々を納得ゆくまで学び、芸能の数を身につけ、工夫をきわめてゆけば、自ずと『花』なるものが一生身より失せぬところを知るだろう」と意訳する。そして「時により、場により、芸を新しく工夫する演技者の主体、それが何よりも大切」（「同右」）と語る。この「時」と「場」と「演技者の主体」という説明概念は、『花伝』の稽古の発展過程に関する内部構成を理解する上に、非常に重要である。「問答九」には、「初心の人」への一生の時間に亘る行動の統一が語られ、「奥義云」の一法の文脈は、より「上手」な演技者の振舞い方であり、生きる場での自他調和の志向性が説かれていた。

そして一段と発展深化した「別紙口伝」には、自然との融合感とでも言うべき、観相者の意識による巨視的な時間認識が、他の諸篇と比較し、本質的に高い密度で説かれている。それは創造的演技における主体の内的自由の達成に伴うものである。こうした背後的作用とは、「行動の〈模倣〉（規則正しいリズム）↓場における表現（生命感覚的リズム）↓恒常性の認識（存在感覚的リズム）」という緩やかな発展深化であり、その有機的統合である。また技巧論的には第七篇「花修云」に「能の位、為手の位、目利き、在所時分、ことごとく相応」とあるように、所謂「時、処、位」に応じた無作為的作為性による技術的調整が説かれていた。

「問答九」「奥義云」「別紙口伝」の三篇は、連続的な発展理論である。そこには執拗なまでの同一性を見いだせる。だが、三局面における、一法究尽の方法論の微妙な差異性に、稽古の手本の位置（「外部」↓「内部」↓「外部と内部の間」）の移行変化と、それを伝授すべき相手の可能的演技の水準に合わせて、柔軟に教法を説く態度がある。それは『花伝』に潜在的に見え隠れする、世阿弥の語りの断続的転換である。その決定的な発展深化が、〈模倣〉＝表現＝認識の手順・方法にあり、それが稽古の本質的要素を呈示し、ひいては『花伝』における稽古の発展に関する内部構成を示唆している。

## (2) 自在への認識

「別紙口伝」は「時の花」を超えた観相者の心がけに、より力点が置かれた理論である。そして「物数を究め尽くしたらん為手は、初春の梅より秋の菊の花の咲き果つるまで、一年中の花の種を持ちたらんが如し」には、永続的な時間認識の側面が浮彫りにされている。また「物数を尽くして、工夫を得て、珍しき感を心得るが花なり」も、一法と同じ形態である。「花」とは彼自らの心の感動自体で、その根底には受動性の深化としての純粋感覚の美学が存在する。

「物数」と「工夫」の究尽は、実行的には分離不可能な事態である。また「花の失せぬ所を知る」とは、その失する所をも包含する諸々の舞台表現の生成を可能にしている場の認識と自覚である。こうした一法の形態とは、柔軟な変換図式であり、その意味には何か動揺する心のように不透明で空漠とした印象すらある。だが、それは「虚空の如くなる心の上において、種々の風情を色どるといへども更に蹤跡《しようせき》なし」(『明恵伝』喜海)という、西行の空即是色の思想に連なるものであろう。虚を摑むような空観がなくては、心の「花」というものもない。「花」が散っても、人の心に面影は残るのは、そうした仏教的な空観によるからである。そして世阿弥に究極的に目指された所在とは、常住の自然との相即的な間《あはひ》に設定された夢幻的な心の場面である。

件の一法は概念の振幅が大きく、その微妙な解釈に難儀な所がある。だが、本稿では、それを「稽古において様々な対象の〈模倣〉を究めて、自らの表現の型の模索を尽くして後、自然に恒常性を認識できる」という風に把握しておきたい。それは自己の再認識のことで、生の深みを直視することである。そして、そこから身を起こすことで、自らの演技を飛躍させることにも繋がるのである。

『花伝』の「花の段」とは、まるで内奥に秘められた曼荼羅のようである。それは〈模倣〉しつつ表現に達し、且つ深い能芸の認識者であった世阿弥の『心』の段」のことである。「物学」の稽古の進行を指示するために、一法が「奥義云」と「別紙口伝」に配置され、そこから「問答九」の「能に花を知ること」への逆行が目指されている。それは「初心より以来の、芸能の品々を忘れずして、その時々用々に従てとりいだすべし」（「別紙口伝」）の教えである。正に稽古は「初心忘るべからず」（「同右」）であり、達成された自在とは即ち稽古の喜びで、その〈模倣〉再現の楽しさを、「花の段」に立ち還りながら感知することである。

『花伝』には、こうした技術的進展すなわち自然性への復帰という循環的持続性が見いだせる。それは螺階的な上昇志向であるが、また同時に裾野を広げるべく有機的な下降性も保持している。世阿弥には自らの標準の焦点を、対自的に「初心」に合致させることで、より包括的で奥行きのある発展が可能であった。

「物学」が、対象についての忠実な模写でしかなければ、それは表現というより対象の反映である。だが「別紙口伝」では、その〈模倣〉術は、「物学に似せぬ位あるべし」に深化する。対象の〈模倣〉を究めて、その物に本当に成ってしまえば、真似しようと思う心はなくなる。それは作為的な型ですら、無作為的自然性に取り込んだ境地を指している。だが、〈模倣〉衝動が昇華され表現の自在を獲得しても、そこに安住は許されない。「見る人」の要求がある限り、他の対象や領域における〈模倣〉再現のための精神の緊張と集中は、次々と保持されてくるであろう。「稽古は強かれ、情識はなかれ」（「序」）の教説を保持し続けるには、自己を超えた何ものかに常に見られている意識が尖鋭でなければならない。それは世阿弥にとっては観阿弥であり、また悠久な自然が開示する時間性であったかも知れないが、同時に、そう意識された自らの批判的眼力の作用であろう。

第三篇「問答九」を端緒に、第五篇「奥義云」、そして一代一人の相伝である第七篇「別紙口伝」に繰り返される方法論は、人々との出会いの関係性の次元で語られた。「初心の人」とは、瑞々しい感受性の横溢を自ら抱き、それ故にこそ規則正しい稽古が必要である。その稽古の発展過程で、衝動的に対象の〈模倣〉をする次元と、生命感覚的に自己表現に纏わる情念に忍耐する次元とは質的差異がある。また世阿弥のように存在感覚としての融合的リズムを感得し、安定した感情で自在なる演技を達成し、包括的に全過程を観相できるのは、その先方にある。そうして「この道を究め終りて見れば、花とて別にはなきものなり。奥義を究めて万に珍しき理を、我と知るならでは、花はあるべからず」（「別紙口伝」）という知的自在の言葉には、彼の究極的境地の徴のようなものがある。

『花伝』の多様な「花」とは「いづれを、まこととせんや。ただ時に用ゆるをもて花と知るべし」（「同右」）という相対的機能的な概念である。「まこと」とは、有機体が生成する関係性の場に相即して、何よりも時節に応じた必要美という視角から語られる。自然という対象は、時には得体の知れない何ものか（「善悪不二、邪正一如」『維摩詰経』）であるが、人々の実際の要求から、歴史的な型は案出されてきた。そして対象を〈模倣〉＝表現＝認識するための稽古手順は、『花伝』には一法究尽の教説として定型化している。

注

（1）『花伝』からの引用は新潮日本古典集成『世阿弥芸術論集』による。ただし文字使いは新字・旧かなに適宜改めた。

（2）小西甚一『世阿弥集』（日本の思想八、筑摩書房、昭和四十五年七月）。観世寿夫『世阿弥』（日本の名著十、中央公論社、昭和四十四年十月）。

（3）高島元洋「世阿弥における『道』とその世界」（『日本思想1』東洋思想　第十五巻、岩波書店、平成一年一月）。

（4）渡辺二郎『芸術の哲学』（筑摩書房、平成十年六月）。尚、氏は第三章「ミメーシス」で「ミモス」の語源説に、否定的見解を指摘する。だが、『花伝』における〈模倣〉再現には、必然的に「祭式の折の舞踏者」の意味が含まれる。
（5）渡辺守章「美しきものの系譜――花と幽玄」（『講座日本思想』五、東京大学出版会　昭和五十九年三月）。
（6）粟津則雄「世阿弥『風姿花伝』を読む」（『日本人の心の歴史』「現代思想」青土社、昭和五十七年九月）。
（7）折口信夫「日本芸能史六講」（『折口信夫全集』第十八巻、芸能史篇2、中央公論社、昭和五十一年十月）。
（8）岩波日本思想体系『世阿弥　禅竹』の表章氏の補注（二十）に「本来の書名は『花伝』であり、『風姿花伝』は奥義篇になって始めて付けられた名ではなかろうか」とある。また、「当道も、花伝年来稽古より、物覚・問答・別紙、至花道・花鏡、如此の条々を習道して、奥蔵を極め、達人になりて、何とも心のまゝなるは、安き位なるべし」（『拾玉得花』）などは、一法究尽の持続的展開であり、動的図式が拡大されたものである。尚、一法究尽ということに関しては、西村道一『日本人の知』I知と行「道元の知の位相――東洋的知の一形態」一、一法究尽の知（ぺりかん社、平成十三年七月）に精しい。
（9）馬場あき子『風姿花伝』（岩波書店、昭和五十九年十一月）。
（10）坂部恵『ペルソナの詩学』（岩波書店、平成二年八月）。

# 年譜

小林の批評対象や表現形態などの変化から、その時期をⅠ期～Ⅵ期に区分した。本書で研究対象とした作品は、第一章「〈模倣〉と創造」と第二章「〈宿命〉と歴史」ではⅠ期～Ⅳ期、第三章の「〈実験〉と表現」では、Ⅱ期～Ⅴ期の作品を視野においた。第四章「古典と批評」では、Ⅲ期を、第五章の「絵画と意匠」ではⅣ期を、第六章「学問と自得」ではⅤ期の作品を、ほぼ年代順に対象とした。

## Ⅰ期【批評家の誕生】

明治三十五年（一九〇二）
四月十一日、東京市神田区（現千代田区）猿楽町三丁目三番地に生れる。小林豊造・精子夫妻の長男。

明治三十七年（一九〇四）二歳
六月三日、妹、富士子誕生。（後の高見沢潤子）

大正四年（一九一五）十三歳
芝区（現港区）白金今里町七七番地に住む。三月、白金尋常小学校を卒業。四月、東京府立第一中学校入学（現都立日比谷高校）。一期上に富永太郎が在学。翌五年、河上徹太郎が神戸一中から富永の学年に転入。

大正六年（一九一七）十五歳
豊造は二度目の外遊後、十二月、日本ダイヤモンド株式会社を設立、専務取締役に就任。

大正九年（一九二〇）十八歳
三月、府立一中卒業。

大正十年（一九二一）十九歳
三月二十日、父豊造が死去、四十六歳。四月、第一高等学校文科丙類入学（フランス語）。野球部に入ったが退部。十月、盲腸周囲炎、神経症のため休学。在学中、マンドリンクラブに加わる。アインシュタインが来日し、物理学に関心を抱く。この年、母精子が肺患のため鎌倉に転地療養し、生活多難となる。母は回復後、茶道、華道を教授した。

大正十一年（一九二二）二十歳
十一月、「蛸の自殺」（小説）を同人雑誌『跫音』第三輯に発表。志賀直哉に送り、賞讃の手紙を受取る。

大正十三年（一九二四）二十二歳
七月、「一ツの脳髄」（小説）を『青銅時代』に発表。十二月、富永太郎らと同人雑誌『山繭』を創刊。この年、青山二郎（明治三十四年生）と知合う。

大正十四年（一九二五）二十三歳

三月、一高卒業。中原中也、長谷川泰子、京都より上京。四月、東京帝国大学文学部仏蘭西文学科入学。同級生に今日出海、三好達治がいた。在学中、辰野隆助教授の知遇を得る。同月、富永太郎を通じて中原中也（明治四十年生）と知合う。十日頃、小笠原へ旅行、「紀行断片」を書く。五月二十四日、富永太郎と『山繭』を脱退。十月・伊豆大島へ行く。帰京後、盲腸炎で手術。十一月十二日、富永太郎が死去、二十四歳。下旬、杉並町天沼に家を借り、長谷川泰子（明治三十七年生）と同棲。

大正十五年・昭和元年（一九二六）二十四歳

五月、神奈川県鎌倉町長谷大仏前に転居。ベルクソン、アラン、ヴァレリー、ポー、ドストエフスキーなどを愛読する。十月、「人生斫断家アルチュル・ランボオ」（現行題「ランボオⅠ」）を『仏蘭西文学研究』（東大仏文研究室編）第一号に発表。冬、神奈川県逗子町新宿二一一番地に転居。

昭和二年（一九二七）二十五歳

五月、ボードレール『エドガー・ポー』（翻訳）を日向新しき村出版部より刊行。七月、芥川龍之介が自殺。秋、東京に移り、芝区白金台町に住む。九月、「芥川龍之介の美神と宿命」を『大調和』（武者小路実篤編集）に発表。十一月、「『悪の華』一面」を『仏蘭西文学研究』第三輯に発表。

昭和三年（一九二八）二十六歳

二月、豊多摩郡（現中野区）中野町谷戸に転居。フランス語の家庭教師として大岡昇平（明治四十二年生）と知合う。三月、東大卒業。卒業論文「Arthur Rimbaud」。この月よりジイド「パリュード」を『大調和』に訳載（六月まで、未完）。五月、単身で大阪に行き、後に奈良に住み、幸町の志賀直哉宅に出入りする。長谷川泰子との同棲関係は解消。

## Ⅱ期【宿命の人間学】

昭和四年（一九二九）二十七歳

三月、ヴァレリー「Poesié（詩学）」を『悲劇喜劇』に訳載。春に東京に戻り、北豊島郡滝野川町田端一五五番地に住む。四月、『改造』の懸賞評論に応じ、「様々なる意匠」を書き、二席に入選、同誌九月号に掲載された。十月、『文学』（第一書房）同人となり、ランボー『地獄の季節』を創刊号より訳載（五年二月まで）。十二月、「志賀直哉」を『思想』に発表。

昭和五年（一九三〇）二十八歳

二月、「からくり」（小説）を『文学』五号に発表。文芸時評を『文芸春秋』に連載し始める。四月から八月に、「アシルと亀の子Ⅰ」〜「同Ⅴ」を同誌に発表。四月、「新興芸術派運動」を「時事新報」に発表。五月、『作品』同人となり、ランボーの『飾画』

前半を創刊号より訳載（十月まで）。九月、「文学は絵空ごとか」を『文芸春秋』に発表。十月、ランボーの『地獄の季節』（翻訳）を白水社より刊行。十一月、「横光利一」を『文芸春秋』に、「批評家失格I」を『新潮』に発表。十二月、「物質への情熱」を『文芸春秋』に発表。中村光夫（明治四十四年生）と知合う。

昭和六年（一九三一）二十九歳

一月〜三月、「マルクスの悟達」「文芸時評」「心理小説」を『文芸春秋』に発表。同誌の時評連載を終り、批評家としての地位を確立した。四月、「室生犀星」を『改造』に発表。五月、「谷崎潤一郎」を『中央公論』に、「再び心理小説について」を『改造』に発表。十一月ランボーの『酩酊船』（翻訳）を白水社より刊行。この頃、母精子と神奈川県鎌倉町佐介通二〇八番地に転居、後に雪ノ下四一三番地に移転。

昭和七年（一九三二）三十歳

一月、「正宗白鳥」を「時事新報」に発表。四月、ヴァレリー『テスト氏I』（翻訳）を江川書房より刊行。明治大学文芸科の講師に就任し、〈文学概論〉〈フランス語〉などを担当した。六月、「現代文学の不安」を『改造』に発表。九月、「Xへの手紙」（小説）を『中央公論』に発表するが、以後、小説執筆は断念される。十月、「手帖I」を『新潮』に発表。十二月、「年末感想」を「東京日日新聞」に発表。理論物理学への関心を深める。

昭和八年（一九三三）三十一歳

一月、「『永遠の良人』」を『文芸春秋』に発表。今日出海と新潟県の湯沢で深田久弥にスキーを習う。四月、「文学批評について」を『文学』（岩波書店）創刊号に、「アンドレ・ジイド」を岩波講座『世界文学』第五巻に発表。五月、「故郷を失った文学」を『文芸春秋』に発表。この頃、鎌倉町扇ヶ谷三九一番地に移転。八月、「批評について」を『改造』に発表。十月、文化公論社より『文学界』創刊。宇野浩二、広津和郎、豊島与志雄、川端康成、武田麟太郎、林房雄、深田久弥とともに同人となり、「私小説について」を創刊号に発表。

昭和九年（一九三四）三十二歳

一月〜四月、文芸時評を『文芸春秋』に連載。一月、「文学界の混乱」、四月、「レオ・シェストフの『悲劇の哲学』」などを同誌に発表。二月、「『罪と罰』についてI」第一回を『行動』に発表。五月、長野県松本市の人、森喜代美（明治四十一年生）と結婚、鎌倉町扇ヶ谷四〇三番地へ移転した。六月、「林房雄の『青年』」を『文芸春秋』に発表。九月より「『白痴』についてI」を『文芸』に連載（十年七月まで）。十月、「『紋章』と『風雨強かるべし』とを読む」を『改造』に発表。

昭和十年（一九三五）三十三歳

一月、『文学界』の編集責任者となり、同誌に「ドストエフスキイの生活」を連載し始める（十二年三月まで）。「文芸時評について」を『行動』に発表。三月、「再び文芸時評について」

を『改造』に発表。五月より「私小説論」を『経済往来』に連載（八月まで）。夏、霧ヶ峰に滞在、アラン『精神と情熱とに関する八十一章』を訳す。九月、「新人Xへ」を『文芸春秋』に、十二月より『地下室の手記』と『永遠の良人』を『文芸』に連載（十一年四月まで、未完）。

昭和十一年（一九三六）三十四歳

一月、「作家の顔」を「読売新聞」に発表。トルストイの家出問題をめぐって正宗白鳥と〈思想と実生活論争〉が始まる。『文学界』同人改組が行われ、宇野浩二ら大正作家四名が退き、島木健作、河上徹太郎らが加入。二月、『ドストエフスキイの生活』で第一回文学界賞を受賞。四月に、「思想と実生活」を『文芸春秋』に、「中野重治君へ」を「東京日日新聞」に発表。六月、「文学者の思想と実生活」を『改造』に発表。十二月、「文学の伝統性と近代性」を「東京朝日新聞」に発表。伝統と民衆の問題をめぐって戸坂潤や中野重治と論争した。明治大学での講義題目を〈文学概論〉から〈日本文化史研究〉に変更する。

## III期【戦時下の批評】

昭和十二年（一九三七）三十五歳

一月、「菊池寛論」を『中央公論』に発表。三月六日、長女明子が生れる。六月より「『悪霊』について」を『文芸』に連載（十一月まで未完）。七月、「『福翁自伝』」を『文学界』に発表。同誌で座談会《文学主義と科学主義》。八月、「文芸批評の行方」を『中央公論』に発表。十月上旬、中原中也が鎌倉で結核性脳膜炎を発病し入院。一週間病院に詰める。二十二日に死去、三十歳。十一月、「戦争について」を『改造』に発表。十二月、「死んだ中原」（詩）を『文学界』に発表。

昭和十三年（一九三八）三十六歳

二月、「志賀直哉論」を『改造』に発表。三月、『文芸春秋』特派員として中国に渡る。六月、明治大学教授に昇格。青山二郎の手引きで古美術に親しむ。

昭和十四年（一九三九）三十七歳

一月より「満洲の印象」を『改造』に連載（二月まで）。五月、「歴史について」の全文を『文芸』に発表、これを序文として『ドストエフスキイの生活』を創元社より刊行。十月、「神風という言葉について」を「東京朝日新聞」に発表。十一月、「学者と官僚」を『文芸春秋』に発表。この年、文芸家協会評議員を務める。

昭和十五年（一九四〇）三十八歳

八月、「オリムピア」を『文芸春秋』に、「事変の新しさ」を『文学界』に発表。十月、「マキアヴェリについて」を『改造』に発表。十四日、日本文学者会常任委員に選出された。十一月、「文学と自分」を『中央公論』に発表。『史記』や『大日本史』などの歴史書に親しむ。

昭和十六年（一九四一）三十九歳

一月、「感想」を『日本評論』に、三月より「歴史と文学」を『改造』に連載（四月まで）。「林房雄」を『文芸春秋』に発表。四月より一年間、文化学院で〈文学〉を講義する。四月、「匹夫不可奪志」、六月、「川端康成」を『文芸春秋』に、「伝統」を『新文学論全集』（河出書房）第六巻に発表。七月より「パスカルの『パンセ』について」を『文学界』に連載（八月まで）。八月、三木清と対談《実験的精神》。十月より「『カラマアゾフの兄弟』」を『文芸』に連載（十七年九月まで、未完）。この年の秋頃から縄文土器や陶器や仏画などの骨董に親しむ。

昭和十七年（一九四二）四十歳

三月、「戦争と平和」を、四月、「当麻」を『文学界』に発表。同月、『文学界』で座談会《即戦体制下文学者の心》。五月、「『ガリア戦記』」を、六月、「無常という事」を、七月、「平家物語」を『文学界』に発表。同月、「歴史の魂」を『新指導者』に発表。九月、「バッハ」を『文学界』に発表。同月、胃潰瘍のため入院。十月、『文学界』で座談会《近代の超克》。十一月より「西行」を『文学界』に連載（十二月まで）。同月三日、第一回大東亜文学者会議発会式に参加、評議員となる。十一日、岡山での文芸報国講演会で「言葉のいのちについて」を講演。この年、「モオツァルト」を計画。

昭和十八年（一九四三）四十一歳

二月、五月、六月、「実朝」を『文学界』に発表。九月、「ゼークトの『一軍人の思想』について」を『文学界』に発表。十月、「文学者の提携について」を『文芸』に発表。十二月、第三回大東亜文学者大会計画のため、単身で再び中国に赴く。旅行中南京で「モオツァルト」を書き始めた。以後、三年間を沈黙の内に過ごすが、その間に本居宣長の『古事記伝』などを読む。また骨董の取引で生計を立てる。

昭和十九年（一九四四）四十二歳

四月、雑誌統合により『文学界』廃刊。六月、中国より帰国。

## Ⅳ期【倫理と美感】

昭和二十年（一九四五）四十三歳

一月、「梅原龍三郎」を書く。

昭和二十一年（一九四六）四十四歳

二月、『近代文学』で座談会《コメディ・リテレール―小林秀雄を囲んで》。五月二十七日、母精子が死去。六十六歳。八月、本人の希望により、明治大学教授を辞任。この頃、水道橋駅のプラットフォームから墜落。肋骨に罅が入り、約五十日間、湯河原で静養した。そこでベルクソンの『宗教と道徳の二源泉』を読む。十二月、青山二郎、石原龍一と『創元』を編集、「モオツァルト」を同誌第一輯に発表。

昭和二十二年（一九四七）四十五歳

三月、「ランボオIII」を『展望』に発表。十月、「光悦と宗達」を『国華百粋』第四輯に、十二月、「梅原龍三郎」を『文体』復刊第一号に発表。幸田露伴が死去。

昭和二十三年（一九四八）四十六歳

三月、菊池寛が死去、「菊池さんの思い出」（発表誌未詳）。四月、「鉄斎I」を「時事新報」に発表。創元社取締役に就任。六月、鎌倉市雪ノ下三九番地に転居。八月、『作品』創刊号で坂口安吾と対談《伝統と反逆》、『新潮』で湯川秀樹と対談《人間の進歩について》。秋、大阪で「私の人生観」を講演。十一月、「『罪と罰』についてII」を『創元』第二輯に発表。『光』で正宗白鳥と対談《大作家論》。十二月、「ゴッホの手紙」第一回を『文体』に発表。この年、柳田国男と知合う。

昭和二十四年（一九四九）四十七歳

三月、「鉄斎II」を『文学界』に発表。七月、「私は思う」（「私の人生観」の一部）を『文学界』に、「ゴッホの手紙」第二回を『文体』に発表。八月、「中原中也の思い出」を『文芸』に、九月、「美の問題」（「私の人生観」の一部）を『新潮』に、「私の人生観」を『批評』に発表。

昭和二十五年（一九五〇）四十八歳

一月、二月、「秋」「蘇我馬子の墓」などの古代論風のエッセイを、三月、「雪舟」を『芸術新潮』に発表。四月、「詩について」を『現代詩講座』（創元社）第一巻に、「表現について」を『哲学講座』（筑摩書房）第五巻に発表。『芸術新潮』で青山二郎と《対談》。五月～十二月、「或る夜の感想」「年齢」「好色文学」「『ペスト』」「金閣焼亡」「ニイチェ雑感」「偶像崇拝」「『ヘッダ・ガブラー』」を『新潮』に発表。この間、九月より第一次『小林秀雄全集』（創元社版全八巻）の刊行始まる（二十六年七月完結）。

昭和二十六年（一九五一）四十九歳

一月より「ゴッホの手紙」を改めて最初から『芸術新潮』に連載（二十七年二月まで）。同月、「真贋」を『中央公論』に発表。三月、第一次『小林秀雄全集』により芸術院賞を受賞。大岡昇平、河上徹太郎らと『中原中也全集』を編纂。六月、「悲劇について」を『演劇』創刊号に発表。九月、『文学界』で大岡昇平と対談《現代文学とは何か》。十月より「政治と文学」を『文芸』に連載（十二月まで）。

昭和二十七年（一九五二）五十歳

五月より「『白痴』についてII」を『中央公論』に連載（二十八年一月まで）。六月、『ゴッホの手紙』を新潮社より刊行。十二月二十五日、今日出海とヨーロッパへ出発。「朝日新聞」特派員を兼ねた。

昭和二十八年（一九五三）五十一歳

一月、『ゴッホの手紙』により第四回読売文学賞を受賞。三月、「エチプトにて」を「朝日新聞」に発表。七月四日、アメリカを経由して帰国。旅行の経路は、パリ—エジプト—ギリシア—イタリア—パリ—スイス—スペイン—パリ—オランダ—イギリス—アメリカである。

昭和二十九年（一九五四）五十二歳

一月、「喋ることと書くこと」を『新潮』に発表。三月より「近代絵画」を『新潮』に連載し始める。

昭和三十年（一九五五）五十三歳

一月、「ピラミッドI」を、三月、「ゴッホの墓」を「朝日新聞」に発表。四月、『芸術新潮』で河上徹太郎と対談《美の行脚》。六月、「菊池寛」を『文芸春秋』臨時増刊号に、八月、「ハムレットとラスコオリニコフ」を『新潮』に、九月より第二次『小林秀雄全集』（新潮社版全八巻）の刊行始まる（三十二年五月完結）。十二月、「近代絵画」の『新潮』連載分終る。この年より新潮社文学賞の選に当る（四十三年まで）。

昭和三十一年（一九五六）五十四歳

一月より前年に続いて「近代絵画」を『芸術新潮』に連載する（三十二年二月まで）。八月より「ドストエフスキイ七十五年祭に於ける講演」を『文学界』に連載（十月まで）。

昭和三十二年（一九五七）五十五歳

一月、『文芸』で三島由紀夫と対談《美のかたち》。二月、『美を求めて』（新潮社）を編纂、同書に「美を求める心」を発表。『鉄斎』（筑摩書房）を梅原龍三郎、武者小路実篤、中川一政と共編、同書に「鉄斎IV」を発表。

## V期【文化の持続的生命】

昭和三十三年（一九五八）五十六歳

一月三日、NHK第一放送で吉田茂と《新春放談》。二月、「悪魔的なもの」を『講座現代倫理』（筑摩書房）第一巻に発表。五月よりベルクソンを論じた「感想」（56回未完）の『新潮』連載が始まる。十一月、「ゴッホの病気」を『芸術新潮』に発表。十二月、『近代絵画』により第六回野間文芸賞を受賞。同書普及版を新潮社より刊行。

昭和三十四年（一九五九）五十七歳

ベルクソン論（「感想」）の連載続く。五月、「好き嫌い」を『文芸春秋』に発表。六月、「常識」を『文芸春秋』に発表。以降同誌のエッセイは〈考えるヒント〉というタイトルを附して続載された（三十九年六月まで）。七月、「プラトンの『国家』」を、八月、「井伏君の『貸問あり』」を、九月、「読者」を、十月、「漫画」を、十一月、「良心」を、十二月、「歴史」を『文芸春秋』に発表。同月、最若年で芸術院会員となる。

昭和三十五年（一九六〇）五十八歳

ベルクソン論（「感想」）を連載、〈考えるヒント〉を続載。一月、

「歴史」を『文芸春秋』に、「無私の精神」を「読売新聞」に発表。二月、「言葉」を『文芸春秋』に発表。五月、「ヒットラアと悪魔」を、七月、「平家物語Ⅱ」を『文芸春秋』に発表。同月、「本居宣長―『物のあはれ』の説について―」を『日本文化研究』(新潮社)第八巻に発表。十一月、「『プルターク英雄伝』」を『文芸春秋』に発表。

昭和三十六年(一九六一)五十九歳

ベルクソン論(「感想」)を連載、〈考えるヒント〉を続載。一月、「忠臣蔵Ⅰ」を、三月、「忠臣蔵Ⅱ」を、六月、「学問」を、八月、「徂徠」を『文芸春秋』に発表。十月、東京創元社取締役を辞任。十一月、「弁名」を『文芸春秋』に発表。

昭和三十七年(一九六二)六十歳

一月、『ベルグソン研究』を編者の澤瀉久敬から恵投される。ベルクソン論(「感想」)、〈考えるヒント〉を続載。二月、「考えるという事」を、四月、「ヒューマニズム」を『文芸春秋』に発表。同月、「徳利と盃」を、五月、「壺」を、六月、「鐔」を『芸術新潮』に発表。同月、「福沢諭吉」を、八月、「還暦」を『文芸春秋』に発表。十月、「人形」「縦の木」「天の橋立」「お月見」を「朝日新聞」に発表。十一月、「天という言葉」を『文芸春秋』に、「季」を「朝日新聞」に発表。

昭和三十八年(一九六三)六十一歳

〈考えるヒント〉を続載。一月、「哲学」を『文芸春秋』に、「青年と老年」を「朝日新聞」に発表。『文芸』で河上徹太郎と対談《白鳥の精神》。三月、「天命を知るとは」を『文芸春秋』に発表。四月、「スランプ」「踊り」「さくら」を「朝日新聞」に発表。『無私の精神』を文治堂より刊行。同月に、吉本隆明「丸山真男論」が発表された。五月、「歴史」を『文芸春秋』に発表。六月、ソ連作家同盟の招きにより、安岡章太郎、佐々木基一とソビエト旅行に出発。二十六日出帆。『新潮』連載中のベルクソン論「感想」は六月号(第56回)で未完のまま打切られた。七月、「物」を『文芸春秋』に発表。十月十四日、ヨーロッパ経由帰国。十一月三日、文化功労者として顕彰された。「見物人」を「朝日新聞」に、「ネヴァ河」を同本紙に発表。この年、現代演劇協会常任理事となる。

昭和三十九年(一九六四)六十二歳

一月、『批評』を「読売新聞」に発表。二月、辰野隆が死去。「ソヴェトの旅」を『文芸春秋』に発表。五月、終章を加筆した『「白痴」についてⅡ』を角川書店より、『考えるヒント』を文芸春秋新社より刊行。『雲』第三号で岩田豊雄と対談《日本の新劇》。六月、「道徳」を『文芸春秋』に発表。これをもって〈考えるヒント〉の連載を終った。同月、『中央公論』で田中美知太郎と対談《教養ということ》。七月、「花見」を『新潮』に発表。八月、鹿児島県桜島における第九回学生青年合宿教室で「常識について」を講演。これを『展望』十月復刊号、同十一月号に連載。

## Ⅵ期【本居宣長への道】

昭和四十年（一九六五）六十三歳
三月、長女明子、白洲兼正と結婚。六月、「本居宣長」(64回)を『新潮』に、連載し始めた。(五十一年十二月まで）これに先立ち、伊勢松阪の宣長墓に詣でる。十月、『新潮』に岡潔との対談《人間の建設》を掲載。十二月、孫信哉生れる。

昭和四十一年（一九六六）六十四歳
「本居宣長」の連載続く。一月、『小林秀雄対話集』を講談社より刊行。三月より『現代日本文学館』(全四三巻、文芸春秋）を単独に編集する。五月、ガブリエル・マルセルと《日本文化の底流を探る》を対談し、「読売新聞」に発表。

昭和四十二年（一九六七）六十五歳
「本居宣長」の連載続く。四月、永井龍男と対談《芸について》。六月、大岡昇平・中村光夫・江藤淳編集による第三次『小林秀雄全集』(新潮社版全一二巻）の刊行始まる(四十三年五月完結)。十一月三日、文化勲章を受章。

昭和四十三年（一九六八）六十六歳
「本居宣長」の連載続く。六月、福田恆存、竹山道雄、田中美知太郎らと〈日本文化会議〉を結成。

昭和四十六年（一九七一）六十九歳
「本居宣長」の連載続く。一月、「三島君の事」(談話)を『新潮』臨時増刊号に発表。七月、『諸君！』で江藤淳と対談《歴史について》。十月二十一日、志賀直哉が死去。

昭和四十七年（一九七二）七十歳
「本居宣長」の連載続く。二月、「生と死」を『文芸春秋』に発表。川端康成が自殺。

昭和四十八年（一九七三）七十一歳
「本居宣長」の連載続く。四月、「大仏次郎追悼」を「朝日新聞」に発表。

昭和四十九年（一九七四）七十二歳
「本居宣長」の連載続く。八月、霧島における第一九回学生青年合宿教室で「信ずることと知ること」を講演。

昭和五十年（一九七五）七十三歳
「本居宣長」の連載続く。春、東京都知事選挙に際し、石原慎太郎候補の推薦人に加わる。

昭和五十一年（一九七六）七十四歳
一月二十日、鎌倉市雪ノ下一の十三の二十に転居。十二月、「本居宣長」の連載を終る。

昭和五十二年（一九七七）七十五歳
四月、鎌倉山ノ内の東慶寺に墓地を定めた。十月、『本居宣長』(推蔵で三分の二ほどに凝縮）を新潮社より刊行。大岡昇平からドゥルーズの『ベルクソンの哲学』の訳稿が届けられた。

昭和五十三年（一九七八）七十六歳

五月、大岡昇平・中村光夫・江藤淳編集による『新訂小林秀雄全集』（新潮社版全一三巻 別巻二）の刊行始まる（五十四年五月本巻、九月別巻完結）。六月、『本居宣長』により第10回日本文学大賞受賞。

昭和五十四年（一九七九）七十七歳

一月より「『本居宣長』補記」（現行題「同Ⅰ」）を『新潮』に連載（二月まで）。三月二十七日、青山二郎が死去、七十七歳。十一月、『文学界』で河上徹太郎と対談《歴史について》。

昭和五十五年（一九八〇）七十八歳

二月、「『本居宣長』補記」を『新潮』に連載（六月まで）。九月二十二日、河上徹太郎が死去、七十八歳。葬儀委員長を務める。

昭和五十六年（一九八一）七十九歳

一月より「正宗白鳥の作について」を『文学界』に連載（十一月まで、未完）。七月、『小林秀雄全翻訳』を、十一月、『ドストエフスキイ全論考』を講談社より刊行。

昭和五十七年（一九八二）八十歳

一月、「『流離』を読む」を『新潮』に発表。三月、編集者の郡司勝義が訪問した時に、ベルクソン論の出版に関する話があった。四月、『本居宣長補記』を新潮社より刊行。

昭和五十八年（一九八三）

一月十三日、鎌倉市御成町の佐藤病院に入院。二十六日、慶応義塾大学病院に移る。三月一日死去。二日、鎌倉の東慶寺で密葬。八日、東京の青山斎場で本葬。葬儀委員長は今日出海、司会は江藤淳。永井龍男、大岡昇平、中村光夫、福田恆存が弔辞を捧げた。法号、華厳院評林文秀居士。

# あとがき

十九才の夏に薄暗い喫茶店の片隅で読んだ、坂口安吾の「教祖の文学」がきっかけで、ランボー『地獄の季節』の虜になった。今も相変わらずに『感想』（ベルクソン論）などの論理映像にやられている。誠に慚愧の思いに耐えないが、そんな私の書いた『小林秀雄　創造と批評』は、序論と六つの章立てと附論で出来ている。

先ずは序論で、「創造的批評」の問題を提起した。第一章「〈模倣〉と創造」にドストエフスキー論、第二章「〈宿命〉と歴史」にボードレール論、第三章「〈実験〉と表現」にはポー論や志賀直哉論について触れた。これらの章は、小林が西洋文化の受容を契機としながら、個性的思想を表現した方法意識の解明である。そして第四章「古典と批評」は西行や実朝などに関する中世古典論、第五章「絵画と意匠」では、セザンヌやドガなど西洋印象主義画家の思想史、第六章「学問と自得」では伊藤仁斎や荻生徂徠などの近世儒学論について検討した。また第四章からの問題を敷衍して、世阿弥の「『花伝』の方法」を附論として加えた。本書全体のテーマは、小林秀雄の方法への問いの試みであった。

現在、新潮社から第五次全集として、発表年代順の脚注附き流布本が刊行中で、研究対象の枠は確実に広がった。小林作品は、初期ランボー論や「様々なる意匠」の処女作に起ち返りながら、まるで螺旋を描くように発展した。そして中期の爛熟期を経て、晩年の『感想』（ベルクソン論）や『本居宣長』に至り、分量的増加としては規定出来ない性質的多様性を示している。この二つの作品は小林の集大成で、その精密な読解は、彼の思想的全体像を知る上で不可欠である。両作品の意味の解明は、大きな課題として私に残されている。だが小林の思想史における方法意識の萌芽が、すでに初期から中期に亘る創造行為の中に予兆としてあった。それがベルクソン論と同時進行の近世学問論で練磨され、本居宣長論に結晶した。

さしあたり本書で私が目指したのは、そうした小林の持続的な方法意識の発生過程を、少しでも明らかにすることであった。世阿弥の「物数を尽くして、工夫を究めて後、花の失せぬ所をば知るべし」（「奥義云」）という一法を、〈模倣〉しながら表現し、認識に達する手順と理解したことは、「『花伝』の方法」に論じたが、そうした〈模倣〉の概念は、小林の批評方法の本質にも関連する。

そして近世儒学論の「哲学」(38・1)で、古義学の伊藤仁斎のことが、「深い意味での孔子の模倣者」と呼称された時点で、『本居宣長』に至る思想史の方法論的意味の輪郭と方向性は定まっていたように思われる。巷間、文学的独創の権化のように憶測される小林は、むしろ哲学的に〈模倣〉（ミメーシス）という方法・態度を大切にしている。そこから自らの生活経験の切実さに筋を通した表現を案出している。審美性だけではなく、批評の倫理性を持続的に説いている側面にも注意してみたかった。大方の読者に御意見や御批判そして御教示を頂ければ幸いである。

小林の方法は、道を求める人間学の実行にあった。その歴史への深い関心に根ざした批評的知性には、絶え間のない精神の集中と緊張の保持がある。彼は眼前に出会った例外事態に注視し、その驚嘆と感動の意味を、「創造的批評」の形にしたのである。私の小林秀雄研究は未だ途上にあり、様々な文芸論やベルクソンと本居宣長に関するものは、引き続き研究課題にして行きたい。

尚、本書の基礎になった初出論文は以下の通りである。

第一章「小林秀雄の〈模倣〉について」（「季刊日本思想史№42」平成五年十月二十五日　ぺりかん社）
第二章「小林秀雄の〈宿命〉について」（「季刊日本思想史№45」平成七年七月三十一日　ぺりかん社）
第三章「小林秀雄の〈実験〉について」（「山梨大学教育人間科学部紀要」平成十一年十二月）
第四章「小林秀雄における方法への問い」（「人文科学年報　第23集」平成五年三月三十一日　専修大学人文科学研究所）
第五章「小林秀雄の『創造的批評』について　絵画と意匠」（「専修総合科学研究　第9号」平成十三年十一月十五日）
第六章「小林秀雄の〈自発〉性について」（「専修人文論集　第58号」平成八年三月二十五日　専修大学出版局）
附　論「『花伝』の方法」（「倫理学年報」第50集　平成十三年三月三十日　日本倫理学会）

本書『小林秀雄　創造と批評』は、『小林秀雄の方法への問い――「創造的批評」に対する試論』（「博士論文」、専修大学大学院文学研究科哲学、平成十四年三月二十五日）に、新たな章（第五章「絵画と意匠」）を加筆修正し、全体を再構成したものです。

このたびの出版に際し、学部の頃から御指導を賜った竹内整一先生、同大学院でテキストの読みを教えてくださった佐藤正英先生、上記の先生方と論文審査に加わって頂き、御丁寧な助言を与えてくださった伊吹克巳先生に、心から御礼を申し上げます。また、専修大学出版局の上原伸二さんに、一方ならぬ御世話を頂きました。上原さんのご尽力がなければ、この本は出来ませんでした。ここに記して謝意を表します。

平成十六年三月

佐藤雅男

佐藤雅男（さとう　まさお）
1958年生まれ。
専修大学大学院文学研究科哲学専攻博士後期課程修了
専門　哲学，倫理学，日本思想史
現職　山梨大学，群馬大学，専修大学非常勤講師
研究書『「善の研究」用語索引』（ぺりかん社）

# 小林秀雄　創造と批評

2004年4月15日　第1版第1刷発行

著　者　佐藤　雅男
発行者　原田　敏行
発　行　専修大学出版局
〒101-0051　東京都千代田区神田神保町3-8-3
㈱専大センチュリー内
電話　03-3263-4230㈹
印　刷
製　本　藤原印刷株式会社


ISBN4-88125-151-1